U0460554

OUHENGLI
DUANPIAN XIAOSHUOJINGXUAN

欧·亨利短篇小说精选

【美国短篇小说之父的经典之作】

〔美〕欧·亨利◎著

《青少年经典阅读书系》编委会◎主编

首都师范大学出版社

CAPITAL NORMAL UNIVERSITY PRESS

图书在版编目(CIP)数据

欧·亨利短篇小说精选/《青少年经典阅读书系》编委会主编.
—北京:首都师范大学出版社,2011.12(2020年7月重印)
(青少年经典阅读书系.文学名著系列)
ISBN 978-7-5656-0588-8

Ⅰ.①欧… Ⅱ.①青… Ⅲ.①短篇小说-小说集-美国-
近代-缩写 Ⅳ.①I712.44

中国版本图书馆 CIP 数据核字(2011)第 256509 号

欧·亨利短篇小说精选

《青少年经典阅读书系》编委会 主编

策划编辑 李佳健

首都师范大学出版社出版发行

地　　址	北京西三环北路 105 号
邮　　编	100048
电　　话	68418523(总编室)　68418521(发行部)
网　　址	www.cnupn.com.cn
印　　厂	汇昌印刷(天津)有限公司
经　　销	全国新华书店发行
版　　次	2012 年 7 月第 1 版
印　　次	2020 年 7 月第 3 次印刷
书　　号	978-7-5656-0588-8
开　　本	710mm×1000mm　1/16
印　　张	18
字　　数	243 千
定　　价	45.00 元

总 序

Total order

　　被称为经典的作品是人类精神宝库中最灿烂的部分，是经过岁月的磨砺及时间的检验而沉淀下来的宝贵文化遗产，凝结着人类的睿智与哲思。在滔滔的历史长河里，大浪淘沙，能够留存下来的必然是精华中的精华，是闪闪发光的黄金。在浩瀚的书海中如何才能找到我们所渴望的精华——那些闪闪发光的黄金呢？唯一的办法，我想那就是去阅读经典了！

　　说起文学经典的教育和影响，我们每个人都会立刻想起我们读过的许许多多优秀的作品——那些童话、诗歌、小说、散文等，会立刻想起我们阅读时的那种美好的精神享受的过程，那种完全沉浸其中、受着作品的感染，与作品中的人物，或者有时就是与作者一起欢笑、一起悲哭、一起激愤、一起评判。读过之后，还要长时间地想着，想着……这个过程其实就是我们接受文学经典的熏陶感染的过程，接受文学教育的过程。每一部优秀的传世经典作品的背后，都站着一位杰出的人，都有一个高尚的灵魂。经常地接受他们的教育，同他们对话，他们对社会与对人生的睿智的思考、对美的不懈的追求，怎么会不点点滴滴地渗透到我们的心灵，渗透到我们的思想和感情里呢！巴金先生说："读书是在别人思想的帮助下，建立自己的思想。""品读经典似饮清露，鉴赏圣书如含甘饴。"这些话说得多么恰当，这些感

总 序
Total order

受多么美好啊！让我们展开双臂、敞开心灵，去和那些高尚的灵魂、不朽的作品去对话，交流吧，一个吸收了优秀的多元文化滋养的人，才能做到营养均衡，才能成为精神上最丰富、最健康的人。这样的人，才能有眼光，才能不怕挫折，才能一往无前，因而才有可能走在队伍的前列。

"首师经典阅读书系"给了我们一把打开智慧之门的钥匙，会让我们结识世界上许许多多优秀的作家作品，会让这个世界的许多秘密在我们面前一览无余地展开，会让我们更好地去感悟时间的纵深和历史的厚重。

来吧！让我们一起品读"经典"！

国家教育部中小学继续教育教材评审专家
中国教育学会中学语文教学专业委员会秘书长 苏立康

丛书编委会

丛书策划　李佳健
　　　　　王　安
主　　编　李佳健
副主编　张　蕾
编　　委（排名不分先后）
　　　　　张　蕾　李佳健　安晓东　王　晶　高　欢
　　　　　徐　可　李广顺　刘　朔　欧阳丽　李秀芹
　　　　　朱秀梅　王亚翠　赵　蕾　黄秀燕　王　宁
　　　　　邱大曼　李艳玲　孙光继　李海芸

阅读导航

作者简介

欧·亨利，美国著名批判现实主义作家，世界三大短篇小说大师之一。曾被评论界誉为"曼哈顿桂冠散文作家"和"美国现代短篇小说之父"。欧·亨利是他的笔名，真实姓名为威廉·西德尼·波特。

1862年，欧·亨利出身于美国北卡罗来纳州格林斯波罗镇的一个医师家庭。他的一生富于传奇性，当过药房学徒、牧牛人、会计员、土地局办事员、新闻记者、银行出纳员。当银行出纳员时，因银行短缺了一笔现金，为避免审讯，离家流亡到洪都拉斯。后因回家探视病危的妻子被捕入狱，并在监狱医务室任药剂师。

在狱中，他开始了短篇小说的创作，其目的是获得一点儿稿费给女儿买圣诞礼物。他的犯人身份使得他不敢使用真名，而用一部法国药典的编者的名字作为笔名。

1901年，欧·亨利提前获释，后来他迁居纽约，专门以写作作为自己的职业。

欧·亨利善于描写美国社会尤其是纽约百姓的生活。描写了众多的人物，富于生活情趣，其作品被誉为"美国生活的幽默百科全书"。

欧·亨利的代表作有小说集《白菜与国王》《四百万》《命运之路》等。其中一些名篇如《爱的牺牲》《警察与赞美诗》《带家具出租的房间》《贤人的礼物》《最后一片藤叶》等使他获得了世界声誉。

1910年，欧·亨利逝世，年仅48岁。1918年，美国设立了"欧·亨利纪念奖"，专门奖励每年度的最佳短篇小说。

故事梗概

欧·亨利的短篇小说，大部分完成于19世纪末至20世纪初的十多年时间里。在这些杰出的短篇作品里，欧·亨利较为全面地反映了美国当时社会的面貌，揭露了社会对人性的扭曲以及人与人之间充满金钱关系的丑陋。欧·亨利的作品能逼真地去表现普通的人，这与他对美国下层社会的熟悉有直接的关系。在纽约生活期间，作家常常深入饭馆、公园、客栈，寻求与平民接触的机会，从他们的生活中吸取创作的素材。我们看到，在欧·亨利的小说世界里，包括了上至百万富翁、将军、律师、法官、老板，下至职员、水手、骗子、小偷、强盗等社会各阶层的人物，特别是对美国社会主体的平民阶层，欧·利的小说更是寄予了强烈的关注。

从作品题材的性质来看，欧·亨利的小说大致上可以分为两类：一类写的是美国一些大城市里的生活；一类以描写美国西部生活为主。这里面又以描写城市生活的作品数量最多，所反映的思想意义也最为深远。

1. 描写美国城市生活的作品

欧·亨利对美国下层社会的生活是非常熟悉的。他的许多短篇小说表达了他对当时城市社会中各式各样的下层社会的小人物和流浪汉的同情。

《警察和赞美诗》是一篇脍炙人口的作品，它写的是一个无家可归的流浪汉，为了生存和活命，想进监狱当一阵囚犯以便获得食宿，度过即将来临的严冬。为了达到这一目的，他到处为非作歹、作奸犯科，却没有被逮捕，他的进监狱的目的始终没有达到。正当他思想转变、忏悔过去、立志要重新迎接生活的时候，警察却把他抓走了。

《麦琪的礼物》写了这样一个感人故事：圣诞节快来了，一对贫困的年轻夫妇为了互相赠送圣诞礼物，妻子卖了引以为自豪的头发，买了一条表链来送给丈夫，以便让丈夫能够把祖传三代的金表戴在手上；殊不知丈夫正好卖掉了祖传三代的金表，换来了一副漂亮的梳子来装饰妻子美丽的头发。在小说的结尾，丈夫对着这两件礼物笑了，可是这笑声中包含了多少心酸和眼泪？

在《最后的常春藤叶》浓厚的感伤气氛中，欧·亨利满怀深情地赞美了穷艺术家之间相濡以沫的友谊，刻画了一个舍己为人、以自己的生命创作出毕生最后一幅杰作的善良老画家的形象。

美国大城市生活的黑暗包括了许多方面，而行骗是其中的一个重要方面。欧·亨利有不少作品专写这方面，如《黄雀在后》《虎口拔牙》《精确的婚姻学》《人生的波澜》，等等。《黄雀在后》写的是骗子、强盗与金融家在落魄中相聚，在一起坑蒙拐骗以求暴富的过程，《精确的婚姻学》揭示了婚姻、官职上的行骗，《慈善事业数学讲座》揭示了所谓的"慈善事业"的真面目不过是个骗局而已。虽然骗子们的手法不一，但本质都是一样的。

欧·亨利的不少短篇对拜金主义做了入木三分的讽刺和嘲笑。《财神与爱神》讲的是一个暴发户的肥皂商，认为爱神遇到财神也要甘拜下风，他给他的儿子做了一场实地表演，用金钱制造出了一个交通堵塞事件，使他的儿子得到求婚的机会，好像真的证明了社会中钱能通神似的。除了资本家，一些小人物也被拜金主义观念迷惑了。有些小职员在快要饿死的时候，还在那里死装门面，使人觉得他们可笑可气的同时，又是那么可怜可悲。

2. 描写美国西部生活的作品

欧·亨利描写美国西部的作品也占了他全部小说的一定比例，在这些作品中，他塑造了一群美国西部远离都市的草原牧牛人。小说中的这类人物充满活力、生气、勇气，他们的生活充满浪漫气氛，像草原一样奔放自由，不再有都市文明的压迫与窘束。他们追求爱情、友谊、尊严与荣誉，体现了纯净天然的人性品格。在这些人身上，没有欺骗、阴暗的龌龊心理，有的只是磊落、光明、坦荡、淳朴的胸怀。如《索利托牧场的卫生学》中，牧场主人助人为乐、救死扶伤的豪放，牧牛人热忱天真、毫无遮掩的胸襟，以及在大都市的压抑下奄奄一息，而在大草原清新空气和洁净人间恢复生命力的拳击手的感悟，都有声有色、淋漓尽致地得到了艺术体现。又如《活期贷款》中，西部牧牛汉子之间重言诺而轻生死的人格精神，推己及人又自尊自重的坦诚胸怀，给人一种"原始文明"的强烈震撼，使人顿生一股"返璞归真"的遥远的亲近。这类作品风趣地描述了健康质朴、清洁爽朗的人事人情，使身陷"现代文明"污浊氛围中的读者可以呼吸到一点儿清新的空气。

艺术特色

欧·亨利的许多短篇小说都已成为世界经典名篇。凭着卓越的艺术才情，欧·亨利的短篇小说具有独特的艺术特色和不朽的艺术魅力。

1. 选材以小见大

欧·亨利的短篇小说并没有直接去描写社会的重大题材，然而着重反映了美国 20 世纪初各方面的社会生活。他以洞察幽微的观察力，从普通生活中选取平凡的素材，以小见大"借一斑而略知全豹"。他的小说宛如一只精巧的万花筒，从不同角度折射出五光十色的社会内容，从平常事件中开掘主题，反映出不平常的社会意义。如《麦琪的礼物》写的是家庭琐事，从一对贫贱夫妻互赠圣诞节礼物的小事中看出了小人物身上真善美的人性大美。

2. 精于刻画小人物

欧·亨利笔下描写的都是不起眼的小人物，却把他们都刻画得如此淋漓尽致，如此生动，如此令人喜爱！他们也有缺点，也会自私也会粗鲁，但欧·亨利笔下的他们却让我们在小说中体会到每个人本质的淳朴善良、人性的复杂，更令读者动容。在手法运用上，欧·亨利常通过人物自身的生活、遭遇，以及相互之间的关系，一次次发生冲突，充分揭示人物性格和命运。

3. 构思精妙独特

欧·亨利的小说情节往往都十分奇特，他善于设计戏剧性的情节，埋下伏笔，做好铺垫，勾勒矛盾。出人意料的结局是欧·亨利小说最具特色的一部分。最先，故事是风平浪静的，正当读者享受作者笔下小人物或凄凉或平淡的细腻生活时，情节却突发奇变，成就了"意料之外，情理之中"的结局。结局令人惊奇之余，使人玩味不已，合卷之后仍思索回味。

4. 笔调幽默风趣

欧·亨利小说一个非常突出的特色便是幽默和诙谐的应用。

幽默风趣的语言和诙谐的表现手法是当时美国作家们经常使用的。欧·亨利在他的作品中也响应了这种"大气候"，并使之进一步发扬光大。

欧·亨利的文字生动活泼，善于利用双关语；讹音、谐音和旧典新意，妙趣横生。即使描写最穷苦的人和品质最恶劣的人，作者叙述的口吻也是调侃式的，给人一种茶余饭后聊天讲故事的悠闲感。可以说，欧·亨利的每一篇小说都充满了幽默、诙谐的气氛，读他的故事，你会常常禁不住发笑。

目录

吉姆与德拉，一对年轻的、相爱的、贫寒的夫妻。但有两件东西始终让他们感到十分自豪：一件是吉姆的金表，这是吉姆家祖传的；另一件是德拉的头发，那美丽的头发披在肩上，宛如褐色的小瀑布一泻而下，在阳光下熠熠生辉。

圣诞节前夕，为了给对方购买圣诞礼物，吉姆卖掉了自己心爱的金表，为德拉买了漂亮的全套发梳；德拉却剪掉并卖了自己美丽的长发，为吉姆买了精美的表链。结果，二人各自得到的礼物均已无用。但是，他们又均已得到了彼此送出的最好的礼物——真挚的爱。

块八毛七分钱。全在这儿了。其中六毛钱还是铜子儿凑起来的。这些铜子儿是每次一个、两个从杂货铺、菜贩和肉店老板那儿死乞白赖地硬抠下来的；人家虽然没有明说，自己总觉得这种掂斤播两的交易未免太吝啬，当时脸都臊红了。德拉数了三遍。数来数去还是一块八毛七分钱，而第二天就是圣诞节了。

除了扑在那张破旧的小榻上号哭之外，显然没有别的办法。德拉就那样做了。这使一种精神上的感慨油然而生，认为人生是由啜泣、抽噎和微笑组成的，而抽噎占了其中绝大部分。

这个家庭的主妇渐渐从第一阶段退到第二阶段，我们不妨抽空儿来看看这个家吧。一套连家具都没有的公寓，房租每星期八块钱。虽不能说是绝对难以形容，其实跟贫民窟也相去不远。

下面门廊里有一个信箱，但是永远不会有信件投进去；

还有一个电钮，除非神仙下凡才能把铃按响。那里还贴着一张名片，上面印有"詹姆斯・迪林汉・扬先生"几个字。

"迪林汉"这个名号是主人先前每星期挣三十块钱的时候，一时高兴，加在姓名之间的。现在收入缩减到二十块钱，"迪林汉"几个字看来就有些模糊，仿佛它们正在郑重考虑，是不是缩成一个质朴而谦逊的"迪"字为好。但是每逢詹姆斯・迪林汉・扬先生回家上楼，走进房间的时候，詹姆斯・迪林汉・扬太太——就是刚才已经介绍给各位的德拉——管他叫作"吉姆"，总是热烈地拥抱他。那当然是很好的。

此处运用拟人的手法，质朴而谦逊地使之简约为一字，仿佛主人已贫寒到供养不起它们似的。

德拉哭了之后，在脸颊上扑了些粉。她站在窗子跟前，呆呆地瞅着外面灰蒙蒙的后院里，一只灰猫正在灰色的篱笆上行走。明天就是圣诞节了，她只有一块八毛七分钱来给吉姆买一件礼物。好几个月来，她省吃俭用，能攒起来的都攒了，可结果只有这一点儿。一星期二十块钱的收入是不经用的。支出总比她预算的要多。总是这样的。只有一块八毛七分钱来给吉姆买礼物。她的吉姆。为了买一件好东西送给他，德拉自得其乐地筹划了好些日子。要买一件精致、珍奇而真有价值的东西——够得上为吉姆所有的东西固然很少，可总得有些相称才成啊。

此处照应题目"礼物"，照应文首"凑钱"，又设置悬念：钱不够，礼物怎么买？

房里两扇窗子中间有一面壁镜。诸位也许见过房租八块钱的公寓里的壁镜。一个非常瘦小灵活的人，从一连串纵的片断的映像里，也许可以对自己的容貌得到一个大致不差的概念。德拉全凭身材苗条，才精通了那种技艺。

她突然从窗口转过身，站到壁镜面前。她的眼睛晶莹明亮，可是她的脸在二十秒钟之内失色了。她迅速地把头发解开，让它披落下来。

且说，詹姆斯·迪林汉·扬夫妇有两样东西特别引为自豪，一样是吉姆三代祖传的金表，另一样是德拉的头发。如果示巴女王住在天井对面的公寓里，德拉总有一天会把她的头发悬在窗外去晾干，使那位女王的珠宝和礼物相形见绌；如果所罗门王当了看门人，把他所有的财富都堆在地下室里，吉姆每次经过那儿时准会掏出他的金表看看，好让所罗门王妒忌得吹胡子瞪眼睛。

这当儿，德拉美丽的头发披散在身上，像一股褐色的小瀑布，奔泻闪亮。头发一直垂到膝盖底下，仿佛给她铺成了一件衣裳。她又神经质地赶快把头发梳好。她踌躇了一会儿，静静地站着，有一两滴泪水溅落在破旧的红地毯上。

她穿上褐色的旧外套，戴上褐色的旧帽子。她眼睛里还留着晶莹的泪光，裙子一摆，就飘然走出房门，下楼跑到街上。

她走到一块招牌前停住了，招牌上面写着"莎弗朗妮夫人——经营各种头发用品"。德拉跑上一段楼梯，气喘吁吁地让自己定下神来。那位夫人身躯肥硕，肤色白得过分，一副冷冰冰的模样，同"莎弗朗妮"这个名字不大相称。

"你要买我的头发吗?"德拉问道。

"我买头发，"夫人说，"脱掉帽子，让我看看头发的模样。"

那股褐色的小瀑布泻了下来。

"二十块钱。"夫人用行家的手法抓起头发说。

"赶快把钱给我。"德拉说。

噢，此后的两个钟头仿佛长了玫瑰色翅膀似的飞掠过去。诸位不必理会这种杂凑的比喻。总之，德拉正为送吉姆的礼物在店铺里搜索。

此处连用比喻的手法描写德拉美丽的头发。人物神态的描写，尤其是"泪"的描写，对人物的心理起着暗示及衬托作用。

此处新颖、形象的比拟，描写出德拉急切而又沉醉地为爱人购买礼物时激动快乐的幸福心情。

德拉终于把它找到了。它准是专为吉姆，而不是为别人制造的。她把所有店铺都兜底翻过，各家都没有像这样的东西。那是一条白金表链，式样简单朴素，只是以货色来显示它的价值，不凭什么装潢来炫耀——一切好东西都应该是这样的。它甚至配得上那只金表。她一看到就认为非给吉姆买下不可。它简直像他的为人。文静而有价值——这句话拿来形容表链和吉姆本人都恰到好处。店里以二十一块钱的价格卖给了她，她剩下八毛七分钱，匆匆赶回家去。吉姆有了那条链子，在任何场合都可以毫无顾虑地看看钟点了。那只表虽然华贵，可是因为只用一条旧皮带来代替表链，他有时候只是偷偷地瞥一眼。

德拉回家以后，她的陶醉有一小部分被审慎和理智替代。她拿出卷发铁钳，点着煤气，着手补救由于爱情加上慷慨而造成的灾害。那始终是一件艰巨的工作，亲爱的朋友们——简直是了不起的工作。

不出四十分钟，她头上布满了紧贴着的小发卷，变得活像一个逃课的小学生。她对着镜子小心而苛刻地照了又照。

"如果吉姆看了一眼不把我宰掉才怪呢，"她自言自语地说，"他会说我像是康奈岛游乐场里的卖唱姑娘。我有什么办法呢——唉！只有一块八毛七分钱，叫我有什么办法呢？"

到了七点钟，咖啡已经煮好，煎锅也放在炉子后面热着，随时可以煎肉排。

吉姆从没有晚回来过。德拉把表链对折握在手里，在他进来时必经的门口的桌子角上坐下来。接着，她听到楼下梯级上响起了他的脚步声。她脸色白了一会儿。她有一个习惯，往往为了日常最简单的事情默祷几句，现在她悄声说："求求上帝，让他认为我还是美丽的。"

门打开了，吉姆走进来，随手把门关上。他很瘦削，非常严肃。可怜的人儿，他只有二十二岁，就负起了家庭的担子！他需要一件新大衣，手套也没有。

吉姆在门内站住，像一条猎狗嗅到鹌鹑气味似的纹丝不动。他的眼睛盯着德拉，所含的神情是她所不能理解的，这使她大为惊慌。那既不是愤怒，也不是惊讶，又不是不满，更不是嫌恶，不是她所预料的任何一种神情。他只带着那种奇特的神情凝视着德拉。

德拉一扭腰，从桌上跳下来，走近他身边。

"吉姆，亲爱的，"她喊道，"别那样盯着我。我把头发剪掉卖了，因为不送你一件礼物，我过不了圣诞节。头发会再长出来的——你不会在意，是不是？我非这么做不可。我的头发长得快极啦。说句'恭贺圣诞'吧！吉姆，让我们快快乐乐的。我给你买了一件多么好——多么美丽的好东西，你怎么也猜不到的。"

"你把头发剪掉了吗？"吉姆吃力地问道，仿佛他绞尽脑汁之后，还没有把这个显而易见的事实弄明白似的。

"非但剪了，而且卖了。"德拉说，"不管怎样，你还是同样地喜欢我吗？虽然没有了头发，我还是我，可不是吗？"

吉姆好奇地向房里四下张望。

"你说你的头发没有了吗？"他带着近乎白痴般的神情问道。

"你不用找啦，"德拉说，"我告诉你，已经卖了——卖了，没有了。今天是圣诞前夜，亲爱的。好好地对待我，我剪掉头发为的是你呀。我的头发也许数得清，"她突然非常温柔地接下去说，"但我对你的情爱谁也数不清。我把肉排煎上好吗，吉姆？"

冒昧(mèi)：(言
行)不顾地位、
能力、场合是
否适宜(多用
作谦辞)。

晦涩：(诗文、乐
曲等的含意)
隐晦不易懂。

丰富突变的神
态描写,传神
刻画人物的心
理的同时,暗
示情节将急转
而下。

虽然失去了美
丽的长发,但
是能为心爱的
人送上这份贵
重的并且又是
他非常需要的
礼物,德拉感
到心满意足,
她的付出是值
得的。

吉姆好像从恍惚中突然醒过来。他把德拉搂在怀里。我们不要冒昧，先花十秒钟工夫瞧瞧另一方面无关紧要的东西吧。每星期八块钱的房租，或是每年一百万元房租——那有什么区别呢？一位数学家或是一位俏皮的人可能会给你不正确的答复。麦琪带来了宝贵的礼物，但其中没有那件东西。对这句晦涩的话，下文将有所说明。

吉姆从大衣口袋里掏出一包东西，把它扔在桌上。

"别对我有什么误会，德拉。"他说，"不管是剪发、修脸，还是洗头，我对我姑娘的爱情是决不会减低的。但是只消打开那包东西，你就会明白，你刚才为什么使我愣住了。"

白皙的手指敏捷地撕开了绳索和包皮纸。接着是一声狂喜的呼喊；紧接着，哎呀！突然转变成女性神经质的眼泪和号哭，立刻需要公寓的男主人用尽办法来安慰她。

因为摆在眼前的是一套插在头发上的梳子——全套的发梳，两鬓用的，后面用的，应有尽有；那原是百老汇路上一个橱窗里德拉渴望了好久的东西。纯玳瑁做的，边上镶着珠宝的美丽的发梳——来配那已经失去的美发，颜色真是再合适不过了。她知道这套发梳是很贵重的，心向神往了好久，但从来没有存过占有它的希望。现在居然为她所有了，可是渴望佩戴这些已久的装饰品的头发没有了。

但她还是把这套发梳搂在怀里不放，过了好久，她才能抬起迷蒙的泪眼，含笑对吉姆说："我的头发长得很快，吉姆！"

接着，德拉像一只给火烫着的小猫似的跳了起来，叫道："喔！喔！"

吉姆还没有见到他的美丽的礼物呢。她热切地伸出摊开的手掌递给他。那无知觉的贵金属仿佛映照着她快活和热诚的心情。

"漂亮吗，吉姆？我走遍全市才找到的。现在你每天要把表看上百来遍了。把你的表给我，我要看看它配在表上的样子。"

吉姆并没有照着她的话做，却坐到榻上，双手枕着头，笑了起来。

"德拉，"他说，"我们把圣诞节礼物搁在一边，暂且保存起来。它们实在太好啦，现在用了未免可惜。我是卖掉了金表，换了钱去买你的发梳的。现在请你煎肉排吧。"

那三位麦琪，诸位知道，全是有智慧的人——非常有智慧的人——他们带来礼物，送给生在马槽里的圣子耶稣。他们首创了圣诞节馈赠礼物的风俗。他们既然有智慧，他们的礼物无疑也是聪明的，可能还附带一种碰上收到同样的东西时可以交换的权利。我的拙笔在这里告诉了诸位一个没有曲折、不足为奇的故事：那两个住在一间公寓里的笨孩子，极不聪明地为了对方牺牲了他们一家最宝贵的东西。但是，让我们对目前一般聪明人说最后一句话，在所有馈赠礼物的人当中，那两个人是最聪明的。在一切接受礼物的人当中，像他们这样的人也是最聪明的。无论在什么地方，他们都是最聪明的。他们就是麦琪。

> 麦琪：指基督初生时来送礼物的三位贤人。一说是东方的三王：梅尔基奥尔（光明之王）赠送黄金表示尊贵；加斯帕（洁白者）赠送乳香象征神圣；巴尔撒泽赠送没药预示基督后来遭受迫害而死。

▌情境赏析▐

　　这个小故事让我们看到了纯真、美好的爱，让我们读到了真情的可贵。欧·亨利用这个小故事唤起了人性中的纯真与美好，这对中国当下沉浸在"拜金"中的、一味追求物质化生活的无数青年男女也相当有教育意义。同时，我们也逐渐接触了欧·亨利式的幽默、诙谐的写作手法，比如，"诸位不必理会……杂凑的比喻"，让人感觉作者似乎为自己"蹩脚"的比喻深深愧疚，而向读者道歉，妙就妙在，他的这句话又说得一本正经，让你回味很久后才拍案叫绝。

名家点评

欧·亨利即以其独特的艺术魅力打动了我，使我爱不释手。

——阮温凌

> 乔从小酷爱绘画，二十岁时背井离乡来到纽约。迪莉娅浑身散发着音乐艺术的天赋，在乡亲们的资助下，来到大城市"深造"。乔与迪莉娅就这样相遇、相知并相爱了。他们各自找到了知名的教师，一个学习绘画，一个学习音乐。但是很快他们便学习不下去，也生活不下去了。迪莉娅为了让乔安心学习，找到了一个教一位将军女儿学音乐的工作，每星期可挣十五元钱；而乔的画也在不断地卖出。直到有一天迪莉娅的手烫伤了，他们各自编造的谎言才不攻自破。原来迪莉娅因为找不到与音乐相关的工作，就在洗衣店里熨衣服。而乔的画也根本就没有卖出去，他就在那家洗衣店的锅炉房烧火。
>
> 这时他们两个都笑了，不约而同地说："当你爱的时候……"

你爱好你的艺术时，就觉得没有什么奉献是难以承受的。

那是我们的前提。这篇故事将从它那里得出一个结论，同时证明前提的谬误。从逻辑学的观点来说，这固然是一件新鲜事；可是从讲故事的观点来说，却是一件比中国的万里长城更为古老的艺术品。

乔·拉腊比来自中西部栎树参天的平原，浑身散发着绘画艺术的天才气息。他还只有六岁时就画了一幅镇上抽水机的风景画，抽水机旁还画了一个匆匆走过的、有声望的居民。这件作品给配上架子，挂在药房的橱窗里，挨着一只留有几排参差不齐的玉米粒的穗棒。他二十岁时背井离乡来到纽约，束着一条飘拂的领带，带着一个更为飘拂的荷包。

迪莉娅·卡拉瑟斯生长在南方一个松林葱茏的小村里，她把六音阶之类的玩意儿搞得那样出色，以致亲戚们替她

"飘拂"一词形象、生动地描绘出"荷包"之轻，钱款之少，暗示主人公将面临的经济窘境。

凑了一笔为数不多的款子，让她去北方"深造"。他们没有看到她成——那就是我们要讲的故事。

乔和迪莉娅在一个画室里相遇了。有许多研究美术和音乐的人经常在那儿聚会，讨论明暗对比、瓦格纳、音乐、伦勃朗、绘画、瓦尔特托费尔、糊墙纸、肖邦、奥朗。

乔和迪莉娅互相——或者彼此，随你高兴怎么说——一见倾心，短期内就结了婚——因为（参看前文）当你爱好你的艺术时，就觉得没有什么奉献是难以承受的。

拉腊比夫妇租了一套公寓，开始组织家庭。那是一个岑寂的地方——凄怆得像是钢琴键盘左端的升 A 调。可是他们很幸福，因为他们有了各自的艺术，又有了对方。我对有钱的年轻人的劝告是：为了争取同你的艺术以及你的迪莉娅住在公寓里的权利，赶快把你所有的东西都变卖掉，施舍给穷苦的看门人吧。

公寓生活是唯一真正的快乐，住公寓的人一定都赞成我的论断。家庭只要幸福，房间小又何妨——让梳妆台翻倒作为弹子桌；把火炉架改做练习划船用的器材；让写字桌充当备用的卧室；洗脸架充当竖式钢琴；如果可能，让四堵墙壁挤拢，你同你的迪莉娅仍旧在里面。可是倘若家庭不幸福，随它怎么宽敞——你从金门进去，把帽子挂在哈特拉斯，把披肩挂在合恩角，然后穿过拉布拉多出去，到头仍旧枉然。

乔在伟大的马吉斯特那儿学画——各位都知道他的声望，他收费高昂、课程轻松——他的高昂轻松给他带来了声望；迪莉娅在罗森斯托克那儿学习，各位也知道他是一位出名的专跟钢琴键盘找麻烦的家伙。

只要他们的钱没用完，他们的生活都是非常美满的。谁都是这样——算了吧，我不愿意说愤世嫉俗的话。他们的目标非常清晰明确。乔很快就能有佳作问世，那些鬓须稀朗而钱袋厚实的老先生就会争先恐后地挤到他的画室里来抢购他的作品。迪莉娅要同音乐搞熟，然后对它满不在乎。如果看到剧院正厅的位置和包厢不满座，她就推托喉咙痛，拒绝登台，在专用的餐室里吃龙虾。

但是依我说，最美满的还是那小公寓里的家庭生活：学习了一天之后的情话絮语；新鲜清淡的早餐和舒适的晚饭；关于志向的交谈——他们不但关心自己的，而且关心对方的志向，否则就没有意义了——互助和灵感；还有——恕我直言，晚上十一点钟吃的菜裹肉片和奶酪三明治。

可是没多久，艺术动摇了。即使没有人去碰它，有时它自己也会动摇的。俗话说得好，坐吃山空；应该付给马吉斯特和罗森斯托克两位先生的学费也没有着落了。当你爱好你的艺术时，就觉得没有什么奉献是难以承受的。于是，迪莉娅说，她得教授音乐，以免断炊。

她在外面奔走了两三天，招揽学生。一天晚上，她兴高采烈地回来了。

"乔，亲爱的，"她快活地说，"我有一个学生啦。哟，那家人真好。一位将军——艾·比·平克尼将军的小姐，住在第七十一号街。多么漂亮的房子，乔——你该看看那扇大门！我想就是你所说的那种拜占庭式。还有屋子里面！喔，乔，我从没见过那样豪华的装修。

"我的学生是他的女儿克莱门蒂娜。我见了她就欢喜极啦。她是个柔弱的小东西——老是穿白衣服；态度又那么朴实可爱！她只有十八岁。我一星期教三次课；你想想看，乔！每课五块钱。数目固然不大，可是我一点儿也不在乎。等我再找到两三个学生，我又可以到罗森斯托克先生那儿去学习了。现在，别皱眉头啦，亲爱的，让我们美美地吃一顿晚

这里形象地说明了在所谓的"追求艺术"的队伍里，相当一部分人不过是把艺术当成获得名望、地位、利益的工具罢了。

为了爱，没有什么"牺牲"是难以承受的，哪怕是自己钟爱的"艺术"。为自己所爱的人而奉献自己是天经地义的。

饭吧。"

"你倒不错,迪莉娅,"乔一面说,一面用斧子和切肉刀凿一个青豆罐头,"可是我该怎么办呢?你认为我能让你忙着挣钱,我自己却在艺术的领域里追逐吗?我以本范努托·切利尼的骨头赌咒,绝对不能!我想我能卖卖报纸、运卵石铺马路,多少也挣一两块钱回来。"

迪莉娅走过来,勾住他的脖子。

"乔,亲爱的,你真傻。你一定要坚持学习。我并不是抛弃了音乐去干别的事情。我一面教别人,自己一面也能学一些。我永远跟我的音乐在一起。<u>何况我们一星期有十五块钱,可以过得像百万富翁那般快乐。</u>你千万不要打算脱离马吉斯特先生。"

"好吧。"乔说,一面去拿那个贝壳形的蓝色菜碟子,"可我不愿意让你去教课。那不是艺术。你做出这样的奉献真了不起,真叫人钦佩。"

"当你爱好你的艺术时,就觉得没有什么奉献是难以承受的。"迪莉娅说。

"我在公园里画的那幅素描,马吉斯特说上面的天空很好。"乔说,"廷克尔答应我在他的橱窗里挂上两幅。如果碰上一个合适的、有钱的傻瓜,可能卖掉一幅。"

"我相信一定能卖掉。"迪莉娅亲切地说、"现在让我们先来感谢平克尼将军和这烤羊肉吧。"

下一个星期,拉腊比夫妇每天早餐都吃得很早。乔兴致勃勃地要到中央公园去在晨光下画几张速写。七点钟,迪莉娅在给了他早饭、拥抱、赞美和接吻之后,把他送出了门。<u>艺术是个迷人的情妇。</u>他回家时,多半已是晚上七点钟了。

周末,愉快自豪,但又疲惫不堪的迪莉娅得意扬扬地掏出三张五元的钞票,扔在那八英尺阔十英尺长的公寓客厅里的八英寸阔十英寸长的桌子上。

　　"有时候，"她有些厌倦地说，"克莱门蒂娜真叫我费劲儿。我想她大概练习得不充分，我得反反复复地教她。而且她老是穿白的，也叫人觉得单调。不过平克尼将军倒是个顶可爱的老头儿！我希望你能认识他，乔。我和克莱门蒂娜练习钢琴的时候，他偶尔走进来——他是个鳏夫，你知道——站在那儿捋他的白胡子。'十六分音符和三十二分音符教得怎么样啦?'他老是这样问道。

　　"我希望你能看到客厅里的护壁镶板，乔！还有那些阿斯特拉罕的呢门帘。克莱门蒂娜老是咳嗽。我希望她的身体比她外表来得要结实些。喔，我实在是越来越喜欢她了，她多么温柔，多么有教养。平克尼将军的弟弟当过驻玻利维亚的公使。"

　　接着，乔带着基督山伯爵的神气，掏出一张十元，一张五元，一张两元和一张一元的钞票——全是合法的货币——把它们摆在迪莉娅挣来的钱旁边。

　　"那幅方尖碑的水彩画卖给了一个从皮奥里亚来的人。"他郑重其事地宣布说。

　　"别跟我开玩笑啦，"迪莉娅说，"不会是皮奥里亚那么远来的吧!"

　　"确实是那儿来的。我希望你能见到他，迪莉娅。一个胖子，围着羊毛围巾，衔着一根牙签。他在廷克尔的橱窗里看到了那幅画，起先还以为是座风车呢。他倒很气派，不管三七二十一就把它买下了。他另外还预定了一幅——拉卡瓦纳货运车站的油画——准备带回去。我的画，加上你的音乐课!啊，我想艺术还是有前途的。"

　　"你坚持了下来，真使我高兴。"迪莉娅热切地说，"你一定会成功的，亲爱的。三十三块钱!我们从来没有过这么多可花的钱。今晚我们买牡蛎吃。"

"加上炸嫩牛排和香菌。"乔说,"肉叉在哪儿?"

下个星期六的晚上,乔先回家。他把他的十八块钱摊在客厅的桌子上,然后把手上许多像是黑色颜料的东西洗掉。

半个钟点之后,迪莉娅来了,她的右手用棉纱和绷带包成一团,简直不成样子。

"这是怎么搞的?"乔照例打了招呼后问道。迪莉娅笑了,可笑得并不十分快活。

"克莱门蒂娜,"她解释说,"上了课以后一定要吃奶酪面包。她真是个古怪的姑娘。下午五点钟还要吃奶酪面包。将军也在场。你该看看他跑去拿烘锅时的样子,乔,仿佛家里没有用人似的。我知道克莱门蒂娜身体不好,神经过敏。她浇奶酪的时候泼翻了许多,滚烫的,溅在我的手腕上。痛得要命,乔。那可爱的姑娘难过极了!还有平克尼将军——乔,那老头儿急得几乎要发疯。他冲下楼去叫人——他们说是烧锅炉的或是地下室里的什么人——到药房里去买些油和包扎伤口用的东西。现在倒不十分痛了。"

"这是什么?"乔轻轻地握住那只手,扯扯绷带下面的几根白线,问道。

"那是涂了油的软纱。"迪莉娅说。"喔,乔,你又卖掉了一幅素描吗?"她看到了桌上的钱。

"可不是嘛!"乔说,"只消问问那个从皮奥里亚来的人。他今天把他订的车站图取去了。他没有说定,可能还要一幅公园和一幅哈得逊河的风景。你今天下午什么时候烫痛手的,迪莉娅?"

"大概在五点钟吧。"迪莉娅可怜巴巴地说,"熨斗——我是说奶酪,大概在那时候烧好。你真该看到平克尼将军的样子,乔,他——"

此句中"像是"一词耐人寻味,说明手上沾的很有可能不是画画儿用的黑色颜料,那可能是什么呢?在这里作者是有所暗示的。

迪莉娅手受伤了,乔却"扯"着"绷带下面的几根白线"问她,这一不同寻常的动作细节描写,为后文情节的急转埋下了伏笔。

此处通过描写人物的语无伦次,来推动情节的自然发展。

　　"先坐一会儿，迪莉娅。"乔说。他把她拉到卧榻上，自己在她身边坐下，用胳臂围住了她的肩膀。

　　"这两个星期以来，你到底在干些什么，迪莉娅?"他问道。

　　她带着充满爱情和固执的眼神熬了一两分钟，含含混混地说着平克尼将军;但终于垂下头，一边哭，一边说出实话来了。

　　"我找不到学生。"她供认说，"我又不忍心眼看你抛弃你的课程，所以在第二十四号街那家大洗衣店里找了一个熨衬衣的活儿。我以为我把平克尼将军和克莱门蒂娜两个人编造得很好呢，可不是嘛，乔?今天下午，洗衣店里一个姑娘的热熨斗烫了我的手，我一路上就编出了那个烘奶酪的故事。你不会生我的气吧，乔?如果我不去做工，你也许不能把你的画卖给那个皮奥里亚来的人。"

　　"他不是从皮奥里亚来的。"乔慢吞吞地说。

　　"打哪儿来的都一样。你真行，乔——吻我吧，乔——你怎么会怀疑我不在教克莱门蒂娜的音乐课呢?"

　　"在今晚以前，我始终没有起疑。"乔说，"今晚本来也不会起疑的，可是今天下午，我替楼上一个给熨斗烫坏手的姑娘找了一些机器房的油和废纱头。两星期来，我就在那家洗衣店的锅炉房烧火。"

　　"那你并没有——"

　　"我的皮奥里亚来的主顾，"乔说，"和平克尼将军都是同一艺术的产物——只是你不会把那门艺术叫作绘画或音乐罢了。"

　　他们两个都笑了。乔开口说:

　　"当你爱好你的艺术时，就觉得没有什么奉献——"

　　可是迪莉娅用手掩住了他的嘴。"别说啦，"她说——"只消说'当你爱的时候'。"

此处对主人公说话时"慢吞吞"神情的描写，暗示他也许有隐情，暗示"真相"可能尚未"大白"，暗示情节可能会再起波澜。

主顾:顾客。

▌情境赏析▐

　　一个叙说真挚的爱的小故事。两个相互恩爱、相互敬重的年轻人，为了成就对方的事业，不惜牺牲自己而为对方赚取学习的花费。而戏剧性的地方恰恰在于，两个人想法不约而同，而互相发现之时的喜剧因素。这也正是作者写作手法、情节安排的高明之处。峰回路转、曲径通幽，小朋友们可以从中学到很多，这至少比"今天天气晴朗，万里无云，我们全班兴高采烈……"的平铺直叙好得多。

▌名家点评▐

　　欧·亨利好比一座迷宫，既有迷人的艺术魅力，又有使人误入歧途的迷魂阵。要解开这个谜，首先必须"能着迷，迷入其中"。

——阮温凌

　　苏贝，一个饥寒交迫的流浪汉，因为想去监狱过冬，便屡次以身试法：吃饭不给钱、扰乱社会治安、当着警察的面调戏女性……结果却屡试屡败。当苏贝无奈地踱步到一座古朴教堂前时，赞美诗演奏的甜美乐声使他陶醉。他的灵魂突然间发生了不可思议的变化，一种强烈的、突起的冲动推动着他与厄运抗争。明天，他将去繁忙的市区找一份工作，他要在这个世界混出个人样。他会……正当苏贝的内心重新充满希望和动力时，却偏偏被警察送进了监狱。故事一方面讽刺了当时司法制度的黑暗，另一方面也流露出命运无情捉弄人的悲观情绪。

苏贝躺在麦迪逊广场的长凳上，辗转反侧。当夜晚雁群引吭高鸣，当穿有海豹皮大衣的女人对她们的丈夫亲热起来，或者当苏贝躺在广场的长凳上辗转反侧的时候，你就知道冬季已经逼近了。

　　一片枯叶飘落到苏贝的膝头。那是杰克·弗罗斯特的名片。杰克对麦迪逊广场的老房客倒是体贴入微的，每年要来之前，总是预先通知。他在十字街头把他的名片交给"北风"——"幕天席地别墅"的门房——这样露天的居民就可以有所准备。

　　苏贝理会到，为了应付即将来临的严冬，由他来组织一个单人筹备委员会的时候已经到了。因此，他在长凳上转侧不安。

　　苏贝对于在冬季蛰居方面并没有什么奢望。他根本没有想到地中海的游弋，或南方催人欲眠的风光，更没有想到在维苏威海湾的游泳。他心向神往的只是到岛上去住上三个月。三个月不愁食宿，既能摆脱玻瑞阿斯和巡警的干扰，又有意气相投的朋友共处，在苏贝的心目中，再没有比这更美满的事了。

　　多年来，好客的布莱克韦尔监狱成了他的冬季寓所。正如那些比他幸运得多的纽约人每年冬天买了车票到棕榈滩和里维埃拉去消寒一样，苏贝也为他一年一度去岛上的避难做了最低限度的准备。现在是时候了。昨晚，他在那古老的广场里，睡在喷泉池旁边的长凳上，用了三份星期日的厚报纸，衬在衣服里，遮着脚踝和膝盖，还是抵挡不住寒冷的侵袭。因此，布莱克韦尔岛在苏贝心中及时涌现出来。他瞧不起那些以慈悲为名替地方上寄食者准备的布施。在苏贝看来，法律比慈善更为仁慈。他可以去的场所多得是，有的是市政府办的，有的是慈善机关办的，在哪儿他都可以谋得食宿，满足简单的生活要求。可是对苏贝这种性格高傲的人来说，慈善的恩赐是行不通的。从慈善家手里得到一点儿好处，固然不要你破费，却要你承担精神上的屈辱。凡事有利必有弊，要睡慈善机关的床铺，就先得被迫洗个澡；要吃一块面包，你个人的私事也就得给打破砂锅问到底。因此，还是做做法律的客人来得痛快，法律虽然铁面无私、照章办事，究竟不会过分干涉一位大爷的私事。

既然打定了去岛上的主意，苏贝立刻准备实现他的愿望。轻而易举的办法倒有不少。最愉快的莫如在一家豪华的饭店里大模大样地吃上一顿，然后声明自己不名一文，就可以安安静静、不吵不闹地给交到警察手里。其余的事，自有一个知趣的地方法官来安排。

苏贝离开长凳，踱出广场，穿过了百老汇路和五马路交叉处的一片平坦的柏油路面。他拐到百老汇路上，在一家灯火辉煌的饭馆前停下来，那里每晚汇集着上好的美酒、华丽的衣服和有地位的人物。

苏贝对自己上半身的打扮颇有信心。他刮过脸，上衣还算体面，感恩节时一位女教士送给他的那个有活扣的黑领结也挺干净。只要他能走到饭馆里桌子边上而不引起别人的疑心，一切就可以如愿以偿了。他暴露在桌面以上的部分不至于使侍者起疑。一只烤野鸭，苏贝想道，也就够意思了——再加一瓶夏勃立酒、坎曼贝乳酪——一小杯咖啡和一支雪茄。雪茄要一块钱一支的就行了。账单上的总数不要大得会引起饭馆掌柜的狠心报复；同时野鸭肉却能让他在去冬季避难所的路上感到饱食的快乐。

可是，苏贝刚踏进饭馆门口，侍者领班的眼光就落到了他的旧裤子和破皮鞋上。粗壮而利索的手把他推了一个转身，沉默而迅速地被撵到人行道上，从而改变了那只险遭暗算的野鸭的不体面的命运。

苏贝离开了百老汇路。到那向往之岛去，要采取满足口腹之欲的路线看来是行不通了。要进监狱，还得另想办法。

六马路的拐角上有一家铺子，玻璃橱窗里陈设巧妙的商品和灿烂的灯光很引人注目。苏贝捡起一块大圆石，砸穿了那块玻璃。人们从拐角上跑来，为首的正是一个警察。苏贝站定不动，双手插在口袋里，看到警察的铜纽扣时不禁笑了。

"砸玻璃的人在哪儿?"警察气急败坏地问道。

"难道你看不出我可能跟这事有关吗?"苏贝说，口气虽然带些讥讽，态度却很和善，仿佛是一个交上好运的人似的。

警察心里根本没把苏贝当作嫌疑犯。砸橱窗的人总是拔腿就跑，不会傻站在那儿跟法律的走卒打交道的。警察看到半条街前面有一个人跑着去赶搭一辆公共汽车。他抽出警棍，追了上去。苏贝大失所望，垂头丧气地走开了。两次都不顺利。

对街有一家不怎么堂皇的饭馆。它迎合胃口大而钱包小的吃客。它的盘碟和气氛都很粗厚；它的汤和餐巾却很稀薄。苏贝跨进这家饭馆，他那罪孽深重的鞋子和暴露隐秘的裤子倒没有被人注意到。他挑了个位子坐下，吃了牛排、煎饼、炸面饼圈和馅饼。然后他向侍者透露真相，说他一个子儿都没有。

"现在快去找警察来，"苏贝说，"别让大爷久等。"

"对你这种人不用找警察。"侍者的声音像奶油蛋糕，眼睛像曼哈顿鸡尾酒里的红樱桃。他只嚷了一声："嗨，阿康!"

两个侍者干净利落地把苏贝叉出门外，他左耳贴地摔在坚硬的人行道上。像打开一个木工曲尺似的，他一节一节地撑了起来，掸去衣服上的尘土。被捕似乎只是一个美妙的梦想。那个岛仿佛非常遥远。站在隔了两家店铺远的药房门口的警察，笑了一笑，走到街上去了。

苏贝走过了五个街口之后，才有勇气再去追求被逮捕。他天真地暗忖着，这次是十拿九稳，不会再有闪失了。一个衣着朴实、风姿可人的少妇站在一家店铺的橱窗前，出神地瞅着刮胡子用的杯子和墨水缸。离橱窗两码远的地方，一个大个子警察神气十足地靠在消防水龙头上。

苏贝打算扮演一个下流惹厌、调戏女性的浪子。他的受害者外表娴静文雅，而忠于职守的警察又近在咫尺；他有理由相信，马上就能痛痛快快地给逮住，保证可以在岛上的小安乐窝里逍遥过冬。

苏贝把女教士送给他的活扣领结拉拉挺，又把皱缩在衣服里面的衬衫袖管拖出来，风流自赏地把帽子歪戴在额头，向那少妇身边挨过去。他对她挤眉弄眼，嘴里哼哼哈哈，嬉皮笑脸地摆出浪子那色胆包天、叫人恶心的架势。苏贝从眼角里看到警察正牢牢地盯着他。少妇让开了一步，仍旧全神贯注地瞅着那些刮胡子用的杯子。苏贝凑上去，大胆地走近她身边，掀起帽子说：

"啊喂，美人儿！要不要跟我一起去逛逛？"

警察仍旧盯着。受到纠缠的少妇只消举手一招，苏贝就可以毫无疑问地被送到他的安身之岛去了。他在想象中已经感到了警察局的舒适温暖。少妇扭过头来望着他，伸出手，抓住了苏贝的衣袖。

"当然啦，朋友，"她高兴地说，"只要你肯请我喝啤酒。不是警察望着的话，我早就招呼你了。"

少妇像常春藤攀住橡树般地偎依在苏贝身旁。苏贝心情阴郁，走过警察身边。他似乎注定是自由的。

一拐弯，他甩掉了同伴，撒腿就跑。他一口气跑到一个地方，那儿晚上有最明亮的街道、最愉快的心情、最轻率的盟誓和最轻松的歌声。披裘皮的女人和穿厚大衣的男人兴高采烈地冒着寒气走动。苏贝突然感到一阵恐惧，是不是一种可怕的魔力使他永远不会遭到逮捕了呢？这个念头带来了一些惊惶。当他再见到另一个警察神气活现地在一家灯火辉煌的戏院门前巡逻时，他忽然想起了那个穷极无聊的办法——扰乱治安。

在人行道上，苏贝开始憋足劲儿尖声叫喊一些乱七八糟的醉话。他手舞足蹈、吆喝胡闹，想尽办法搅得天翻地覆。

警察挥旋着警棍，掉过身去，背对着苏贝，向一个市民解释说：

"那是耶鲁大学的学生，他在庆祝他们在赛球时给哈特福德学院吃了一个鸭蛋。虽然闹得凶，可是不碍事。我们接到指示，不必干涉。"

苏贝快快地停止了他那白费气力的嚷嚷。警察永远不来碰他了吗？在他的想象中，那个岛简直像是可望而不可即的世外桃源了。他扣好单薄的上衣来抵挡刺骨的寒风。

在一家雪茄烟铺里，他看到一个衣冠楚楚的人正在摇曳的火上点雪茄。那人进去时将一把绸伞倚在门口。苏贝跨进门，拿起伞，不慌不忙地扬长而去。点烟的人赶忙追出来。

"那是我的伞。"他厉声说。

"呵，是吗？"苏贝冷笑着说，在小偷的罪名上又加上侮辱，"那么，你干吗不叫警察呢？不错，是我拿的。你的伞！你干吗不叫警察？拐角上就有一个。"

伞主人放慢了脚步。苏贝也走慢了，预感到命运会再度跟他作对。拐角上的警察好奇地望着他们两。

"当然，"伞主人说，"说起来——嗯，你知道这一类误会是怎么发生的——我——如果这把伞是你的，请你别见怪——我是今天早晨在一家饭馆里捡到的——如果你认出是你的，那么——请你——"

"当然是我的。"苏贝恶狠狠地说。

伞的前任主人退了下去。警察赶过去搀扶一个穿晚礼服的身材高挑的金发女郎，陪她穿过街道，以免一辆还在两个街口以外的车子碰上她。

苏贝往东走过一条因为修路而翻掘开来的街道。他愤愤地把伞扔进一个坑里。他咒骂那些头戴铜盔、手持警棍的人。他一心指望他们来逮捕他，他们却把他当作一贯正确的帝王。

最后，苏贝走到一条通向东区的路上，那里灯光暗淡，嘈杂声也低一些。他的方向是麦迪逊广场，因为他不知不觉地还是想回家，尽管这个家只是广场里的一条长凳。

但是当苏贝走到一个异常幽静的路角上时，就站了下来。这儿有一座不很整齐的、砌着三角墙的、古色古香的老教堂。一丝柔和的灯火从紫罗兰色的玻璃窗里透露出来。无疑，里面的风琴师为了给礼拜日唱赞美诗伴奏正在反复练习。悠扬的乐声飘进了苏贝的耳朵，使他倚着螺旋形的铁栏杆而心醉神迷。

天上的月亮皎洁肃穆；车辆和行人都很稀少；冻雀在屋檐下睡迷迷地啁啾——这种境界使人不禁想起了乡村教堂的墓地。风琴师弹奏的赞美诗音乐把苏贝胶在铁栏杆上了，因为当他的生活中还有母爱、玫瑰、雄心、朋友、纯洁的思想和体面的衣着这类事物的时候，他对赞美诗的曲调曾是很熟悉的。

苏贝这时敏感的心情和老教堂环境的影响，使他的灵魂突然起了奇妙的变化。他突然憎恶起他所坠入的深渊、堕落的生活、卑鄙的欲望、破灭了的希望、受到损害的才智和支持他生存的低下的动机。

刹那间，他的内心对这种新的感受起了深切的反应。一股迅疾而强有力的冲动促使他要向坎坷的命运抗争。他要把自己拔出泥淖；他要重新做人；他要征服那已经控制了他的邪恶。时候还不晚；他算来还年轻；他要唤起当年那热切的志向，不含糊地努力追求。庄严而亲切的风琴乐调使他内心有了转变。明天他要到热闹的市区里去找工作。有个皮货进口商曾经叫他去当赶车的。明天他要去找那个商人，申请那个职务。他要做一个顶天立地的男子汉。他要……

苏贝觉得有一只手按在他的胳臂上。他霍地扭过头，看到了一个警察的阔脸。

"你在这儿干什么？"警察责问道。

"没干什么。"苏贝回答说。

"那么跟我来。"警察说。

第二天早晨，警庭的法官宣判说："在布莱克韦尔岛上监禁三个月。"

安东尼·洛克沃尔是一个富翁。在他的眼里，世间的万物都可以用金钱买到。但是他的儿子理查德认为金钱买不来爱情，并因没有时间对心上人表白而暗自神伤。然而奇迹还是出现了，理查德与那位心爱的姑娘在遭遇了一次前所未有的堵车事件后，终于赢得了向姑娘表白的机会，同时也得到了姑娘的芳心，他们订婚了。

令人意想不到的是，这次堵车事件的出现，正是安东尼一手导演的，为此他支付了数千美元。作家通过刻画用自己的财势为儿子赢得了爱情的安东尼·洛克沃尔的形象，间接讽刺了当时社会中以为"金钱万能"的拜金主义者。

退休的洛氏尤列加肥皂制造商和专利人老安东尼·洛克沃尔，在五马路私邸的书房里望着窗外，咧开嘴笑了一笑。他右邻的贵族兼俱乐部会员乔·范·舒莱特·萨福克一琼斯，正从家里出来，朝等在门口的小轿车走去。萨福克一琼斯跟往常一样，向这座肥皂大厦正面的文艺复兴式的雕塑轻蔑而傲慢地扇了扇鼻翅。

"倔老头，看你的架子端得了多久！"前任肥皂大王说，"你这个僵老的纳斯尔罗德，如果不留神，你得光着身子、打赤脚滚蛋呢。今年夏天，我要把这座房子漆得五光十色，看你那荷兰鼻子还能翘多高。"

召唤用人时一向不喜欢摇铃的安东尼·洛克沃尔走到房门口，喊了声"迈克！"他那嗓子一度震破过堪萨斯大草原上的天空，如今声势仍不减当年。

"关照少爷一声，"安东尼吩咐进来侍候的用人说，"叫他出去之前到我这儿来一次。"

小洛克沃尔走进书房时，老头儿撂下报纸，打量着他，那张光滑红润的大脸上透出了又慈爱又严肃的神情。他一只手把自己的白头发揉得乱蓬蓬的，另一只手在口袋里把钥匙弄得咔嗒咔嗒直响。

"理查德，"安东尼·洛克沃尔说，"你用的肥皂是花多少钱买的?"

理查德离开学校后，在家里只待了六个月，听了这话稍微有些吃惊。他还没有摸透他老子的脾气，那老头儿活像一个初次交际的姑娘，总是提出一些叫人意想不到的问题。

"大概是六块钱一打的，爸。"

"那么你的衣服呢?"

"一般在六十块钱上下。"

"你是个上流人物。"安东尼斩钉截铁地说，"我听说，现今这些年轻的公子哥儿都用二十四块钱一打的肥皂，做一套衣服往往超过一百元大关。你有的是钱，尽可以像他们那样胡花乱用，但是你仍旧规规矩矩、很有分寸。我自己也用老牌尤列加肥皂——不仅是出于感情关系，还因为它是市面上最纯粹的肥皂。你买一块肥皂，实际上只得到一毛钱的货色，其余的无非是蹩脚香料和商标装潢罢了。像你这种年纪、地位和身份的年轻人，用五毛钱一块的肥皂已经够好了。我刚才说过，你是个上流人物。有人说，三代才能造就一个贵族。他们的话不对头。有了钱就好办，并且办得跟肥皂油脂一般滑溜。它在你身上已经见效啦。天哪! 它几乎使我也成了上流人物。我差不多同我左邻右舍的那两个荷兰老爷一样言语无味、面目可憎。他们晚上睡不着觉，只因为我在他们的住宅中间置下了房产。"

"某些事情哪怕有了钱也办不到。"小洛克沃尔有点儿忧郁地说。

"慢着，别那么说。"老安东尼错愕地说道，"我始终认为钱能通神。我已经把百科全书翻到了 Y 字，还没有发现金钱所办不到的东西;下星期我打算翻翻补遗。我是彻头彻尾拥护金钱的。你倒说说，世界上有什么是金钱买不到的?"

"举个例子吧，"理查德有点儿不服气地答道，"花了钱也挤不进最高级的上流社会呀。"

"啊哈! 是吗?"这个拥护万恶之根的人暴喊道，"你说给我听听，假如阿斯特的老祖宗没有钱买统舱船票到美国来，你所谓的上流社会又打哪儿来呢?"

理查德叹了一口气。

"我要谈的正是那件事。"老头儿说,声音低了一点儿,"我把你找来就为了那个缘故。你最近有点儿不对劲,孩子。我注意了有两个星期啦。讲出来吧。我想我在二十四小时以内可以调度一千一百万元现款,房地产还不算在内。如果你的肝气毛病又犯了,'逍遥'号就停泊在海湾里,上足了煤,两天之内就可以开到巴哈马群岛。"

"猜得不坏,爸。相差不远啦。"

"啊,"安东尼热切地说,"她叫什么名字呀?"

理查德开始在书房里踱来踱去。这位粗鲁的老爸爸这般关心同情,不由他不说真心话。

"你干吗不向她求婚呢?"老安东尼追问道,"她一定会忙不迭地扑进你怀里。你有钱,相貌漂亮,又是个正派的小伙子。你一身清清白白,没有沾上尤列加肥皂。你固然进过大学,但是那一点她不至于挑眼的。"

"我始终没有机会。"理查德说。

"造机会呀。"安东尼说,"带她去公园散步,或者带她去野餐,再不然做了礼拜后陪她回家。机会!啐!"

"你不了解社交界的情况,爸。她是推动社交界的头面人物之一。她的每一小时、每一分钟,早在几天之前就安排好了。我非得到那个姑娘不可,爸,否则这个城市简直成了一片腐臭的沼泽,使我抱恨终身。我又不能写信表白——我不能那么做。"

"咄!"老头儿说,"难道你想对我说,拿我的全部财产做后盾,你还不能让一个姑娘陪你一两个小时吗?"

"我发动得太迟了。后天中午,她就要乘船去欧洲,在那儿待两年。明天傍晚,我可以单独同她待上几分钟。眼下她在拉奇蒙特她姨妈家,我不能到那儿去。但是她答应我明天傍晚乘马车到中央火车站去接她,她搭八点三十分那班火车来。我们一起乘马车赶到百老汇路的沃拉克剧院,她母亲和别的亲友在剧院休息室等着我们,一起看戏。你认为在那种情况下,只有六分钟或者八分钟的时间，她会听我表白心意吗？不会的。在剧院里或者散戏之后，我还能有什么机会呢？绝对没有。不，爸爸，这就是你的金钱所不能解决的难题。金钱连一分钟的时间都买不到；如果能买到，有钱人的寿命就可以长些啦。在兰特里小姐起程之前，要同她好好谈一谈是没有希望的了。"

"好吧，理查德，我的孩子，"老安东尼快活地说，"你现在可以到你的俱乐部去啦。我很高兴，你并没有犯肝气病。可是你别忘了时常去庙里烧烧香，敬敬伟大的财神。你说金钱买不到时间吗？唔，你当然不能出一个价钱，叫人把'永恒'包扎得好好的，送货上门；但是我看到时间老人走过金矿的时候，脚踝给磕得满是伤痕。"

那晚，正当安东尼在看晚报时，那位温柔善感、满脸皱纹，给财富压得郁郁不乐，老是长吁短叹的埃伦姑妈来看她的弟弟了。他们开始拿情人的烦恼当作话题。

"他已经完全告诉我啦。"安东尼说着打了一个哈欠，"我对他说，我的银行存款全部听他支配。他却开始诋毁金钱。说是有了钱也不中用。又说十个百万富翁凑在一起也不能把社会规则拖动一步。"

"哦，安东尼，"埃伦姑妈叹息说，"我希望你别把金钱看得太了不起。牵涉真实感情的时候，财富就不管用了。爱情才是万能的。他如果早一点儿开口就好啦！那个姑娘不可能拒绝我们的理查德。但是我怕现在已经太迟了。他没有向她求爱的机会。你的全部金钱并不能替你的儿子带来幸福。"

第二天晚上八点钟，埃伦姑妈从一个蛀痕斑驳的盒子里取出一枚古雅的金戒指，把它交给理查德。

"孩子，今晚戴上它吧。"姑妈央求道，"这枚戒指是你母亲托付给我的，她说它能替情人带来幸福。她嘱咐我等你找到了意中人时，就把它交给你。"

小洛克沃尔郑重其事地接过戒指，套在小手指上试试。戒指滑到第二个指节就停住了。他把它捋下来，照男人的习惯，往坎肩口袋里一塞。接着，他打电话叫马车。

八点三十二分，他在火车站嘈杂的人群中接到了兰特里小姐。

"我们别让妈妈和别人久等。"她说。

"去沃拉克剧院，越快越好！"理查德唯命是从地吩咐马车夫说。

他们飞快地向百老汇路驶去，先取道第四十二号街，然后沿着一条街灯像璀璨星光的小道，从宁谧的西区奔向高楼耸立的东区。

到了第三十四号街的时候，小理查德迅速推开车窗，吩咐马车夫停住。

"我掉了一枚戒指。"他一面道歉似的解释说，一面跨出车门，"那是我母亲的遗物，我不愿意把它弄丢。我耽误不了一分钟——我看到了它掉在什么地方。"

不出一分钟，他找到了戒指，重新坐上马车。

可是就在那一分钟里，一辆市区汽车在马路的正前方停住了。马车夫想往左拐，然而一辆笨重的快运货车挡住了他的去路。他向右面试试，又不得不退回来，避让一辆莫名其妙地出现在那儿的装载家具的马车。他企图倒退，但也不成，便只好扔下缰绳，聊尽本分地咒骂起来。他给封锁在一批纠缠不清的车辆和马匹中间了。

交通阻塞了。在大城市里，有时会相当突然地发生这种情况，断绝交通往来。

"为什么不赶路啊？"兰特里小姐不耐烦地问道，"我们要迟啦。"

理查德在车子里站起身，朝四周扫了一眼。他看到百老汇路、六马路和第三十四号街广阔的交叉路口给各式各样的货车、卡车、马车、搬运车和公共汽车挤得水泄不通，正像一个腰围二十六英寸的姑娘硬要束二十二英寸的腰带那样。所有交叉的街道上，还有车辆在飞快地、咔嗒咔嗒地朝着这个混乱的中心赶来，投入这一批难解难分、轮毂交错的车辆和马匹中，在原有的喧嚣声中又加上了它们的车夫的诅咒声。曼哈顿所有的车辆似乎都充塞在它们周围。挤在人行道上看热闹的纽约人成千上万，他们中间连资格最老的都记不清哪一次交通阻塞的规模可以同这一次的相比。

"真对不起，"理查德坐下来说，"看情形我们给卡住了。在一个小时之内，这场混乱不可能松动。这要怪我不好。假如我没有掉落那枚戒指，我们……"

"给我瞧瞧那枚戒指吧。"兰特里小姐说，"既然现在已无法挽救，我也无所谓了。说起来，我一向认为看戏是顶无聊的事。"

当天夜里十一点钟，有人轻轻叩安东尼·洛克沃尔的房门。

"进来。"安东尼喊道，他穿着一件红色的袍子，正在看一本海盗冒险小说。

进来的是埃伦姑妈，她的模样活像是一个头发灰白、错留在人间的天使。

"他们订婚啦，安东尼。"她温柔地说，"她答应跟我们的理查德结婚。他们在去剧院的路上碰到了一次交通阻塞，他们的马车过了两个小时才脱身出来。

"哦，安东尼弟弟，你别再替金钱的力量吹嘘啦。一件表示真实爱情的小小信物——一枚象征海枯石烂永不变、金钱买不到的爱情的小戒指——是我们的理查德获得幸福的根由。他半路上掉落了那个戒指，下车去捡。他们重新上路之前，街道给堵住了。马车给卡在中间的时候，他向心上人表明了态度，赢得了她。同真实的爱情比较起来，金钱简直成了粪土，安东尼。"

"好吧，"老安东尼说，"我很高兴，那孩子总算实现了他的愿望。我早对他说过，在这件事上，我不惜付出任何代价，只要——"

"可是，安东尼弟弟，在这件事上，你的金钱起了什么作用呢？"

"姐姐，"安东尼·洛克沃尔说，"我的海盗正处于万分危急的关头。他的船刚给凿穿，他有钱，重视金钱的价值，决不会让自己给淹死的。我希望你别来打扰，让我看完这一章吧。"

故事原该在这儿收场了。我跟各位一样，也热切地希望如此。但是为了弄清事实真相，我们非刨根问底不可。

第二天，一个双手通红、打着蓝点子领带、自称凯利的人来找安东尼·洛克沃尔，立刻给让进了书房。

"唔，"安东尼一面伸手去拿支票簿，一面说道，"这一锅肥皂熬得可不坏。我们瞧瞧——你已经支了五千元现钞。"

"我自己还垫了三百块。"凯利说，"预算不得不超过一些。快运货车和马车大多付了五块；可是卡车和两匹马拉的车子多半要我付十块；汽车夫要十块，几辆满载的车子要二十块。警察敲得我最凶——其中有两个，我每人给了五十，其余有的二十、有的二十五。不过表演得真精彩，可不是嘛，洛克沃尔先生？幸好威廉·阿·布雷迪没有看到那场小小的车辆外景。我不希望威廉妒忌得伤心。并且我们根本没有经过排练！伙计们都准时赶到，一秒钟也不差。足足两个小时，堵得水泄不通，格里利的塑像底下连一条蛇都钻不过去。"

"一千三百元——喏，凯利。"安东尼撕下一张支票，递给凯利说，"一千元是酬劳你的，三百元是还你垫付的钱。你不至于瞧不起金钱吧，凯利？"

"我吗？"凯利说，"我真想揍那个发明贫穷的人哪。"

凯利走到门口时，安东尼又叫住了他。

"你有没有注意到，"他说，"在那交通断绝的地点，有一个一丝不挂、拿着弓箭乱射的胖娃儿？"

"啊，没有啊。"凯利给弄得莫名其妙，"我没有见到。即使他像你所说的也到过那儿，警察在我到场之前早该把他抓走啦。"

"我原想那个小流氓是不会在场的。"安东尼咯咯笑道，"再见，凯利。"

少女达尔西是一家百货商店的售货员，一周辛勤的工作只赚六美元。简屋陋食，没有漂亮的衣服，这样的生活叫人如何忍受？但是，达尔西过的就是这样的生活。突然有一天，一个叫皮吉的阔佬约达尔西吃晚饭。达尔西多么向往能像高贵的人那样，在一个有舒缓音乐的餐厅里享受一顿丰盛的晚宴。她为此做了精心的准备。然而就在皮吉到来的那一刻，她拒绝了这次赴约。

面对诱惑，每个人都会有冲动的可能，特别是对于一个身处贫困境地的少女来说。达尔西虽然一时动摇，但最终还是拒绝了那个玩弄女性的家伙的引诱。

如今人们提到地狱的火焰时，我们不再唉声叹气、把灰涂在自己头上了。因为连传教的牧师也开始告诉我们说，上帝是镭锭，或是以太，或是某种科学的化合物；因此我们这伙坏人可能遭到的最恶的报应，无非只是个化学反应。这倒是一个可喜的假设；但是正教所启示的古老而巨大的恐怖，还有一部分依然存在。

你能海阔天空地信口开河，而不至于遭到驳斥的只有两种话题。你可以叙说你梦见的东西；还可以谈谈从鹦哥那儿听来的话。摩非斯和鹦哥都不够证人资格，别人听到了你的高谈阔论也不敢指摘。我不在美丽的鹦哥的絮语中寻找素材，而挑了一个毫无根据的梦想作为主题，因为鹦哥说话的范围比较狭窄；那是我深感抱歉和遗憾的。

我做了一个梦，这个梦同《圣经》考证绝无关系，它只牵涉那个历史悠久、值得敬畏、令人悲叹的末日审判问题。

加百列摊出了他的王牌；我们之中无法跟进的人只得被提去受审。我看到一边是些穿着庄严的黑袍、反扣着硬领的职业保人，但是他们自己的职权似乎出了一些问题，所以他们不像是保得了我们中间任何一个人的样子。

一个包探——也就是充当警察的天使——向我飞过来，夹了我的左臂就走。附近候审的是一群看上去境况极好的鬼灵。

"你是那一拨人里面的吗？"警察问道。

"他们是谁呀？"我反问说。

"嘿，"他说，"他们是……"

这些题外的闲话已经占去正文应有的篇幅，我暂且不谈它了。

达尔西在一家百货公司工作。她经售的可能是汉堡的花边，或是呢绒，或是汽车，或是百货公司常备的小饰物之类的商品。达尔西在她所创造的财富中，每星期只领到六块钱。其余的在上帝经管的总账上——哦，牧师先生，你说那叫"原始能量"吗？好吧，就算"原始能量总账"吧——记在某一个人名下的贷方，达尔西名下的借方。

达尔西进公司后的第一年，每星期只有五块钱工资。要研究她怎样靠那个数目来维持生活，倒是一件给人以启发的事。你不感兴趣吗？好吧，也许你对大一些的数目才感兴趣。六块钱是个较大的数目。我来告诉你，她怎样用六块钱来维持一星期的生活吧。

一天下午六点钟，达尔西在距离延髓八分之一英寸的地方插帽针时，对她的好友——老是侧着左身接待主顾的姑娘——萨迪说：

"喂，萨迪，今晚我跟皮吉约好了去吃饭。"

"真的吗！"萨迪羡慕地嚷道，"哟，你真运气。皮吉是个大阔佬儿；他总是带着姑娘上阔气的地方去。有一晚，他带了布兰奇上霍夫曼大饭店，那儿的音乐真棒，还可以看到许多阔佬。你准会玩得痛快的，达尔西。"

达尔西急急忙忙地赶回家去。她的眼睛闪闪发亮，她的脸颊泛出了生命的娇红——真正的生命的曙光。那天是星期五，她上星期的工资还剩下五毛钱。

街道上挤满了潮水般下班回家的人们。百老汇路的电灯光亮夺目，招致几英里、几里格、甚至几百里格以外的飞蛾从黑暗中扑来，参加焦头烂额的锻炼。衣冠楚楚，面目模糊不清，像是海员养老院里的老水手在樱桃核上刻出来的男人们，扭过头来凝视着一意奔跑、打他们身边经过的达尔西。曼哈顿，这朵晚上开放的仙人掌花，开始舒展它那颜色死白、气味浓烈的花瓣了。

达尔西在一家卖便宜货的商店里停了一下，用她的五毛钱买了一条仿花边的纸衣领。那笔款子本来另有用途——晚饭一毛五，早饭一毛，中饭一毛。另外一毛是准备加进她那寒酸的储蓄里的；五分钱准备浪费在甘草糖上——那种糖能使你的脸颊鼓得像牙痛似的，含化的时间也像牙痛那么长。吃甘草糖是一种奢侈——几乎是狂欢——可是没有乐趣的生活又算是什么呢？

达尔西住的是一间连家具出租的房间。这种房间同包伙食的寄宿舍是有区别的。住在这种屋子里，挨饿的时候别人是不会知道的。

达尔西上楼到她的房间里去——西区一座褐石房屋的三楼后房。她点上煤气灯。科学家告诉我们，金刚石是世界上最坚硬的物质。他们错了。房东太太掌握了一种化合物，同它一比，连金刚石都软得像油灰了。她们把这种东西塞在煤气灯灯头上，任你站在椅子上挖得手指发红起泡，仍旧白搭。发针不能动它分毫，所以我们姑且管它叫作"牢不可移的"吧。

达尔西点燃了煤气灯。在那相当于四分之一支烛光的灯光下，我们来看看这个房间。

榻床，梳妆台，桌子，洗脸架，椅子——造孽的房东太太所提供的全在这儿了。其余是达尔西自己的。她的宝贝摆在梳妆台上：萨迪送给她的一个描金瓷瓶，腌菜作坊送的一组日历，一本详梦的书，一些盛在玻璃碟子里的扑粉，以及一束扎着粉红色缎带的假樱桃。

那面起皱的镜子前靠着基钦纳将军、威廉·马尔登、马尔巴勒公爵夫人和本范努托·切利尼的相片。一面墙上挂着一个戴罗马式头盔的爱尔兰人的石膏像饰板，旁边有一幅色彩强烈的石印油画，画的是一个淡黄色的孩子在捉弄一只火红色的蝴蝶。达尔西认为那是登峰造极的艺术作品；也没有人对此提出反对意见。从没有人私下议论这幅画的真赝而使她心中不安，也从没有批评家来奚落她的幼年昆虫学家。

皮吉说好七点钟来邀她。她正在迅速地打扮准备，我们不要冒昧，且掉过脸去，随便聊聊。

　　达尔西这个房间的租金是每星期两块钱。平日，她早饭花一毛钱。她一面穿衣服，一面在煤气灯上煮咖啡，煎一只蛋。星期日早晨，她花上两毛五分钱在比利饭馆阔气地大吃小牛肉排和菠萝油煎饼——还给女侍者一毛钱的小账。纽约市有这么多的诱惑，很容易使人趋于奢华。她在百货公司的餐室里包了饭；每星期中饭是六毛钱，晚饭是一块零五分。那些晚报——你说有哪个纽约人不看报纸的——要花六分钱；两份星期日的报纸——一份是买来看招聘广告栏的，另一份是预备细读的——要一毛钱。总数是四块七毛六分。然而，你总得添置些衣服，还有——

　　我没法算下去了。我常听说有便宜得惊人的衣料和针线做出来的奇迹；但是我始终表示怀疑。我很想在达尔西的生活里加上一些根据那神圣、自然、既无明文规定又不生效的天理的法令而应该是属于女人的乐趣，可是我搁笔长叹，没法写了。她去过两次康奈岛，骑过轮转木马。一个人盼望乐趣要以年份而不是以钟点为期，也未免太乏味了。

　　形容皮吉只要一个词。姑娘们提到他时，高贵的猪族就蒙上了不应有的污名。在那本蓝封皮的老拼音读本中，有三个字母拼成生字的一课就是皮吉的外传。他长得肥胖，有着耗子的心灵、蝙蝠的习性和狸猫那爱戏弄捕获物的脾气……他衣着华贵，是鉴别饥饿的专家。他只要朝一个女店员瞅上一眼，就能告诉你，她多久没有吃到比茶和棉花糖更有营养的东西了，并且误差不会超出一小时。他老是在商业区徘徊，在百货公司里打转，伺机邀请女店员们下馆子。连街上牵着绳子遛狗的人都瞧不起他。他是个典型，我不能再写他了，我的笔不是为他服务的，我不是木匠。

　　七点差十分的时候，达尔西准备停当了。她在那面起皱的镜子里照了一下。照出来的形象很称心。那套深蓝色的衣服非常合身，带着飘拂的黑羽毛的帽子，稍微有点儿脏的手套——这一切都代表苦苦地省吃俭用——都非常漂亮。

　　达尔西暂时忘了一切，只觉得自己是美丽的，生活就要把它神秘的帷幕揭开一角，让她欣赏它的神奇。以前从没有男人邀请她出去过。现在她居然就要投入那种绚烂夺目的高贵生活中去，在里面逗留片刻了。

姑娘们说，皮吉是舍得花钱的。一定会有一顿丰盛的大餐，音乐，还有服饰华丽的女人可以看，有姑娘们讲得下巴都要掉下来的好东西可以吃。无疑，她下次还会被邀请出去。

在她所熟悉的一个橱窗里，有一件蓝色的柞蚕丝绸衣服——如果每星期的储蓄从一毛钱增加到两毛，再——让我们算算看——喔，得积上好几年呢！但是七马路有一家旧货商店，那儿——

有人敲门。达尔西把门打开。房东太太站在那儿，脸上堆着假笑，嗅嗅有没有偷用煤气烧食物的气味。

"楼下有一位先生要见你，"她说，"姓威金斯。"

对于那些把皮吉当作一回事的倒霉女人，皮吉总是用那个姓出面。

达尔西转向梳妆台去拿手帕。她突然停住了，使劲儿咬着下唇。先前她照镜子的时候，只看到仙境里的自己，仿佛刚从大梦中醒过来的公主。她忘了有一个人带着忧郁、美妙而严肃的眼神在瞅她——只有这个人关心她的行为，或是赞成，或是反对。他的身材颀长笔挺，他那英俊而忧郁的脸上带着伤心和谴责的神情，那是基钦纳将军从梳妆台上的描金镜框里用他奇妙的眼睛在瞪着她。

达尔西像一个自动玩偶似的转过身来向着房东太太。

"对他说我不能去了。"她呆呆地说，"对他说我病了，或者随便找些理由。对他说我不出去了。"

等房门关上锁好之后，达尔西扑在床上，压坏了黑帽饰，哭了十分钟。基钦纳将军是她唯一的朋友。他是达尔西理想中的英武的男子汉。他好像怀有隐痛，他的胡子美妙得难以形容，他眼睛里那严肃而温存的神色使她有些畏惧。她私下里常常幻想，但愿有一天他佩着碰在长靴上铿锵作响的宝剑，专诚降临这所房屋来看她。有一次，一个小孩儿用一段铁链把灯柱刮得嘎嘎发响，她竟然打开窗子，伸出头去看看。可是大失所望。据她所知，基钦纳将军远在日本，正率领大军同野蛮的土耳其人作战；他绝不会为了她从那描金镜框里踱出来的。可是那天晚上，基钦纳的一瞥却把皮吉打垮了。是的，至少在那一晚是这样的。

达尔西哭过之后站起来，把身上那套外出时穿的衣服脱掉，换上蓝色的旧睡袍。她不想吃饭了。她唱了两节《萨美》歌曲。接着，她对鼻子旁边的一个小粉刺产生了强烈的兴趣。那桩事做完后，她把椅子拖到那张站不稳的桌子边，用一副旧纸牌替自己算命。

"可恶无礼的家伙！"她脱口说道，"我的谈吐和举止有哪些使他起意的地方！"

九点钟，达尔西从箱子里取出一盒饼干和一小罐木莓果酱，大吃了一顿。她敬了基钦纳将军一块涂好果酱的饼干；但是基钦纳像斯芬克司望蝴蝶飞舞似的望着她——如果沙漠里也有蝴蝶的话。

"你不爱吃就别吃好啦。"达尔西说，"何必这样神气活现地瞪着眼责备我。如果你每星期也靠六块钱来维持生活，我倒想知道，你是不是仍旧这样优越，这样神气。"

达尔西对基钦纳将军不敬并不是个好现象。接着，她用严厉的姿态把本范努托·切利尼的脸翻了过去。那倒不是不可原谅的；因为她总把他当作亨利八世，对他很不满意。

九点半钟，达尔西对梳妆台上的相片看了最后一眼，便熄了灯，跳上床去。临睡前还向基钦纳将军、威廉·马尔登、马尔巴勒公爵夫人和本范努托·切利尼行了一个晚安注目礼，真是不痛快的事情。

到这里为止，这个故事并不说明问题。其余的情节是后来发生的——有一次，皮吉再请达尔西一起下馆子，她比平时更感到寂寞，而基钦纳将军的眼光碰巧又望着别处；于是——

我在前面说过，我梦见自己站在一群境况很好的鬼灵旁边，一个警察夹着我的胳臂，问我是不是同那群人一起的。

"他们是谁呀？"我问。

"哟，"他说，"他们是那种雇用女工，每星期给她们五六块钱维持生活的老板。你是那群人里面的吗？"

"对天起誓，我绝对不是。"我说，"我的罪孽没有那么重，我只不过放火烧了一所孤儿院，为了少许钱财谋害了一个瞎子的性命。"

　　有一位青年，为了寻找他离家出走的爱人，五个月以来四处漂泊，并加入了房客的行列。

　　这天他租到一间三楼的房间，然后在房间里仔细搜寻，希望能找到心上人曾经住过的蛛丝马迹，结果令他大失所望。他又反复地向房东打听，问是否见过左眉毛旁边有一颗黑痣的姑娘，房东的回答仍然令他失望。青年的希望终于完全破灭，信心也丧失殆尽。他打开煤气，颓然地躺在床上。

　　与此同时，房东还在与其他太太们闲谈，她们正在议论上星期在三楼房间的床上，有一位左眉旁边长黑痣的漂亮姑娘用煤气自杀之事。

　　社会生活是残酷的，一些人在社会底层拼命挣扎的结果只能是被社会的黑暗吞噬。

在这个城市，有一大批流动着的人口，他们从一个住处搬到另一个住处，他们就是一群匆匆的过客。

　　下西区那个全是红砖建筑物的地区，有一大批人像时间那样动荡不安，难以捉摸。说他们无家可归吧，他们又有几十、几百个家。他们从一个供应家具的房间搬到另一个供应家具的房间，永远是短暂的过客——在住家方面如此，在思想意识方面也是如此。他们用快拍子唱着《甜蜜的家庭》；他们把门神装在帽盒里随身携带；他们的葡萄藤是攀绕在阔边帽上的装饰；他们的无花果树只是一株橡皮盆景。

　　这个地区的房屋既然有成千的住客，当然应该有成千的故事传奇。毫无疑问，这些故事大多是乏味的，不过在这许多飘零人的身后，如果找不出一两个幽灵来，那才叫怪呢。

　　某天晚上断黑的时候，有一个年轻人在这些摇摇欲坠的红砖房屋中间徘徊着，挨家挨户地拉门铃。到了第十二家的门口，他把他那寒酸的手提包放在台阶上，脱下帽子，擦擦帽圈和额头上的灰尘。铃声在冷静空洞的深处响了起来，显得微弱遥远。

他在第十二家的门口拉了铃，来了一个女房东，她的模样使他联想到一条不健康的、吃得太饱的蠕虫；蠕虫吃空了果仁，只留下一层空壳，现在想找一些可以充饥的房客来填满这个空间。

他打听有没有房间出租。

"进来。"女房东说。她的声音来自喉头，而喉头也仿佛长遍了舌苔。"我有一间三楼后房，刚空了一个星期。你想看看吗？"

年轻人跟她上楼。不知从哪儿来的一道微弱的光线冲淡了过道里的阴影。他们悄没声儿地踩在楼梯的毡毯上。那条毡毯已经完全走了样，就连原先制造它的织机也认不出它了。它仿佛变成了植物，在那腐臭阴暗的空气里化为一块块腻滑的地衣或是蔓延的苔藓，附着在楼梯上，踩在脚下活像是黏糊糊的有机体。楼梯拐角的墙上都有空着的壁龛。以前，这里面也许搁过花草。果真这样的话，那些花草准是在污浊腐臭的空气中枯萎死去了。这里面也许搁过圣徒的塑像，但是不难想象，妖魔鬼怪早就在黑暗中把它们拉下来，拖到底下某个供应家具的地窖里，让它们待在邪恶的深渊里了。

"就是这间。"女房东的长满舌苔的喉咙里发出声音说，"很好的房间。难得空出来的。夏天，这里住过几个非常上等的客人——从来没有麻烦，总是先付后住，从不拖欠房租。过道尽头就有自来水龙头。斯普罗尔斯和穆尼租了三个月。她们是演歌舞杂耍的。布雷塔·斯普罗尔斯小姐——你也许听人家说起过她——哦，那不过是艺名罢了——她的结婚证

诙谐、调侃的描述，令人回味。

夸张、讽喻，形象地说明了这空着的壁龛之不堪。不堪入目，不堪想象。

就是配好镜框挂在那儿的梳妆台上的。煤气灯在这儿，你瞧壁柜有多大。这个房间人人喜欢。从来没有空过很久。"

"你这里常有演艺界的人来租房间吗？"年轻人问道。

"他们来来往往。我的房客中许多人同剧院有关系。是啊，先生，这里是剧院区。当演员的人不会在一个地方待上很久。有许多就在我这里住过。是啊，他们是来来去去的。"

他租下这个房间，预付了一星期的租金。他说他累了，立刻就住下来，同时数出了钱。女房东说这个房间的一切早已准备就绪，连毛巾和洗脸水都是现成的。她要出去的时候，年轻人把那个带在舌尖、问了千百次的话说了出来。

"你可记得，你的房客中有没有一个年轻的姑娘——瓦许纳小姐——埃洛伊丝·瓦许纳小姐？她多半会在剧院里唱歌。一个漂亮姑娘，个子不高不矮，细腰身，金红色头发，左眉毛旁边有颗黑痣。"

"不，我不记得那个姓名。演艺界的人常常改名换姓，正像换房间一样。他们一会儿来一会儿去。不，我想不起那样一个人了。"

不。问来问去老是"不"。五个月来不断打听，结果总是落空。五个月来，白天在剧院经理、代理人、戏剧学校和歌唱团那儿打听，晚上混在观众里，从阵容坚强的剧院看起，直到那些低级得不能再低的，连他自己都害怕在那里找到心上人的游乐场为止。他对她一往情深，千方百计要找到她。自从她离家出走之后，他知道准是这个滨水的大城市留住了她，把她藏在什么地方；可这个城市像是一片无底的大流沙，不断地移动着它的沙粒，今天还在上层的沙粒，明天就沉沦到黏土污泥里去了。

这间屋子带着初次见面的假客气迎接了刚来到的客人，它那种强颜为欢、虚与委蛇的迎接像是妓女的假笑。破旧的家具反射出淡淡的光线，给人一种似是而非的慰藉；屋里有一张破旧的锦缎面睡榻和两把椅子，两扇窗户之间有一面尺把宽的廉价壁镜，墙上有一两只描金镜框，角落里放着一张铜床。

客人有气无力地往椅子上一坐。这时，屋子像通天塔里的一个房间似的，讪讪地想把以前各式各样住户的情况告诉他。

肮脏的地席上有一块杂色斑驳的毯子，仿佛波涛汹涌的海洋中一个长方形的、鲜花盛开的热带岛屿。花花绿绿的墙纸上贴着无家可归的人从东到西都能看见的画片："法国新教徒的情侣""第一次口角""新婚的早餐"和"泉边的普赛克"。歪歪斜斜、不成体统的布帘，像歌剧里亚马孙女人的腰带，遮住了壁炉架那道貌岸然的轮廓。壁炉架上有一些冷冷清清的零碎东西——一两只不值钱的花瓶，几张女艺人的相片，一只药瓶，几张不成套的纸牌。房间的住户有如船只失事后被困在孤岛上的旅客，侥幸遇到别的船而被搭救上来带往另一个港口，便把这些漂货给扔下了。

先前的住户们遗留下来的痕迹渐趋明朗，正如密码被逐一破译一样。梳妆台前地毯上那块磨秃的地方说明有许多漂亮女人在上面踩过。墙上的小手印表示小囚徒们曾经摸索着寻求阳光与空气。一块像开花弹影子似的四散迸射的痕迹，证实有过玻璃杯或瓶子连同它所盛的东西给扔在了墙上。壁镜上被人用金刚钻歪歪扭扭地刻出了"玛丽"这个名字。看情形，这个供应家具的房间里的住户们，不论先后，总是怨气冲天——也许是被它的过分冷漠激惹得忍无可忍——便拿它来出气。家具给搞得支离破碎，伤痕累累；弹簧已经"脱颖而出"的睡榻，活像一只在极度的痉挛中被杀死的可怕的怪物。大理石的壁炉架，由于某种猛烈得多的骚动，被砍落

斑驳（bānbó）：一种颜色中杂有别种颜色，花花搭搭的。

这间房子的新主人要从这些痕迹里面解开自己心中的密码。

了一大块。地板上的每一块凹痕和每一条裂纹，都是一次次特殊的痛苦的后果。强加于这间屋子的一切怨恨和伤害，都是那些在某一时期称它为"家"的人所干的，这种情况说来几乎难以使人相信；但是燃起他们的怒火的也许正是那种始终存在而不自觉的、无法满足的恋家的本能，是那种对于冒牌的家庭守护神的愤恨。如果是我们自己的家，即使换了一间茅舍，我们也会加以打扫、装饰和爱护的。

坐在椅子上的年轻住客让这些念头恍恍惚惚地掠过心头。这时，别的房间里飘来了各种声音和气息。他听到一间屋子里传来淫荡无力的吃吃笑声；另外的屋子里传来独自的咒骂、掷骰子声、催眠曲和啜泣抽噎；楼上却有起劲儿的五弦琴声。不知哪里在砰砰嘭嘭地关门；架空电车间歇地隆隆驶过；后院的篱笆上有一只猫在哀叫。他呼吸着屋子里的气息——与其说是气息，不如说是一股潮味儿——仿佛地窖里的油布和腐烂木头散发出来的那种冷冰冰的、发霉的气味。

他正歇着的时候，屋里突然有了一阵浓烈、甜蜜的木犀草香味。它像是随着一股轻风飘来的，是那样确切、浓郁和强烈，以致像是一个有血有肉的来客。年轻人似乎听到有人在招呼他，便脱口嚷道："什么事，亲爱的？"并且跳了起来，四下张望着。那阵浓郁的香味依附在他身上，把他团团包围起来。他伸手去摸索，因为这时他所有的感觉都混杂紊乱了。气味怎么能断然招呼一个人呢？一定是声音。不过，刚才触摸他的、抚摩他的竟会是声音吗？

"她在这间屋子里待过。"他嚷道，立刻想在屋里找出一个证据。因为他知道，凡是属于她的或者经她触摸过的东西，无论怎样细小，他一看就认识。这股缭绕不散的木犀草香味，她所偏爱并已成为她个人特征的香味，究竟是从哪儿来的呢？

一系列排比句式描绘了环境的杂乱、无序，表现了主人公内心的茫然、焦虑。

他已经感受到心上人的气息了，并同时断定：她在这间屋子里待过。

这间屋子收拾得很马虎。梳妆台那薄薄的台布上凌乱地放着五六只发夹——一般女人的无声无息、无从区别的朋友，拿语法术语来说，就是阴性、不定式、不说明时间。他知道从这些发夹上是找不到线索的，便不加理会。搜寻梳妆台的抽屉时，他发现一方被抛弃的、破烂的小手帕。他拿起手帕，往脸上一按。一股金盏草的香气直刺鼻子；他使劲儿把手帕摔在地上。在另一个抽屉里，他发现几枚零星的纽扣、一份剧院节目单、一张当铺的卡片、两颗遗漏的棉花糖和一本释梦的书。在最后一个抽屉里，有一个女人用的黑缎子发结，使他一阵冷一阵热地踌躇了好一会儿。但是黑缎子发结只是女人们的一本正经、没有个性的普普通通的装饰品，并不说明问题。

踌躇(chóuchú)：犹豫；停留；徘徊不前。

接着，他像猎狗追踪嗅迹似的在屋子里逡巡徘徊，扫视着墙壁，趴在地上察看角落里地席拱起的地方，搜索着壁炉架、桌子、窗帘、帷幔和屋角那只东倒西歪的柜子。他想找一个明显的迹象，却不理解她就在他身边，在他周围，在他心头，在他上空，偎依着他、追求着他，并且通过微妙的感觉在辛酸地呼唤他，以致他那迟钝的感觉也觉察到了这种呼唤。他又一次高声回答："哎，亲爱的！"同时回过头来，干瞪着眼，凝视着空间。因为到目前为止，他还不能从木犀草香味中辨明形象、色彩、爱情和伸出来迎接他的胳臂。啊，老天哪！那股香味是从哪里来的呢？从什么时候开始，气味竟能发出声音呼唤呢？因此，他继续摸索着。

描写年轻人想要找到有关爱人的任何蛛丝马迹的急迫心情。

他在裂罅和角落里探查，找到了瓶塞和烟蒂。这些东西他都鄙夷而默不作声地放过了。可是当在地席的皱褶里找到半支抽过的雪茄时，他狠狠地咒骂了一句，把它踩得粉碎。他把这间屋子从头到尾细细搜查了一遍。他发现了许多飘零的住户那凄凉的微细痕迹；可是关于他所寻找的，可

裂罅(lièxià)：破裂的缝隙。

能在这儿住过的，灵魂仿佛在这儿徘徊不散的她，却毫无端倪。

这时，他才想起了房东。

他从这间阴森森的屋子跑下楼，来到一扇微露灯光的门口。女房东听到敲门声，便出来了。他尽可能控制自己的激动。

"请问你，太太，"他恳求地说，"在我来之前，谁住过这间屋子？"

"哎，先生。我可以再告诉你一遍。我早就说过，先前住在这儿的是斯普罗尔斯和穆尼。布雷塔·斯普罗尔斯小姐是剧院里的姓名，穆尼太太是真名。我的房子的正派是有名的。配了镜框的结婚证就挂在——"

"斯普罗尔斯小姐是什么样的——我是说长相怎么样？"

"唔，先生，黑头发，矮胖身段，一脸滑稽相。她们上星期二走的，已经一个星期了。"

"她们之前的房客是谁呢？"

"唔，一个做运货车生意的单身男人。他欠了我一星期的房租就走了。他之前是克劳德太太和她的两个孩子，他们住了四个月。再之前是多伊尔老先生，他的房钱是由他几个儿子付的。他住了六个月。这样已经推算到一年前了，再前面的我可记不清啦。"

他向她道了谢，垂头丧气地回到自己的屋子里。屋子里死气沉沉的。赋予它生命的要素已经消失了。木犀草的香味已经没有了。代替它的是发霉家具的腐臭的味道，是停滞的气氛。

希望的幻灭耗尽了他的信心。他坐在那儿，呆看着咝咝发响的煤气灯的黄光。过了片刻，他走到床边，把床单撕成一长条一长条的。他用小刀把这些布条结结实实地堵塞进窗框和门框的罅隙。安排停当后，他关掉煤气灯，再把它开足，却不去点火，然后死心塌地往床上一躺。

这晚轮到麦库尔太太去打啤酒。她去打了酒来，同珀迪太太一起坐在地下室里。那种地下室是房东太太们聚集的地方，也是蠕虫不会死的地方。

"今晚我把三楼后房租出去了，"珀迪太太对着一圈薄薄的泡沫说，"房客是个年轻人。他上床已经两个钟头了。"

"真的吗，珀迪太太?"麦库尔太太极其羡慕地说，"你能把那种房间租出去，真不简单。那你有没有告诉他呢?"她非常神秘地哑着嗓子低声说了一些话。

"房间嘛，"珀迪太太用舌苔非常腻厚的音调说，"本来是备好家具出租的。我没有告诉他，麦库尔太太。"

"你做得对，太太。我们是靠房租过活的。你真有生意头脑，太太。人们如果知道床上有人自杀过，多半就不愿意租那间屋子了。"

"就是嘛，我们要靠房租过活呀。"珀迪太太说。

"是啊，太太，一点儿不错。就是上星期的今天，我还帮你收拾三楼后房来着。那么漂亮的一个姑娘，想不到竟用煤气自杀——她那张小脸儿真惹人爱，珀迪太太。"

"就是嘛，她称得上漂亮，"珀迪太太表示同意，可又有点儿吹毛求疵地说，"可惜左眉毛旁边长了那么一颗黑痣。你把杯子再满上吧，麦库尔太太。"

因为前文提到过蠕虫，寓意房东太太们蠕虫般毫无生气的生活。而此处"蠕虫不会死的地方"，是说她们这种论人是非是她们唯一的精神追求和享受。

真相大白，那位姑娘正是在年轻人睡的那张床上自杀的。

▌ 情境赏析 ▌

这是一出悲剧，但作者在其中用了多处象征意味的黑色幽默的笔法来描述，读来令人苦涩地笑过之后更体会到了深切的悲凉。其实，这样的悲剧在任何社会随时随地都可能上演着，当社会下层失去了向上奋进的途径和阶梯时，与社会上层相隔有如鸿沟，那么绝望便不可遏止地滋生了。正像文中青年和他的爱人一样，如果不死，他们最终是否会沦落为房东太太们一样，整天无所事事，以论人是非、说长道短为生活中最大的追求和享受？这恰恰是最值得掩卷沉思的。

名家点评

欧·亨利对这些人物形象的描写塑造，可以说是带着博大的爱与怜悯的。

——（美）海明威

钱德勒是一位二十二岁的青年，在一位建筑师的事务所里工作，每周有十八元的酬劳。他从每周的收入中拿出一元钱，凑满十周后便可去度过一个奢侈排场的夜晚。这一天终于来了，并且还邂逅了一位纯真、朴素的姑娘，于是他邀请姑娘共进晚餐。钱德勒把自己包装成家拥巨资的绅士，而实际上那位姑娘才是真正上流社会的贵族小姐。

原本天性善良、质朴勤劳的下层劳动者钱德勒，因自己近乎完美的"华而不实"的表演，错失了一位上层姑娘的垂青，甚至也因此错过了成为他心中钦慕不已的走向成功、成为"有闲阶层"的机会。

托尔斯·钱德勒先生在他那间在过道上隔成的卧室里熨晚礼服。一只熨斗烧在小煤气炉上，另一只熨斗拿在手里，使劲儿地来回推动，以便压出一道合意的褶子，待会儿从钱德勒先生的漆皮鞋到低领坎肩的下摆就可以看到两条笔挺的裤线了。关于这位主角的修饰，我们所能了解的只以此为限。其余的事情让那些既落魄又讲究气派，不得不想些寒酸的变通办法的人去猜测吧。我们再看到他的时候，他已经打扮得整整齐齐、一丝不苟，安详、大方、潇洒地走下寄宿舍的台阶——正如典型的纽约公子哥儿那样，略带厌烦的神情，出去寻求晚间的消遣。

落魄(pò)：潦倒失意。

钱德勒的酬劳是每周十八块钱。他在一位建筑师的事务所里工作。他只有二十二岁；他认为建筑是一门真正的艺术，并且确实相信——虽然不敢在纽约说这句话——钢筋水泥的弗拉特艾荣大厦的设计要比米兰大教堂的差劲儿。

传神的细节描写。本是刻意追求的东西，还要"略带厌烦的神情"，把纽约公子哥儿模仿得惟妙惟肖。

钱德勒从每星期的收入中留出一块钱。凑满十星期以后，他用这笔累积起来的额外资金在吝啬的时间老人的廉价物品部购买一个绅士排场的夜晚。他把自己打扮成百万富翁或总经理的样子，到生活十分绚丽辉煌的场所去一次，在那儿吃一顿精致豪华的晚饭。一个人有了十块钱，就可以周周全全地充当几小时富裕的有闲阶级。这笔钱足够应付一顿经过仔细斟酌的饭菜、一瓶像样的酒、适当的小费、一支雪茄、车费，以及一般杂费。

从每七十个沉闷的夜晚撷取一个愉快的晚上，对钱德勒来说是幸福的源泉。名门闺秀首次进入社交界，一辈子中只有刚成年时的那一次；即使到了白发苍苍的年岁，她们仍旧把第一次的旖旎风光当作唯一值得回忆的往事。可是对于钱德勒来说，每十星期带来的欢乐仍旧同第一次那样强烈、激动和新鲜。同讲究饮食的人一起，坐在棕榈掩映、乐声悠扬的环境里，望着这样一个人间天堂的老主顾们，同时让自己成为他们观看的对象，相比之下，一个少女的初次跳舞和短袖的薄纱衣服又算得上什么呢？

钱德勒走在百老汇路上，仿佛加入了晚间穿正式礼服的阅兵式。今晚，他不仅是旁观者，还是供人观看的人物。在以后的六十九个晚上，他将穿着粗呢裤和毛线衫，在低档饭馆里吃吃客饭，或是在小饭摊上来一客快餐，或是在自己的卧室里啃三明治、喝啤酒。他愿意这样做，因为他是这个夜夜春宵的大城市的真正的儿子。对于他，出一夜风头就足以弥补许多暗淡的日子。

这就是钱德勒式的幸福。

钱德勒放慢了脚步，一直走到第四十几号街开始同那条灯光辉耀的欢乐大街相衔接的地方。时间还早呢，每七十天只在时髦社会里待上一天的人，总爱延长他的欢乐。各种眼光，明亮的、阴险的、好奇的、欣羡的、挑逗的和迷人的，纷纷向他投来，因为他的衣着和气派说明他是拥护及时行乐的信徒。

这一天对他来说太重要了，一定要做到极致才不枉费他六十九天节衣缩食的等待。

他在一个拐角上站住，心里盘算着，是不是要折回到他在特别挥霍的夜晚往往要照顾的豪华时髦的饭馆去。那当儿，一个姑娘轻快地跑过拐角，在一块冻硬的雪上滑了一下，咕咚一声摔倒在人行道上。

钱德勒连忙关切而彬彬有礼地扶她起来。姑娘一瘸一拐地向一幢房屋走去，靠在墙上，端庄地向他道了谢。

"我的脚踝大概扭伤了。"她说，"摔倒时崴了一下。"

"疼得厉害吗？"钱德勒问道。

"只在着力的时候才疼。我想过一小会儿就能走路的。"

"假如还有什么地方要我帮忙，"年轻人建议道，"比如说，雇一辆车子，或者——"

"谢谢你。"姑娘恳切地轻声说，"你千万别再费心啦。只怪我自己不小心。我的鞋子再实用也没有了，不能怪我的鞋跟。"

钱德勒打量了那姑娘一下，发觉自己很快就对她有了好感。她有一种娴雅的美；她的眼光又愉快又和善。她穿一身朴素的黑衣服，像是一般女店员的打扮。她那顶便宜的黑草帽底下露出了光泽的深褐色发卷，草帽上没有别的装饰，只有一条丝绒带打成的蝴蝶结。她很可以成为自食其力的职业女性中最优秀的典型。

年轻的建筑师突然萌生了一个念头。他要请这个姑娘同他一起去吃饭。他的周期性的壮举固然痛快，但缺少一个因素，总令人感到枯寂；如今这个因素就在眼前。<u>倘若能有一位有教养的小姐做伴，他那短暂的豪兴就加倍有劲儿了。</u>他敢肯定这个姑娘是有教养的——她的态度和谈吐已经说明了这一点。尽管她打扮得十分朴素，钱德勒觉得能跟她一起吃饭还是愉快的。

这些想法飞快地掠过脑际，他决定邀请她。不错，这种做法不很礼貌，但是职业女性在这类事情上往往不拘泥于形式。在判断男人方面，她们一般都很精明；并且把自己的判断能力看得比那些无聊的习俗更重。他的十块钱，如果用得

崴（wǎi）：（脚）扭伤。

做有身份人的欲望正在升级。

恰当，也够他们两人美美地吃一顿。毫无疑问，<u>在这个姑娘沉闷刻板的生活中，这顿饭准能成为一个意想不到的经历；她因这顿饭而产生的深切感激也准能增加他的得意和快乐。</u>

"我认为，"他坦率而庄重地对她说，"你的脚需要休息的时间，比你想象的要长些。现在我提出一个两全其美的办法，你既可以让它休息一下，又可以赏我一个脸。你刚才跑过拐角摔跤的时候，我独自一个人正要去吃饭。你同我一起去吧，让我们舒舒服服地吃顿饭，愉快地聊聊。吃完饭后，我想你那扭伤的脚踝就能愉快地带你回家了。"

姑娘飞快地抬起头，对钱德勒清秀和蔼的面孔瞅了一眼。她的眼睛非常明亮地闪了一下，天真地笑了起来。

"可是我们互相并不认识啊——这样不太合适吧，是吗？"她迟疑地说。

"没有什么不合适。"年轻人直率地说，"请允许我介绍一下自己——托尔斯·钱德勒。我一定尽可能使我们这顿饭吃得满意，之后我就跟你分手告别，或者伴送你回家，你爱怎么办就怎么办。"

"哎呀！"姑娘朝钱德勒那一丝不苟的衣服瞟了一眼，说道，"我穿着这套旧衣服，戴着这顶旧帽子去吃饭吗？"

"那有什么关系。"钱德勒爽快地说，"我敢说，你就这样打扮，要比我们将看到的任何一个穿最讲究的宴会服的人更有风度。"

"我的脚踝确实还疼。"姑娘试了一步，承认说，"我想我愿意接受你的邀请，钱德勒先生。你不妨称呼我——玛丽安小姐。"

"那么来吧，玛丽安小姐，"年轻的建筑师兴致勃勃然而非常有礼貌地说，"你不用走很多路。再过一个街口就有一家很不错的饭馆。你恐怕要扶着我的胳臂——对啦——慢慢地走。独自一个人吃饭实在太无聊了。你在冰上滑了一跤，倒有点儿成全我呢。"

他们两人在一张摆设齐全的桌子旁就座，一个能干的侍者在附近殷勤伺候。这时，钱德勒开始感到了他的定期外出一定会带给他的真正的快乐。

这家饭馆的华丽阔气不及他一向喜欢的，在百老汇路上再过去一点儿的那一家，但是也相差无几。饭馆里满是衣冠楚楚的顾客，还有一个很好的乐队，演奏着轻柔的音乐，足以使谈话成为乐事；此外，烹调和招待也都是无可挑剔的。他的同伴，尽管穿戴得并不讲究，但自有一种风韵，把她容貌和身段的天然妩媚衬托得格外出色。可以肯定地说，<u>在她望着钱德勒那生气勃勃而又沉着的态度，以及灼热而又坦率的蓝眼睛时，她自己秀丽的脸上也流露出一种近似爱慕的神情。</u>

接着，曼哈顿的疯狂、庸人自扰和沾沾自喜的骚乱、吹牛夸口的杆菌、装模作样的疫病感染了托尔斯·钱德勒。此时此刻，他在百老汇路上，周围一派繁华，何况还有许多眼睛在注视着他。在那个喜剧舞台上，他假想自己当晚的角色是一个时髦的纨绔子弟和家拥巨资、趣味高雅的有闲阶级。他已经穿上这个角色的服装，非演出不可了；所有守护天使都拦不住他了。

于是，他开始向玛丽安小姐夸说俱乐部、茶会、高尔夫球、骑马、狩猎、交谊舞、国外旅游等，同时还隐隐约约地提起停泊在拉奇蒙特港口的私人游艇。他发现这种没边没际的谈话深深地打动了她，所以又信口诌了一些暗示巨富的话，亲昵地提出几个无产阶级听了就头痛的姓名，来加强演出效果。<u>这是钱德勒的短暂而难得的机会</u>，他抓紧时机，尽量榨取最大限度的乐趣。他的自我陶醉在他与一切事物之间撒下了一张雾网，然而有一两次，他还是看到了这位姑娘的纯真从雾网中透射出来。

姑娘似乎对钱德勒产生了好感，并且流露出一种近似爱慕的神情。

在异性，特别是一位纯真可爱的姑娘面前吹嘘自己的富有，的确机会难得又令人陶醉。

"你讲的这种生活方式,"她说,"听来是多么空虚,多么没有意义啊。难道你在世上就没有别的工作可做,使你更感到兴趣吗?"

"我亲爱的玛丽安小姐,"他嚷了起来,"工作!你想想看,每天吃饭都要换礼服,一个下午走五六家串门——每个街角上都有警察注意着你,只要你的汽车开得比驴车快一点儿,他就跳上车来,把你带到警察局去。我们这种闲人是世界上工作得最辛苦的人了。"

晚饭结束,慷慨地打发了侍者,他们两人来到刚才见面的拐角上。这会儿,玛丽安小姐已经走得很好了,简直看不出步履有什么不便。

"谢谢你的款待,"她真诚地说,"现在我得赶快回家了。我非常欣赏这顿饭,钱德勒先生。"

他亲切地微笑着,跟她握手道别,提到他在俱乐部里还有一场桥牌戏。他朝她的背影望了一会儿,飞快地向东走去,然后雇了一辆马车,慢慢回家。

在他那寒冷的卧室里,钱德勒收藏好晚礼服,让它休息六十九天。他沉思地做着这件事。

"一位了不起的姑娘。"他自言自语地说,"即使她为了生活非干活儿不可,我敢赌咒说,她还是够格的。假如我不那样胡吹乱扯,而把真话告诉她,我们也许——可是,去它的!我讲的话总得跟我的衣服相称哪。"

这是在曼哈顿部落的小屋里成长起来的勇士所说的一番话。

那位姑娘同请她吃饭的人分手后,迅疾地穿过市区,来到一座漂亮而宁静的宅邸前面。那座宅邸离东区有两个广场,面临那条财神和其余副神时常出没的马路。她急急忙忙地进去,跑到楼上的一间屋子里,有一个穿着雅致的便服的年轻妍丽的女人正焦急地望着窗外。

"哟，你这个疯丫头！"她进去时，那个年纪比她稍大的女人嚷道，"你老是这样叫我们担惊受吓，什么时候才能改呀？你穿了那身又破又旧的衣服，戴了玛丽的帽子，到处乱跑，已经有两个小时啦。妈妈吓坏了。她吩咐路易斯坐了汽车去找你。你真是个没有头脑的坏姑娘。"

那个年纪比较大的姑娘按按电钮，立刻来了一个女佣。

"玛丽，告诉太太，玛丽安小姐已经回来了。"

"别派我的不是了，姊姊。我只不过到西奥夫人的店里去了一次，通知她不要粉红色的嵌饰，要用紫红色的。我那套旧衣服和玛丽的帽子很合适。我相信谁都以为我是个女店员呢。"

"亲爱的，晚饭已经开过了。你在外面待得太久啦。"

"我知道，我在人行道上滑了一下，扭伤了脚踝。我不能走了，便到一家饭馆坐坐，等到好一些才回来，所以耽搁了那么久。"

两个姑娘坐在窗口前，望着外面灯火辉煌和车水马龙的大街。年轻的那个把头偎在她姊姊的膝上。

"我们两人总有一天都得结婚，"她浮想联翩地说，"我们这样有钱，社会上的人都在看着我们，我们可不能让大家失望。要我告诉你，我会爱上哪一种人吗，姊姊？"

> 浮想联翩(piān)：头脑里涌现的感想不间断。

"说吧，你这傻丫头。"另一个微笑着说。

"我会爱上一个有着和善的深蓝色眼睛的人，他体贴和尊重穷苦的姑娘，人又漂亮、又和气、又不卖弄风情。但他活在世上总得有志向、有目标、有工作可做，我才能爱他。只要我能帮助他建立一番事业，我不在乎他多么穷。可是，亲爱的姊姊，我们老是碰到那种人——那种在交际界和俱乐部里庸庸碌碌地混日子的人——我可不能爱上那种人，即使他的眼睛是蓝的，即使他对在街上碰到的穷姑娘是那么和气。"

> 虚假的结果是最后什么也得不到。

▌情境赏析▐

用四个字可概括这个小故事的主旨——弄巧成拙。这样的故事在我们今天这个社会恐怕无时无刻不在上演着。人们在虚荣、矫饰、做作的心理支配下，在社会大环境浮躁、虚荣的影响下，变得日益浮躁、浅薄，而日渐抛弃一些美好的东西，忽略一些人性中真、善、美的特质，这就是欧·亨利给我们当代人上的一堂发人深省的课。

▌名家点评▐

欧·亨利的这种"幽默"其实是他"含泪的笑"的一个重要诠释，不可以与"泪眼"下的人生苦难与沉重割裂开来分析总结。

——（苏）高尔基

希克斯和佩斯利有着七年的友谊，交情之深令人难以想象。当他们遇到寡妇杰塞普并同时爱上她时，这种友谊便会接受严峻的考验。于是，他们在追求这个女人时，始终严格遵守游戏规则，以光明正大、不单方采取任何行动的方式展开了他们各自不同的追求攻势。最终杰塞普太太嫁给了他们当中的一个，她认为，既然是这样忠诚的朋友，当然也能成为忠诚的丈夫。

我狩猎归来，在新墨西哥州的洛斯比尼奥斯小镇等候南下的火车。火车误点，迟了一小时。我便坐在"顶点"客栈的阳台上，同客栈老板泰勒马格斯·希克斯闲聊，议论生活的意义。

我发现他的性情并不乖戾，不像是爱打架斗殴的人，便问他是哪种野兽伤残了他的左耳。作为猎人，我认为狩猎时很容易遭到这类不幸的事件。

"那只耳朵，"希克斯说，"是真挚友情的纪念。"

"一件意外吗？"我追问道。

"友情怎么能说是意外呢？"泰勒马格斯反问道，这下子可把我问住了。

"我所知道的仅有的一对亲密无间、真心实意的朋友，"客栈老板接着说，"要算是一个康涅狄格州人和一只猴子了。猴子在巴兰基利亚爬椰子树，把椰子摘下来扔给那个人。那个人把椰子锯成两半，做成水勺，每只卖两个里亚尔，换了钱来沽酒。椰子汁归猴子喝。他们两个坐地分赃，各得其所，像兄弟一般，生活得非常和睦。

"换了人类，情况就不同了；友情变幻无常，随时可以宣告失效，不再另行通知。

"以前我有个朋友，名叫佩斯利·菲什，我认为我同他的交情是地久天长、牢不可破的。有七年了，我们一起挖矿、办牧场、兜销专利的搅乳器、放羊、摄影、打桩拉铁丝网、摘水果当临时工，碰到什么就干什么。我想，我同佩斯利两人的感情是什么都离间不了的，不管是凶杀、谄谀、财富、诡辩还是老酒。我们交情之深简直使你难以想象。追求事业的时候，我们是朋友；休息娱乐的时候，我们也让这种和睦相好的特色持续下去，给我们的生活增添了不少乐趣。不论白天黑夜，我们都难舍难分，好比达蒙和派西斯。

"有一年夏天，我和佩斯利两人打扮得整整齐齐，骑马来到这圣安德烈斯山区，打算休养一个月，消遣消遣。我们到了这个洛斯比尼奥斯小镇，这里简直算得上世界的屋顶花园，是流炼乳和蜂蜜之地。这里空气新鲜，有一两条街道，有鸡可吃，有客栈可住；我们需要的也就是这些东西。

"我们进镇时，天色已晚，便决定在铁路旁边的这家客栈里歇歇脚，尝尝它所能供应的任何东西。我们刚坐定，用刀把粘在红油布上的盘子撬起来，寡妇杰塞普就端着刚出炉的热面包和炸肝进来了。

"哎呀，这个女人叫鳀鱼看了都会动心。她长得不肥不瘦，不高不矮；一副和蔼的样子，使人觉得分外可亲。红润的脸颊是她喜爱烹调和为人热情的标志，她的微笑令山茱萸在寒冬腊月都会开花。

"寡妇杰塞普谈风很健地同我们扯了起来，聊着天气、历史、丁尼生、梅干，以及不容易买到羊肉等，最后才问我们是从哪儿来的。

"'春谷。'我回答说。

"'大春谷。'佩斯利嘴里塞满了土豆和火腿骨头，突然插进来说。

"我注意到，这件事的发生标志着我同佩斯利·菲什的忠诚友谊的结束。他明知我最恨多嘴的人，可还是冒冒失失地插了嘴，替我做了一些措辞上的修正和补充。地图上的名称固然是大春谷；然而佩斯利自己也管它叫春谷，我听了不下一千遍。

"我们也不多话，吃了晚饭便走出客栈，在铁轨上坐定。我们合伙的时间太长了，不可能不了解彼此的心情。

"'我想你总该明白，'佩斯利说，'我已经打定主意，要让那位寡妇太

太永远成为我的不动产的主要部分，在家庭、社会、法律等方面都是如此，到死为止。'

"'当然啦，'我说，'你虽然只说了一句话，我已经听到了弦外之音。不过我想你也该明白，'我说，'我准备采取步骤，让那位寡妇改姓希克斯，我劝你还是等着写信给报纸的社会新闻栏，问问举行婚礼时，男傧相是不是在纽扣孔里插了山茶花，穿了无缝丝袜！'

"'你的如意算盘打错了。'佩斯利嚼着一片铁路枕木屑说。'遇到世俗的事情，'他说，'我几乎任什么都可以让步，这件事可不行。女人的笑靥，'佩斯利继续说，'是海葱和含铁矿泉的旋涡，友谊之船虽然结实，碰上它也往往要撞碎沉没。我像以前一样，'佩斯利说，'愿意同一头招惹你的狗熊拼命，替你的借据担保，用肥皂樟脑搽剂替你擦脊梁；但是在这件事情上，我可不能讲客气。在同杰塞普太太打交道这件事上，我们只能各干各的了。我丑话说在前头，先跟你讲清楚。'

"于是，我暗自寻思一番，提出了下面的结论和附则：

"'男人与男人的友谊，'我说，'是一种古老的、具有历史意义的美德。当男人们互相保护，共同对抗尾巴有八十英尺长的蜥蜴和会飞的海鳖时，这种美德就已经制定了。他们把这种习惯一直保留到今天，一直在互相支持，直到旅馆侍者跑来告诉他们说，这种动物实际上并不存在。我常听人说，女人牵涉进来之后，男人之间的交情就破裂了。为什么要这样呢？我告诉你吧，佩斯利，杰塞普太太的出现和她的热面包，仿佛使我们两人的心都怦然跳动了。让我们中间更棒的一个赢得她吧。我要跟你公平交易，决不搞不光明正大的小动作。我追求她的时候，一举一动都要当着你的面，那你的机会也就均等了。这样安排，无论哪一个得手，我想我们的友谊大轮船决不至于翻在你所说的药水气味儿十足的旋涡里了。'

"'这才够朋友！'佩斯利握握我的手说。'我一定照样行事。'他说，'我们齐头并进，同时追求那位太太，不让通常那种虚假和流血的事情发生。无论成败，我们仍是朋友。'

"杰塞普太太客栈旁的几株树下有一条长凳，等南行火车上的乘客打过尖，离开之后，她就坐在那里乘凉。晚饭后，我和佩斯利在那里集合，分头向我们的意中人献殷勤。我们追求的方式很光明正大，瞻前顾后，如果一个先到，非得等另一个也来了之后才开始调情。

"杰塞普太太知道我们的安排后的第一晚，我比佩斯利先到了长凳那儿。晚饭刚开过，杰塞普太太换了一套干净的粉红色的衣服在那儿乘凉，并且凉得几乎可以对付了。

"我在她身边坐下，稍稍发表了一些意见，谈到自然界通过近景和远景所表现出来的精神面貌。那晚确实是一个典型的环境。月亮升到空中应有的地方来应景凑趣，树木根据科学原理和自然规律把影子洒在地上，灌木丛中的蚊母鸟、金莺、长耳兔和别的有羽毛的昆虫此起彼伏地发出一片喧嚣声。山间吹来的微风，掠过铁轨旁边一堆旧番茄酱罐头，发出了小口琴似的声音。

"我觉得左边有什么东西在蠢蠢欲动——正如火炉旁瓦罐里的面团在发酵。原来是杰塞普太太挨近了一些。

"'哦，希克斯先生，'她说，'一个举目无亲、孤独寂寞的人，在这样一个美丽的夜晚，是不是更会感到凄凉？'

"我赶紧从长凳上站起来。

"'对不起，夫人，'我说，'对于这样一个富于诱导性的问题，我得等佩斯利来了以后，才能公开答复。'

"接着，我向她解释，我和佩斯利·菲什是老朋友，多年的甘苦与共、浪迹江湖和同谋关系，已经使我们的友谊牢不可破；如今我们正处在生活的缠绵阶段，我们商妥决不乘一时感情冲动和近水楼台的机会互相钻空子。杰塞普太太仿佛郑重其事地把这件事考虑了一会儿，忽然哈哈大笑，周围的林子都响起了回声。

"没几分钟，佩斯利也来了，他头上抹了香柠檬油，在杰塞普太太的另一边坐下，开始讲一段悲惨的冒险事迹：一八九五年圣丽塔山谷连旱了九个月，牛群一批批地死去，他同扁脸拉姆利比赛剥牛皮，赌一只镶银的马鞍。

"那场追求一开头，我就比垮了佩斯利·菲什，弄得他束手无策。我们两人各有一套打动女人内心弱点的办法。佩斯利的办法是讲一些他亲身体验的，或是从通俗书刊里看来的惊险事迹，吓唬女人。我猜想，他准是从莎士比亚的一出戏里学到那种慑服女人的主意的。那出戏叫《奥塞罗》，我以前也看过，里面是说一个黑人，把赖德·哈格德、卢·多克斯塔德和帕克赫斯特博士三个人的话语混杂起来，讲给一位公爵的女儿听，把她弄到了手。可是那种求爱方式下了舞台就不中用了。

"现在，我告诉你，我自己是怎样迷住一个女人、使她落到改姓的地步的。你只要懂得怎么抓起她的手，把它握住，她就成了你的人。讲讲固然容易，做起来并不简单。有的男人使劲儿拉住女人的手，仿佛要把脱臼的肩胛骨复位一样，简直叫你可以闻到山金车酊剂的气味，听到撕绷带的声音了。有的男人像拿一块烧烫的马蹄铁那样握着女人的手，又像药剂师把阿魏酊往瓶里灌时那样，伸直手臂，隔得远远的。大多数男人握到了女人的手，便把它拉到她眼皮下面，像小孩在草里寻找棒球似的，不让她忘掉她的手长在胳臂上。这种种方式都是错误的。

"我把正确的方式告诉你吧。你可曾见过一个人偷偷地溜进后院，捡起一块石头，想投向一只蹲在篱笆上盯着他瞧的公猫？他假装手里没有东西，假装猫没有看见他，他也没有看见猫。就是那么一回事。千万别把她的手拉到她自己注意得到的地方。你虽然清楚她知道你握着她的手，可是你得装出没事的样子，别露痕迹。那就是我的策略。至于佩斯利用战争和灾祸的故事来博得她的欢心，正像把星期日的火车时刻表念给她听一样。那天的火车连新泽西州欧欣格罗夫之类的小地方也要停站的。

"有一晚，我先到长凳那儿，比佩斯利早了一袋烟的工夫。我的友谊出了一会儿毛病，我竟然问杰塞普太太是不是认为'希'字要比'杰'字好写一点儿。她的头立刻压坏了我纽扣孔里的夹竹桃，我也凑了过去——可是我没有干。

"'假如你不在意的话，'我站起来说，'我们等佩斯利来了之后再完成这件事吧。到目前为止，我还没有干过对不起我们朋友交情的事，这样不

很光明。'

　　"'希克斯先生,'杰塞普太太说,她在黑暗里瞅着我,神情有点儿异样,'如果不是另有原因的话,我早就请你走下山谷,永远别来见我啦。'

　　"'请问是什么原因呢,夫人?'我问道。

　　"'你既然是这样忠诚的朋友,当然也能成为忠诚的丈夫。'她说。

　　"五分钟之后,佩斯利也坐在杰塞普太太身边了。

　　"'一八九八年夏天,'他开始说,'我在锡尔弗城见到吉姆·巴塞洛缪在蓝光沙龙里咬掉了一个中国人的耳朵,起因只是一件横条花纹的平布衬衫——那是什么声音哪?'

　　"我跟杰塞普太太重新做起了刚才中断的事。

　　"'杰塞普太太已经答应改姓希克斯了。'我说,'这只不过是再证实一下而已。'

　　"佩斯利把他的两条腿盘在长凳脚上,呻吟起来。

　　"'勒姆,'他说,'我们已经交了七年朋友。你能不能别跟杰塞普太太吻得这么响?以后我也保证不这么响。'

　　"'好吧,'我说,'轻一点儿也可以。'

　　"'这个中国人,'佩斯利继续说,'在一八九七年春天枪杀了一个名叫马林的人,那是——'

　　"佩斯利又打断了他自己的故事。

　　"'勒姆,'他说,'假如你真是个仗义的朋友,你就不该把杰塞普太太搂得这么紧。刚才我觉得整个长凳都在晃。你明白,你对我说过,只要还有机会,你总是同我平分秋色的。'

　　"'你这个家伙,'杰塞普太太转身向佩斯利说,'再过二十五年,假如你来参加我和希克斯先生的银婚纪念,你那个南瓜脑袋还认为你在这件事上有希望吗?只因为你是希克斯先生的朋友,我才忍了好久;不过我认为现在你该死了这条心,下山去啦。'

　　"'杰塞普太太,'我说,不过我并没有丧失未婚夫的立场,'佩斯利先生是我的朋友,只要有机会,我总是同他公平交易,利益均等的。'

"'机会！'她说，'好吧，让他自以为还有机会吧；今晚他在旁边看到了这一切，我希望他别自以为还有把握。'

"一个月之后，我和杰塞普太太在洛斯比尼奥斯的卫理公会教堂结婚了，全镇的人都跑来看结婚仪式。

"当我们并排站在最前面，牧师开始替我们主持婚礼的时候，我四下里扫了一眼，没找到佩斯利。我请牧师等一会儿。'佩斯利不在这儿。'我说，'我们非等佩斯利不可。交朋友要交到老——泰勒马格斯·希克斯就是这种人。'杰塞普太太的眼睛里有点儿冒火；但是牧师根据我的吩咐，没立即诵读经文。

"过了几分钟，佩斯利飞快地跑进过道，一边跑，一边还在安上一只硬袖口。他说镇上唯一卖服装的铺子关了门来看婚礼，他搞不到他所喜欢的上过浆的衬衫，只得撬开铺子的后窗，自己取了一件。接着，他站到新娘的那一边去，婚礼在继续进行。我一直在琢磨，佩斯利还在等最后一个机会，盼望牧师万一搞错，叫他同寡妇成亲呢。

"婚礼结束后，我们吃了茶、羚羊肉干和罐头杏子，镇上的居民便纷纷散去。最后同我握手的是佩斯利，他说我为人光明磊落，同我交朋友脸上有光。

"牧师在街边有一幢专门出租的小房子，他让我和希克斯太太占用到第二天早晨十点四十分，那时候，我们就乘火车去埃尔帕索度蜜月旅行。牧师太太用蜀葵和毒藤把那幢房子打扮起来，看上去喜气洋洋的，并且有凉亭的风味。

"那晚十点钟左右，我在门口坐下，脱掉靴子凉快凉快，希克斯太太在屋里张罗。没有多久，里面的灯熄了；我还坐在那儿，回想以前的时光和情景。我听到希克斯太太招呼说：'你就进来吗，勒姆？'

"'哎，哎！'我仿佛惊醒似的说，'我刚才在等老佩斯利——'

"可是这句话还没说完，"泰勒马格斯·希克斯结束他的故事说，"我觉得仿佛有人用四五口径的手枪把我这只左耳朵打掉了。后来我才知道，那只是希克斯太太用扫帚把揍了一下。"

桑德森·普拉特因大雪被困深山，在一幢空置的旧木屋里百无聊赖。后在偶然之中得到了一本书——《赫基默氏必要知识手册》。到了融雪的时候，桑德森已从这本书中学到了许多知识，同时也赢得了一向尊重知识的桑普森夫人的爱情。

一本书能够改变一个人的命运吗？也许能，也许不能。不过桑德森先生的命运却因一本书而改变。它不仅丰富了桑德森先生的内涵，也为桑德森先生赢得了幸福。我们还应看到，作家通过桑德森·普拉特这个形象歌颂了"纯净自然"中人格的端正与坦诚。

桑德森·普拉特认为合众国的教育系统应该划归气象局管理。我这种提法有充分根据；你却没有理由不主张把我们的院校教授调到气象部门去。他们都读书识字，可以毫不费劲儿地看看晨报，然后打电报把气象预报通知总局。不过这是问题的另一方面了。我现在要告诉你的是，气象如何向我和艾达荷·格林提供了良好的教育。

我们在蒙塔纳一带勘探金矿，来到苦根山脉。沃拉沃拉城有一个长络腮胡子的人，已经把发现矿苗的希望当作超重行李，准备放弃了。他把自己的粮食配备转让给了我们；我们便在山脚下慢慢勘探，手头的粮食足够维持在和平谈判期间的一支军队。

一天，卡洛斯城来了一个骑马的邮递员。路过山地时他歇歇脚，吃了三个青梅罐头，给我们留下一份近期的报纸。报上有一栏气象预报，它替苦根山脉地区翻出来的底牌是："晴朗转暖，有轻微西风。"

那晚上开始下雪，刮起了强烈的东风。我和艾达荷转移到山上高一点儿的地方去，住在一幢空着的旧木屋里，认为这场十一月的风雪只是暂时的。但是雪下了三英尺深还不见有停的迹象，我们才知道这下要被雪困住了。雪还不太深的时候，我们已经弄来了大量的柴火，我们的粮食又足以维持两个月，因此并不担心，让它刮风下雪，爱怎么封山就怎么封吧。

假如你想教唆杀人，只消把两个人在一间十八英尺宽、二十英尺长的小屋子里关上一个月就行了。人类的天性忍受不了这种情况。

初下雪时，我同艾达荷·格林两人说说笑话，互相逗趣，并且赞美我们从锅子里倒出来、管它叫面包的东西。到了第三个星期的末尾，艾达荷向我发表了如下公告。他说：

"我从没听到酸牛奶从玻璃瓶里滴到铁皮锅底时的声音是什么样的，但是同你谈话器官里发出来的这种越来越没劲的滞涩的思想相比，滴酸奶的声音肯定可以算是仙乐了。你每天发出的这种叽里咕噜的声音，叫我想起了牛的反刍。不同的只是牛比你知趣，不打扰别人，你却不然。"

"格林先生，"我说道，"你一度是我的朋友，我有点儿不好意思向你声明，如果我可以随自己的心意在你和一条普通的三条腿的小黄狗之间选择一个伙伴，那么这间小屋子里眼下就有一个居民在摇尾巴了。"

我们这样过了两三天，然后根本不交谈了。我们分了烹饪用具，艾达荷在火炉一边做饭，我在另一边做。外面的雪已经积到窗口，我们整天生着火。

你明白，我和艾达荷除了识字和在石板上做过"约翰有三只苹果，詹姆斯有五只苹果"之类的玩意儿以外，没有受过别的教育。我们浪迹江湖的时候，逐渐获得了一种可以应急的真实本领，因此对大学学位也就不感到特别需要。可是在被大雪封在苦根山脉那幢小屋里的时候，我们初次感到，如果我们以前研究过荷马的作品、希腊文、数学中的分数以及比较高深的学问，那我们在沉思默想方面也许就能应付自如了。我在西部各地看到东部大学里出来的小伙子在牧场营地干活儿，我注意到教育对于他们却成了意想不到的累赘。举个例子说吧，有一次在蛇河边，安德鲁·麦克威廉斯的坐骑得了马蝇幼虫寄生虫病，他派辆四轮马车把十英里外一个据说是植物学家的陌生人请来。但那匹马仍旧死了。

一天早晨，艾达荷用木棍在一个小木架的顶上拨什么东西，那个架子高了些，手够不着。有两本书落到地上。我跳起来想去拿，但是看到了艾达荷的眼色。这一星期来，他还是第一次开口。

"不准碰。"他说，"尽管你只配做休眠的泥乌龟的伙伴，我还是跟你公平交易。你爹妈养了你这样一个响尾蛇脾气、冻萝卜睡相的东西，他们给你的恩惠都比不上我给你的大。我同你打一副七分纸牌，赢的人先挑一本，输的人拿剩下的一本。"

我们打了牌，赢的是艾达荷。他先挑了他要的书；我拿了我的。我们两人回到各自的地方，开始看书。

我看到那本书时比看到一块十盎司重的天然金矿石还要快活。艾达荷看他那本书的时候，也像小孩看到棒棒糖那样高兴。

我那本书有五英寸宽、六英寸长，书名是《赫基默氏必要知识手册》。我的看法也许不正确，不过我认为那本书伟大得空前绝后。今天这本书还在我手头。我把书里的东西搬一点儿出来，在五分钟之内就可以把你或者随便什么人难倒五十次。别提所罗门或《纽约论坛报》了！赫基默比他们两个都强。那个人准是花了五十年时间，走了一百万里路，才收集到这许多材料。里面有各个城市的人口数，判断女人年龄的方法和骆驼的牙齿数目。他告诉你世界上哪一条隧道最长，天上有多少星星，水痘要潜伏几天之后才发出来，上流女人的脖子该有多么粗细，州长怎样行使否决权，罗马人的引水渠是什么时候铺设的，每天喝三杯啤酒可以顶几磅大米的营养，缅因州奥古斯塔城的年平均温度是多少，用条播机播一英亩胡萝卜需要多少种子，各种中毒的解救法，一个金发女人有多少根头发，如何储存鲜蛋，全世界所有大山的高度，所有战争战役的年代，如何抢救溺水的人，如何抢救中暑病人，一磅平头钉有几只，如何制造炸药，如何种花，如何铺床，医生来到之前如何救护病人——此外还有许许多多东西。赫基默也许有他所不知道的事情，不过我在那本书里没有发现。

我坐着，把那本书一连看了四个小时。教育的全部奇迹全压缩在那本书里了。我忘了雪，忘了我同老艾达荷之间的别扭。他一动不动地坐在凳子上，看得出了神，他那黄褐色的胡子里透出一种半是温柔半是神秘的模样。

"艾达荷，"我说，"你那本是什么书啊？"

艾达荷一定也忘了我们的芥蒂，因为他回答的口气很客气，既不顶撞人，也没有恶意。

"唔，"他说，"这本书大概是一个叫荷马·伽·谟的人写的。"

"荷马·伽·谟后面的姓是什么？"我问道。

"唔，就只有荷马·伽·谟。"他说。

"你胡扯。"我说。我认为艾达荷在蒙人，不禁有点儿冒火，"写书的人哪儿有用缩写署名的？总得有个姓啊，不是荷马·伽·谟·斯庞彭戴克，就是荷马·伽·谟·麦克斯温尼，或者是荷马·伽·谟·琼斯。你干吗不学人样儿，偏要像小牛啃晾衣绳上挂着的衬衫下摆那样，把他姓名的下半截啃掉？"

"我说的是实话，桑德。"艾达荷心平气和地说。"这是一本诗集，"他说，"荷马·伽·谟写的。起初我还看不出什么苗头，但是看下去像找到了矿脉。即使拿两条红毯子来和我换这本书，我都不愿意。"

"那你请便吧。"我说，"我需要的是可以让我动动脑筋的开门见山的事实。我抽到的这本书里好像就有这种玩意儿。"

"你得到的只是统计数字，"艾达荷说，"世界上最起码的东西。它们会使你脑筋中毒。我喜欢老伽·谟的推测方式。他似乎是个酒类代理商。他干杯时的祝词总是'万般皆空'，并且他好像牢骚满腹，只不过他用酒把牢骚浇得那么滋润，即使他抱怨得最厉害的时候，也像是在请人一起喝上一夸脱。总之，太有诗意了。"艾达荷说："你看的那本胡说八道的书，想用尺寸来衡量智慧，真叫我讨厌。凡是在用自然的艺术来解释哲理的时候，老伽·谟在任何一方面都打垮了你那个人——不论是条播机、一栏栏的数字、一段段的事实、胸围尺寸，或是年平均降雨量。"

　　我和艾达荷就这么混日子。不论白天黑夜，我们唯一的乐趣就是看书。那次雪封无疑使我们两人都长了不少学问。到了融雪的时候，假如你突然走到我面前问我说："桑德森·普拉特，用九块五毛钱一箱的铁皮来铺屋顶，铁皮的尺寸是二十乘二十八，每平方英尺要派到多少钱？"我便会飞快地回答你，正如闪电每秒钟能在铁铲把上走十九万两千英里那么快。世界上有多少人能这样？如果你在半夜里叫醒你所认识的任何一个人，让他马上回答，人的骨骼除了牙齿之外一共有多少块，或者内布拉斯加州议会的投票要达到什么百分比才能推翻一项否决，他能回答你吗？试试吧。

　　至于艾达荷从他那本诗集里得到了什么好处，那我可不清楚了。艾达荷一开口就替那个酒类代理商吹嘘；不过我认为他获益不多。

　　从艾达荷嘴里透露出来的那个荷马·伽·谟的诗歌看来，我觉得那家伙像是一条狗，把生活当作缚在尾巴上的铁皮罐子。它跑得半死之后，坐了下来，拖出舌头，看看酒罐说：

　　"唔，好吧，我们既然甩不掉这只酒罐，不如到街角的酒店里去沽满它，大家为我干一杯吧。"

　　此外，他仿佛还是波斯人；我从没听说波斯有什么值得一提的名产，除了土耳其毡毯和马耳他猫。

　　那年春天，我和艾达荷找到了有利可图的矿苗。我们有个习惯，就是出手快、周转快。我们出让了矿权，每人分到八千元；然后漫无目的地来到萨蒙河畔的罗萨小城，打算休息一个时期，吃些人吃的东西，刮掉胡子。

　　罗萨不是矿镇。它坐落在山谷里，正如乡间小城一样，没有喧嚣和疫病。近郊有一条三英里长的电车线；我和艾达荷坐在咔嗒咔嗒直响的车厢里兜了一个星期，每天到晚上才回夕照旅馆休息。如今我们见多识广，又读过书，自然就参加了罗萨城里最上流的社交活动，经常被邀请出席最隆重、最时髦的招待会。有一次，市政厅举行为消防队募捐的钢琴独奏会和吃鹌鹑比赛，我和艾达荷初次认识了罗萨社交界的皇后——德·奥蒙德·桑普森夫人。

桑普森夫人是个寡妇，城里唯一的一幢二层楼房就是她的。房子漆成黄色，不管从哪一个方向都看得清清楚楚，正如星期五斋戒日爱尔兰人胡子上沾的蛋黄那样引人注目。除了我和艾达荷之外，罗萨城还有二十二个男人想把那幢黄房子归为己有。

乐谱和鹌鹑骨头扫出市政厅后，举行了舞会。二十三个人都拥上去请桑普森夫人跳舞。我避开了两步舞，请她允许我伴送她回家。在那一点上，我获得了成功。

在回家的路上，她说：

"今晚的星星是不是又亮又美，普拉特先生？"

"就拿你看到的这些亮光来说，"我说道，"它们已经卖足了力气。你看到的那颗大星离这儿有六百六十亿英里远。它的光线传到我们这儿要花三十六年。你用十八英尺长的望远镜可以看到四千三百万颗星，包括十三等星。假如有一颗十三等星现在陨灭了，在今后二千七百年内，你仍旧可以看到它的亮光。"

"哎呀！"桑普森夫人说，"我以前从不知道这种事情。天气多热呀！我跳舞跳得太多了，浑身都汗湿了。"

"这个问题很容易解释，"我说，"要知道，你身上有两百万根汗腺在同时分泌汗液。每根汗腺有四分之一英寸长。假如把身上所有的汗腺首尾相接，全长就有七英里。"

"天哪！"桑普森夫人说，"听你说的，人身上的汗腺简直像是灌溉水渠啦，普拉特先生。你怎么会懂得这么多事情？"

"观察来的，桑普森夫人。"我对她说，"我周游世界的时候总是注意观察。"

"普拉特先生，"她说，"我一向敬重有学问的人。在这个城里的傻瓜恶棍中有学问的人实在太缺啦。同一位有修养的先生谈话真是愉快。你高兴的话，请随时到我家来坐坐，我非常欢迎。"

这么一来，我就赢得了黄房子夫人的好感。每星期二、五的晚上，我去她家，把赫基默发现、编制和引用的宇宙间的神秘讲给她听。艾达荷和城里其余主张寡妇再醮的人在尽量争取其余几天的每一分钟。

我从没想到艾达荷竟会把老伽·谟追求女人的方式应用到桑普森夫人身上。这是在一天下午，我提了一篮野李子给她送去时才发现的。我碰见那位太太走在一条通向她家的小径上。她眼睛直冒火，帽子斜遮在一只眼睛上，像是要找人吵架似的。

"普拉特先生，"她开口说，"我想那位格林先生大概是你的朋友吧。"

"有九年交情啦。"我说。

"同他绝交。"她说，"他不是正派人！"

"怎么啦，夫人，"我说，"他是个普通的山地人，具有浪子和骗子的粗暴和一般缺点，然而即使在最严重的关头，我也不忍心说他是不正派的人。拿服饰、傲慢和卖弄来说，艾达荷也许叫人看不顺眼，可是夫人，我知道他不会存心干出下流或出格的事情。我同艾达荷交了九年朋友，桑普森夫人，"我在结尾时说，"我不愿意说他的坏话，也不愿意听到人家说他的坏话。"

"普拉特先生，"桑普森夫人说，"你这样维护朋友固然是好事；但是他对我打了非常可恨的主意，任何一位有身份的女人都会觉得这是受了侮辱，这个事实你抹杀不了。"

"哎呀呀！"我说，"老艾达荷竟会干出这种事来！我怎么也想不到。我知道有一件事在他心里捣鬼，那是一场风雪的缘故。有一次，我们被雪封在山里，他被一种胡说八道的歪诗给迷住了，那也许就败坏了他的道德。"

"准是那样。"桑普森夫人说，"我一认识他，他就老是念一些亵渎神明的诗句给我听。他说那是一个叫鲁碧·奥特的人写的，你从她的诗来判断，那个女人肯定不是好东西。"

"那么说，艾达荷又弄到一本新书了，"我说，"据我所知，他那本是一个笔名叫伽·谟的男人写的。"

"不管什么书，"桑普森夫人说，"他还是守住一本为好。今天他简直无法无天了。他送给我一束花，上面附着一张纸条。普拉特先生，你总能分辨出上流女人的，并且你也了解我在罗萨城的名声。请你想想看，我会不会带着一大壶酒、一个面包，跟着一个男人溜到外面树林子里，同他在树荫底下唱歌、跳来跳去的？我吃饭的时候固然也喝一点儿葡萄酒，但是我决不会像他说的那样，带上一大壶到树林里去胡闹一通的。当然啦，他还要带上他那卷诗章。他这么说来着。让他一个人去吃那种丢人现眼的野餐吧！不然的话，让他带了他的鲁碧·奥特一起去。我想她是不会反对的。除非带的面包太多而酒太少。你现在对你的规矩朋友有什么看法呢，普拉特先生？"

"唔，夫人，"我说，"艾达荷的邀请也许只是诗情，并没有恶意。也许属于他们称之为比喻的诗。它们固然触犯法律和秩序，但还是允许邮递的，因为写的和想的不是一回事。如果你不见怪，我就代艾达荷表示感谢了，"我说，"现在让我们的心灵从低级的诗歌里解脱出来，到高级的事实和想象中去吧。像这样一个美丽的下午，桑普森夫人，"我接下去说，"我们的思想也应该与之相适应。这里虽然暖和，可我们应该知道，赤道上海拔一万五千英尺的地方还是终年积雪的。纬度四十至四十九度之间的地区，雪线就只有四千至九千英尺高了。"

"哦，普拉特先生，"桑普森夫人说，"听了鲁碧·奥特那个疯丫头的叫人不痛快的诗以后，再听你讲这种美妙的事实可真开心！"

"我们在路边这段木头上坐坐吧，"我说，"别去想诗人不近人情的撒野的话。只有在铁一般的事实和合法的度量衡的辉煌数字里，才能找到美妙的东西。在我们所坐的这段木头里，桑普森夫人，"我说，"就有比诗更神奇的统计数字。木头的年轮说明这棵树有六十岁。在两千英尺深的地底，经过三千年，它就会变成煤。世界上最深的煤矿在纽卡斯尔附近的基林沃斯。一只四英尺长、三英尺宽、二英尺八高的箱子可以装一吨煤。假如动脉割破了，要按住伤口的上方。人的腿有三十根骨头。伦敦塔一八四一年曾遭火灾。"

"说下去，普拉特先生，"桑普森夫人说，"这种话真有创造性，听了真舒服。我想再没有什么比统计数字更可爱了。"

可是两星期后，我才得到了赫基默给我的全部好处。

有一夜，我被人们到处叫嚷"失火啦！"的声音惊醒。我跳下床，穿好衣服，跑出旅馆去看热闹。我发现失火的正是桑普森夫人的房屋，我大叫一声，两分钟之内就赶到了现场。

那幢黄房子的底层全部着火了，罗萨城的每一个男性、女性和狗都在那里号叫，碍消防队员的事。我见到艾达荷想从拽住他的六名消防队员手里挣脱出来。他们对他说，楼下一片火海，谁冲进去休想活着出来。

"桑普森夫人呢？"我问道。

"没见到她。"一个消防队员说，"她睡在楼上。我们想进去，可是不成，我们队里还没有云梯。"

我跑近大火旁边光亮的地方，从里面的口袋里掏出"手册"。我拿着这本书的时候差点儿没笑出来——我想大概是紧张过度，昏了头。

"赫基默，老朋友，"我一面拼命翻，一面对书本说，"你还没有骗过我，你还没有使我失望过。告诉我该怎么办，老朋友，告诉我该怎么办！"我说。

我翻到一百一十七页，"遇到意外事件该怎么办？"我用手指顺着找下去，果然找到了。老赫基默真了不起，他从没有疏漏！书上说：

吸入烟气或煤气而引起的窒息——用亚麻籽最佳。取数粒置外眼角内。

我把"手册"塞回口袋，抓住一个正跑过去的小孩。

"喂，"我给了他一些钱，说道，"赶快到药房里去买一块钱的亚麻籽。要快，另一块钱给你。喂，"我对人群嚷道，"我们救桑普森夫人哪！"接着，我脱掉了上衣和帽子。

消防队和人群中有四个人拖住了我。他们说，进去准会送命，因为楼板就要烧坍了。

"该死!"我嚷起来,有点儿像是在笑,可是笑不出来,"没有眼睛叫我把亚麻籽放到哪儿去呀?"

我用胳臂肘撞在两个消防队员的脸上,用脚踢破了一个身边人的脚胫皮,又使一个绊子,把另一个摔倒在地。紧接着,我冲进屋里。假如我比你们先死,我一准写信告诉你们,地狱里是不是比那幢黄房子里更不受用;现在你们可别相信我的话。总之,我比饭馆里特别加快的烤鸡烤得更煳。烟和火把我熏倒了两次,几乎丢了赫基默的脸;幸好消防队员用他们的细水龙杀了一点儿火气,帮了我的忙,总算到了桑普森夫人的房间里。她已经被烟熏得失去了羞耻心,于是我用被单把她一裹,往肩上一扛。楼板并不像他们所说的那样糟,不然我也干不了——想都不用想。

我扛着她,一口气跑到离房子五十码远的地方,然后把她放在草地上。接着,另外二十二个追求这位夫人的原告当然也拿着铁皮水勺挤拢来,准备救她了。这时候,去买亚麻籽的小孩也跑来了。

我揭开包在桑普森夫人头上的被单。她睁开眼睛说:

"是你吗,普拉特先生?"

"嘘——嘘,"我说,"别出声,我先给你上药。"

我用胳臂轻轻托住她的脖子,扶起她的头,用另一只手扯破亚麻籽口袋,慢慢弯下身子,在她外眼角里放了三四粒亚麻籽。

这时,城里的医生也赶来了,他喷着鼻子,抓住桑普森太太的腕子试脉搏,并且问我这样胡搞是什么意思。

"嗯,老球根药喇叭和耶路撒冷橡树籽,"我说,"我不是正式医师,不过我可以给你看看我的根据。"

他们拿来了我的上衣,我掏出了《手册》。

"请看一百一十七页,"我说,"那上面就讲到如何解救因烟或煤气而引起的窒息。书上说,把亚麻籽放在外眼角里。我不知亚麻籽的作用是解烟毒呢,还是促进复合胃神经的机能,不过赫基默是这样说的,并且先给请来诊治的是他。假如你要会诊，我也不反对。"

老医生拿起《手册》，戴上眼镜，凑着消防队员的提灯看看。

"哎，普拉特先生，"他说，"你诊断的时候显然看串了行。解救窒息的办法是：'尽快将病人移至新鲜空气中，置于卧位。'用亚麻籽的地方在上面一行，'尘灰入眼'。不过，说到头——"

"听我说，"桑普森太太插嘴说，"在这次会诊中，我想我也有话要说。那些亚麻籽给我的益处比我试过的任何东西都大。"她抬起头，又枕在我的手臂上，说道："在另一个眼睛里也放一点儿，亲爱的桑德森。"

因此，假如你明天或者随便哪一天在罗萨城歇歇脚的话，你会看到一幢新盖的精致的黄房子，有普拉特夫人——也就是以前的桑普森夫人——在收拾它，装点它。假如你走进屋子，你还会看到客厅当中大理石面的桌子上有一本《赫基默氏必要知识手册》，重新用红色摩洛哥皮装订过了，准备让人随时查考有关人类幸福和智慧的任何事物。

贾德森一心想搞到威莱拉小姐家制作薄饼的祖传配方，并为此设法接近她。而他的行为招致威莱拉小姐及其家人的反感。这时杰克逊却成功地追求到威莱拉小姐并与之完婚。直到这时贾德森才明白，薄饼配方只不过是一个计谋，杰克逊用这个计谋把自己骗得走投无路。而实际上这个配方是根本不存在的。

当我们在弗里奥山麓，骑着马把一群烙有圆圈三角印记的牛赶拢在一起时，一株枯死的牧豆树的枝丫钩住了我的木马镫，害得我扭伤了脚踝，在营地里躺了一个星期。

被迫休息的第三天，我一拐一拐地挨到炊事车旁，在营地厨师贾德森·奥多姆的连珠炮似的谈话下一筹莫展地躺着。贾德森天生爱说话，说起来没完没了，可是造化作弄人，让他当了厨师，害得他在大部分时间里找不到听他说话的人。

因此，在贾德森一声不吭的沙漠里，我便成了他的灵食。

不多一会儿，我起了一阵病人的贪馋，想吃一些不在"伙食"项下的东西。我想起了母亲的食柜，不由得"情深如初恋，惆怅复黯然"。于是我问道：

"贾德森，你会做薄饼吗？"

贾德森放下刚准备用来捣羚羊肉排的六响手枪，带着我认为是威胁的态度，走到我面前。他那双浅蓝色的眼睛猜疑地瞪着我，更叫我感到了他的愤恨。

"喂，"他说，虽然怒形于色，但还没有出格，"你是真心问我，还是想挖苦我？是不是有人把我和薄饼的底细告诉了你?"

"不，贾德森，"我诚恳地说，"绝没有别的用意。我只不过很想吃一些用黄油烙得黄黄的薄饼，上面还浇着新上市的、大铁皮桶装的新奥尔良蜂蜜。我愿意拿我的小马和马鞍来换一叠这样的薄饼。说起薄饼，难道还有什么故事吗?"

贾德森明白了我不是含沙射影之后，神色马上和缓了。他从炊事车里取出一些神秘的口袋和铁皮盒子，放在我倚靠的那株树下。我看他不慌不忙地张罗起来，解开拴口袋的绳子。

"其实也算不上什么故事，"贾德森一面干活儿，一面说，"只是我同陷骡山谷来的那个粉红眼睛的牧羊人以及威莱拉·利赖特小姐之间一桩事情的合乎逻辑的结局罢了。告诉你也无妨。"

"那时候，我在圣米格尔牧场替老比尔·图米赶牛。有一天，我一心想吃些罐头食品，只要不哞、不咩、不哼或者不啄的东西都行。于是我跨上我那匹还未调教好的小野马，飞快地直奔纽西斯河比绵塔渡口埃姆斯利·特尔费尔大叔的店铺。

"下午三点钟左右，我把缰绳往一根牧豆树枝上一套，下马走了二十码，来到埃姆斯利大叔的铺子。我登上柜台，对埃姆斯利大叔说，看情况全世界的水果收成都要受灾了。不出一分钟，我拿着一袋饼干和一把长匙，身边摆着一个个打开的杏子、菠萝、樱桃和青梅罐头，埃姆斯利还在手忙脚乱地用斧头砍开罐头的黄色铁皮箍。我快活得像是闹苹果乱子以前的亚当。我把靴子上的踢马刺往柜台板壁里插，手里挥弄着那把二十四英寸的匙子；这当儿，我偶然抬头一望，从窗口里看到铺子隔壁埃姆斯利大叔家的后院。

"有个姑娘站在那儿——一个打扮得漂漂亮亮的外路来的姑娘——她一面玩弄着槌球棍，一面看着我那促进水果罐头工业的劲头，在那里暗自发笑。

"我从柜台上滑下来，把手里的匙子交给埃姆斯利大叔。

"'那是我的外甥女，'他说，'威莱拉·利赖特小姐，从巴勒斯坦来做

客。要不要我替你们介绍介绍？'

"'圣地哪。'我暗忖道，我的思想像牛群一样，我要把它们赶进栅栏里去，它们却乱兜圈子。'怎么不是呢？天使们当然在巴勒——当然啦，埃姆斯利大叔，'我高声说，'我非常高兴见见利赖特小姐。'

"于是，埃姆斯利大叔把我引到后院，替我们介绍了一下。

"我在女人面前从不腼腆。我一直弄不明白，有的男人没吃早饭都能制伏一匹野马，在漆黑的地方都能刮胡子，为什么一见到穿花衣裳的大姑娘却变得缩手缩脚、汗流浃背，连话都说不上来了。不出八分钟，我同利赖特小姐已经在摆弄槌球，混得像表兄妹那般亲热了。她取笑我，说我吃了那么多罐头水果。我马上回敬她，说水果乱子是一位叫夏娃的太太在第一个天然牧场里闹出来的——'在巴勒斯坦那面，对吗？'我随机应变地说，正像用套索捕捉一头一岁的小马那样轻松。

"就那样，我获得了接近威莱拉·利赖特小姐的机会；日子一久，关系逐渐密切。她待在比绵塔渡口是为了她的健康和比绵塔的气候，其实她的健康情况非常好，而比绵塔的气候要比巴勒斯坦热百分之四十。开始时，我每星期骑马到她那里去一次；后来我盘算了一下，如果我把去的次数加一倍，我见到她的次数也会增加一倍了。

"有一星期，我去了三次；就在那第三次里，薄饼和淡红眼睛的牧羊人插进来了。

"那晚，我坐在柜台上，嘴里含着一只桃子和两只李子，一边问埃姆斯利大叔，威莱拉小姐可好。

"'哟，'埃姆斯利大叔说，'她同陷骡山谷里的那个牧羊人杰克逊·伯德出去骑马了。'

"我把一颗桃核、两颗李核囫囵吞了下去。我跳下柜台时，大概有人抓住了柜台，不然它早就翻了。接着，我两眼发直地跑出去，直到撞在我拴那匹杂毛马的牧豆树上才停住。

"'她出去骑马了，'我凑在那头小野马耳朵旁边说，'同伯德斯通·杰克，牧羊人山谷那头驮骡一起去的。明白了吗，你这个挨鞭子才跑的老

家伙？'

"我那匹小马以它自己的方式哭了一通。它是从小就给驯养来牧牛的，它才不关心牧羊人呢。

"我又回到埃姆斯利大叔那儿，问他：'你说的是牧羊人吗？'

"'是牧羊人。'大叔又说了一遍，'你一定听人家谈起过杰克逊·伯德。他有八个牧场和四千头在北冰洋以南数最好的美利奴绵羊。'

"我走进来，在店铺背阳的一边坐下，往一株带刺的霸王树上一靠。我自言自语，说了许多关于这个名叫杰克逊的恶鸟的话，两手不知不觉地抓起沙子往靴筒里灌。

"我一向不愿意欺侮牧羊人。有一次，我看到一个牧羊人坐在马背上读拉丁文法，我连碰都没有碰他！我不像大多数牧牛人那样，看见他们就有气。牧羊人都在桌上吃饭，穿着小尺码的鞋子，同你有说有笑，难道你能跟他们动粗，整治他们，害得他们破相吗？我总是抬抬手放他们过去，正如放兔子过去那样；最多讲一两句客套话，寒暄寒暄，从来不停下来同他们喝两杯。我认为根本犯不着同一个牧羊人过不去。正因为我宽大为怀，网开一面，现在居然有个牧羊人跑来同威莱拉·利赖特小姐骑马了！

"太阳下山前一小时，他们骑着马缓缓而来，在埃姆斯利大叔家门口停住了。牧羊人扶她下了马。他们站着，兴致勃勃、风趣横生地交谈了一会儿。随后，这个有羽毛的杰克逊跃上马鞍，掀掀他那顶小炖锅似的帽子，朝他的羊肉牧场那方向跑去。这时候，我把靴子里的沙子抖搂了出来，挣脱了霸王树上的刺；在离比绵塔半英里光景的地方，我策马赶上了他。

"我先前说过，牧羊人的眼睛是粉红色的，其实不然。他那看东西的家什倒是灰色的，只不过睫毛泛红，头发又是沙黄色，因此给人一种错觉。那个牧羊人——其实只能算是牧羔人——身材瘦小，脖子上围着一条黄绸巾，鞋带打成蝴蝶结。

"'借光。'我对他说，'现在骑马同你一道走的是素有"百发百中"之称的贾德森，那是由于我打枪的路数。每当我要让一个陌生人知道我时，我拔枪之前总是要自我介绍一下，因为我向来不喜欢同死鬼握手。'

"'啊，'他说，说话时就是那副神气——'啊，幸会幸会，贾德森先生。我是陷骡牧场那儿的杰克逊·伯德。'

"这时，我一眼见到一只榍鸡叼着一只毒蜘蛛从山上跳下来，另一眼见到一只猎兔鹰栖息在水榆的枯枝上。我拔出四五口径的手枪，乒乒两响，把它们先后打翻，给杰克逊·伯德看看我的枪法。'不管在哪儿，'我说，'我见到鸟儿就想打，三回当中有两回是这样。'

"'枪法不坏。'牧羊人不动声色地说，'不过你第三回打的时候会不会偶尔失准呢？上星期的那场雨水对新草大有好处，是吗，贾德森先生？'

"'威利，'我靠近他那匹小马说，'宠你的爹妈也许管你叫杰克逊，可是你换了羽毛之后却成了一个喊喊喳喳的威利——我们不必研究雨水和气候，还是用鹦哥儿词汇以外的言语来谈谈吧。你同比绵塔的年轻姑娘一起骑马，这个习惯可不好。我知道有些鸟儿，'我说，'还没有坏到那个地步就给烤来吃了。威莱拉小姐，'我说，'并不需要鸟族杰克逊科的山雀替她用羊毛筑一个窝。现在，你打算撒手呢，还是想试试我这包办丧事的百发百中的诨名？'

"杰克逊·伯德脸有点儿红，接着却呵呵笑了。

"'哎，贾德森先生'他说，'你误会啦。我确实去看过几次利赖特小姐，但是绝没有你所说的那种动机。我的目的纯粹是胃口方面的。'

"我伸手去摸枪。

"'哪个浑蛋，'我说，'胆敢无耻——'

"'慢着，'这个伯德赶紧说，'让我解释一下。我娶了老婆该怎么办呢？你只要见过我的牧场就明白了！我自己做饭，自己补衣服。我牧羊的唯一乐趣就是吃。贾德森先生，你可尝过利赖特小姐做的薄饼？'

"'我？这倒没有。'我对他说，'我从没有听说，她在烹调方面还有几手。'

"'那些薄饼简直像是金黄色的阳光，'他说，'是用伊壁鸠鲁天厨神火烤出来的黄澄澄、甜蜜蜜的好东西。我如果搞到那种薄饼的配方，即使少活两年也心甘情愿。我去看利赖特小姐就是为这个原因，'杰克逊·伯德说，'可是直到现在还搞不到。那个老配方在他们家里传了七十五年。他们世代相传，从不透露给外人。假如我能搞到那个配方，在牧场上自己做薄饼吃，那我就幸福了。'伯德说。

"'你敢担保，'我对他说，'你追求的不是调制薄饼的手吗？'

"'当然。'杰克逊说。'利赖特小姐是个极好的姑娘，但是我可以向你保证，我的目的只限于胃口——'他见到我的手又去摸枪套，立即改口——'只限于设法弄一张调制配方。'他结束说。

"'你这小子还不算顶坏。'我装得很大方地说，'我本来打算让你的羊儿再也见不到爹娘，这次姑且放你飞掉。但是你最多守住薄饼，千万别出格，并且别把感情错当糖浆，否则你再也听不到你牧场里的歌声了。'

"'为了让你相信我的诚意，'牧羊人说，'我还要请你帮个忙。利赖特小姐和你是好朋友，她不愿意替我做的事，也许愿意替你做。假如你能代我搞到那个配方，我向你担保，我以后再也不去找她了。'

"'那倒也合情合理。'我说罢同杰克逊·伯德握握手，'只要办得到，我一定替你去搞来，我乐于替你效劳。'于是，他掉头走下皮德拉的大梨树平地，往陷骡山谷去了；我策马朝西北方向回到老比尔·图米的牧场。

"五天之后，我才有机会去比绵塔。威莱拉小姐和我在埃姆斯利大叔家过了一个愉快的傍晚。她唱了几支歌，砰砰嘭嘭地在钢琴上弹了许多歌剧的调子。我学响尾蛇的模样，告诉她'长虫'麦克菲剥牛皮的新法子，还告诉她有一次我去圣路易斯的情况。我们两个处得很投机。我想，如果现在能叫杰克逊·伯德转移牧场，我就赢了。我记起他说搞到薄饼调制配方就离开的保证，便打算劝威莱拉小姐交出来给他；以后我再在陷骡山谷以外的地方见到他，就要他的命。

"因此，十点钟左右，我脸上堆着哄人的笑容，对威莱拉小姐说：'如果现在有什么东西比青草地上的红马更叫我高兴的话，那就是涂着糖浆的好吃的薄饼了。'

"威莱利小姐在钢琴凳上微微一震,吃惊地瞅着我。

"'是啊,'她说,'薄饼的味道确实不错。奥多姆先生,刚才你说你在圣路易斯掉帽子的那条街叫什么来着?'

"'薄饼街。'我眨眨眼睛说,表示我拿定主意要搞到她的家传秘方,不会轻易给岔开去的。'喂,威莱拉小姐,'我说,'谈谈你怎么做薄饼的吧。薄饼像车轮似的在我脑袋里打转。说吧——一磅面粉,八打鸡蛋,等等。配料的成分是怎么样的?'

"'对不起,我出去一会儿。'威莱拉小姐说。她斜着眼睛飞快地瞟我一下,溜下凳子,慢慢地退到隔壁的房里去。紧接着,埃姆斯利大叔拿了一罐水,连上衣也没穿就进来了。他转过身去拿桌子上的玻璃杯时,我发现他裤袋里揣着一把四五口径的手枪。'好家伙!'我想道,'这个人家把食谱配方看得这么重,竟然要用火器来保护它。有的人家即使有世仇夙怨也不至于这样。'

"'喝下去。'埃姆斯利大叔递给我一杯水说,'你今天骑马赶路累了,贾德森,搞得太兴奋了。还是想些别的事情吧。'

"'你知道怎么做那种薄饼吗,埃姆斯利大叔?'我问道。

"'嗯,在做薄饼方面,我不像某些人那样高明,'埃姆斯利大叔回答说,'不过我想,你可以按照通常的办法,拿一筛子石膏粉,一小点儿生面、小苏打和玉米面,用鸡蛋和全脂牛奶搅和起来就成了。今年春天老比尔是不是又要把牛群赶到堪萨斯城去,贾德森?'

"那晚上,我所能打听到的有关薄饼的细节只有这么些。难怪杰克逊·伯德觉得棘手。于是我撇开这个话题不谈,和埃姆斯利大叔聊聊羊角风和旋风之类的事。没多久,威莱拉小姐进来道了晚安,我便骑马回牧场。

"约莫一个星期后,我骑马去比绵塔,正遇到杰克逊·伯德从那里回来,我们便停在路上,随便聊聊。

"'你搞到薄饼的详细说明了吗?'我问他。

"'没有哪。'杰克逊说,'看样子,我没有希望了。你试过没有?'

"'试过,'我说,'可是毫无结果,正像要用花生壳把草原土拨鼠从洞

里挖出来一样。看他们死抱住不放的样子，那个薄饼配方准是好宝贝。'

"'我几乎准备放弃啦，'杰克逊说，他的口气是那么失望，连我也替他难过。'可是我一心只想知道那种薄饼的调制方法，以便在我那寂寞的牧场上自己做来吃。'他说，'我晚上睡不着觉，光琢磨薄饼的好滋味。'

"'你还是尽力想想办法，'我对他说，'我也同时进行。用不了多久，我们中间总有一个能用套索把它兜住的。好吧，再见，杰克逊。'

"你瞧，这会儿我们已经水乳交融、相得无间了。当我发现那个沙黄头发的牧羊人并不再追求威莱拉小姐时，我对他也就比较宽容了。为了帮助他达到满足口腹之欲的雄心，我一直在想办法把威莱拉小姐的配方弄到手。但是每当我提起'薄饼'时，她眼睛里总流露出疏远和不安的神色，并设法岔开话题。假如我坚持下去的话，她就溜出去，换了手里拿着水壶、裤袋里揣着山炮的埃姆斯利大叔进来。

"一天，我在毒狗草原的野花丛中摘了一束美丽的蓝马鞭草，驰马来到那家铺子。埃姆斯利大叔眯起一只眼睛，看着马鞭草说：

"'你没听到那个消息吗？'

"'牛价上涨了吗？'我问道。

"'威莱拉和杰克逊·伯德昨天在巴勒斯坦结婚啦。'他说，'今天早晨刚收到信。'

"我把那束马鞭草扔进饼干桶，让那个消息慢慢灌进我耳朵，流到左边衬衫口袋，再流到脚底。

"'请你再说一遍好不好，埃姆斯利大叔？'我说，'也许我的耳朵出了毛病，你刚才说的只是活的甲级小母牛每头四块八毛钱，或者别的类似的话。'

"'昨天结的婚，'埃姆斯利大叔说，'到韦科和尼亚加拉大瀑布去度蜜月了。怎么，难道你一直没有看出苗头吗？杰克逊·伯德带威莱拉出去骑马那天，就开始追求她了。'

"'那么，'我几乎嚷了起来，'他对我讲的有关薄饼的那套话，究竟是什么意思？你倒说说看。'

"我一提起薄饼，埃姆斯利大叔立即闪开，后退了几步。

"'有人用薄饼来欺骗我，'我说，'我要弄弄清楚。我相信你是知道的。讲出来，'我说，'不然我跟你没完。'

"我翻过柜台去抓埃姆斯利大叔。他去抓枪，可是枪在抽屉里，差两英寸没够着。我揪住他的前襟，把他推到角落里。

"'说说薄饼的事，'我说，'不然我就把你挤成薄饼。威莱拉小姐会不会做薄饼？'

"'她一辈子没有做过一张薄饼，我也没有见她做过。'埃姆斯利大叔安慰我说，'安静一些，贾德森——安静一些。你太激动啦，你头上的老伤使你神志不清。别去想薄饼。'

"'埃姆斯利大叔，'我说，'我的头没有受过伤，最多只是天生的思考本能不太高明。杰克逊·伯德对我说，他来看威莱拉小姐的目的是打听她做薄饼的法子，他还请我帮他弄一份配料的清单。我照办了，结果你也看到了。我是被一个粉红眼睛的牧羊人用约翰逊青草给蒙住了，还是怎么的？'

"'你先放松我的衬衫，'埃姆斯利大叔说，'我再告诉你。哎，看情形杰克逊·伯德骗了你，自己跑了。他同威莱拉小姐出去骑马的第二天，又来通知我和威莱拉，赶上你提起薄饼的时候，就要加意提防。他说，有一次你们营地里在烙薄饼，有个人用平底锅砸破了你的头。杰克逊说，你一激动或紧张，老伤就要复发，使你有点儿疯癫，胡言乱语念叨着薄饼。他告诉我们，只要把你从这个话题上岔开，让你安静下来，就没有危险。因此我和威莱拉尽我们的力量帮助了你。哎，哎，'埃姆斯利大叔说，'像杰克逊·伯德这样的牧羊人倒是少见的。'"

贾德森讲故事的时候，已经不慌不忙、十分熟练地把那些口袋和铁皮罐里的东西调和起来。快讲完时，他把完成的产品端到我面前——两张搁在铁皮碟子上的、滚烫的、深黄色的薄饼。他又从某些秘密的贮藏处取出一块上好的黄油和一瓶金黄色的糖浆。

"这是多久以前的事啦？"我问他说。

"有三年了。"贾德森答道，"如今他们住在陷骡山谷。可是我以后一直没有见过他们。有人说，当杰克逊·伯德用薄饼计把我骗得走投无路的时候，他一直在布置他的牧场，摇椅啦，窗帘啦，摆设得漂漂亮亮。喔，过一阵子，我就把这件事抛开了，可是弟兄们还闹个不休。"

"这些薄饼，你是不是按照那个著名的配方做的呢？"我问道。

"我不是早就说过，配方是根本不存在的吗？"贾德森说，"弟兄们老是拿薄饼来取笑我，后来搞得想吃薄饼了，于是我从报上剪下了这个调制方法。这玩意儿的味道怎么样？"

"好吃得很。"我回答说，"你自己干吗不吃一点儿，贾德森？"我清晰地听到一声叹息。

"我吗？"贾德森说，"我一向不吃薄饼。"

> 落魄的拳击家麦圭尔身染肺病已经很久了，医生预计他还能活半年到一年。这时他偶遇乐善好施的牧场主雷德勒，雷德勒便将他带到自己的牧场，让其在这里疗养身体。
>
> 一天，牧场主请来了医师，让他为麦圭尔检查身体。阴差阳错，医师却在一个健康人的身体上做了检查。牧场主认为麦圭尔装病，是个骗子，把他从舒适的房间里赶了出去。
>
> 当牧场主得知真相后后悔不已，找到麦圭尔时，却见这个重病缠身的小伙子充满了健康和力量。麦圭尔说：多谢你赶我出去，多谢你叫我接近土地。

假如你很熟悉拳击界的纪录，你大概记得九十年代初期有过这么一件事：在一条国境河流的彼岸，一个拳击冠军同一个想当冠军的选手对峙了短短的一分零几秒钟。观众指望多少看到一点儿货真价实的玩意儿，万万没料到这次交锋竟然这么短暂。新闻记者们卖足力气，可是巧妇难为无米之炊，他们报道的消息仍旧干巴得可怜。冠军轻易地击倒了对手，回过身说："我知道我一拳已经够那家伙受用了。"接着便把胳臂伸得像船桅似的，让助手替他脱掉手套。

由于这件事，第二天一清早，一列车穿着花哨的坎肩、打着漂亮的领结、大为扫兴的先生们从普尔门卧车下到圣安东尼奥车站。也由于这件事，"蟋蟀"麦圭尔跌跌撞撞地从车厢里出来，坐在车站月台上，发作了一阵圣安东尼奥人非常耳熟的剧烈干咳。那当儿，在熹微的晨光中，纽西斯郡的牧场主，身高六英尺二英寸的柯蒂斯·雷德勒碰巧走过。

牧场主这么早出来，是赶南行的火车回牧场去的。他在这个倒霉的拳击迷身边站停，用拖长的本地口音和善地问道："病得很厉害吗，老弟？"

"蟋蟀"麦圭尔听到"老弟"这个不客气的称呼，立刻寻衅似的抬起了眼睛。他以前是次轻量级的拳击家，又是赛马预测人、骑师、赛马场的常客，全能的赌徒和各种骗局的行家。

"你走你的路吧，"他嘶哑地说，"电线杆。我没有吩咐你来。"

他又剧烈地咳了一阵，软弱无力地往近便的一只衣箱上一靠。雷德勒耐心地等着，打量着月台上那些白礼帽、短大衣和粗雪茄。"你是从北方来的，是吗，老弟？"等对方缓过气来时，他问道，"是来看拳赛的吗？"

"拳赛！"麦圭尔冒火说，"只能算是抢壁角游戏！简直像是一针皮下注射。他挨了一拳，就像是打了一针麻醉药似的，躺在地上不醒了，门口连墓碑都不用竖。这算是哪门子拳赛！"他喉咙里咯咯响了一阵，咳了几声，又往下说。他的话不一定是对牧场主而发，只是把心头的烦恼讲出来，觉得轻松一点儿罢了。"其实我对这件事是完全有把握的。换了拉塞·塞奇也会抓住这么个机会。我认定那个从科克来的家伙能支持三个回合。我以五比一的赌注打赌，把所有的钱都押上去了。我本来打算把第三十七号街上杰米·德莱尼的那家通宵咖啡馆买下来，以为准能到手，几乎已经闻到充填酒瓶箱的锯木屑的气味了。可是——喂，电线杆，一个人把他所有的钱一次下注是多么傻呀！"

"说得对，"大个子牧场主说，"赌输之后说的话尤其对。老弟，你还是起来去找一家旅馆吧。你咳得很厉害。病得很久了吗？"

"我害的是肺病。"麦圭尔很有自知之明地说，"大夫说我还能活六个月——慢一点儿也许还能活一年。我要安顿下来，保养保养。那也许就是我要以五比一的赌注来搏一下的缘故。我攒了一千块现钱。假如赢的话，我就把德莱尼的咖啡馆买下来。谁料到那家伙在第一个回合就打瞌睡了呢——你倒说说看？"

"运气不好。"雷德勒说，同时看看麦圭尔靠在衣箱上的蜷缩消瘦的身体，"你还是去旅馆休息吧。这儿有门杰旅馆，马弗里克旅馆，还有——"

"还有五马路旅馆，沃尔多夫·阿斯托里亚旅馆。"麦圭尔揶揄地学着说，"我对你讲过，我已经破产啦。我现在跟叫花子差不多。我只剩下一毛钱。也许到欧洲去旅行一次，或者乘私人游艇去航行航行，对我的身体有好处——喂，报纸！"

他把那一毛钱扔给了报童，买了一份《快报》，背靠着衣箱，立即全神贯注地阅读富于创造天才的报馆所渲染的关于他的惨败的报道了。

柯蒂斯·雷德勒看了看他那硕大的金表，把手按在了麦圭尔的肩膀上。

"来吧，老弟。"他说，"再过三分钟，火车就要开了。"

麦圭尔生性就喜欢挖苦人。

"一分钟之前，我对你说过我已经破产了。在这期间，你没有看见我捞进筹码，也没有发现我时来运转，是不是？朋友，你自己赶快上车吧。"

"你到我的牧场去，"牧场主说，"一直待到恢复。不出六个月，准保你换一个人。"他一把抓起麦圭尔，拖他朝火车走去。

"费用怎么办？"麦圭尔说，想挣脱可又挣脱不掉。

"什么费用？"雷德勒莫名其妙地说。他们你看着我，我看着你，可是互相并不了解，因为他们的接触只像是格格不入的斜齿轮，在不同方向的轴上转动。

南行火车上的乘客们，看见这两个截然不同的类型凑在一起，不禁暗暗纳罕。麦圭尔只有五英尺一英寸高，容貌既不像横滨人，也不像都柏林人。他的眼睛又亮又圆，面颊和下巴瘦骨嶙峋，脸上满是打破后缝起来的伤痕，神气显得又可怕，又不屈不挠，像大黄蜂那样好勇斗狠。他这种类型既不新奇，也不陌生。雷德勒却是不同土壤上的产物。他身高六英尺二英寸，肩膀宽阔，但是像清澈的小溪那样，一眼就望得到底。他这种类型可以代表西部同南部的结合。能够正确地描绘他这种人的画像非常少，因为艺术馆是那么小，而得克萨斯还没有电影院。总之，要描绘雷德勒这种类型只有用壁画——用某种崇高、朴实、冷静和不配镜框的图画。

他们坐在国际铁路公司的火车上驶向南方。在一望无际的绿色大草原上，远处的树木汇成一簇簇青葱茂密的小丛林。这就是牧场所在的地方；是统治牛群的帝王的领土。

麦圭尔有气无力地坐在座位角落里，猜疑地同牧场主谈着话。这个大家伙把他带走，究竟是在玩什么把戏？麦圭尔怎么也不会想到利他主义上去。"他不是农人，"这个俘虏想道，"他也绝对不是骗子。他是干什么的呢？走着瞧吧，蟋蟀，看他还有些什么花招。反正你现在不名一文。你有的只是五分钱和奔马性肺结核，你还是静静等着。静等着，看他耍什么把戏。"

到了离圣安东尼奥一百英里的林康，他们下了火车，乘上在那儿等候雷德勒的四轮马车。从火车站到他们的目的地还有三十英里，就是坐马车去的。如果有什么事能使麦圭尔觉得像是被绑架的话，那就是坐上这辆马车了。他们的马车轻捷地穿过一片令人赏心悦目的大草原。那一对西班牙种的小马轻快地、不停地小跑着，间或任性地飞跑一阵子。他们呼吸的空气中有一股草原花朵的芳香，像美酒和矿泉水那般沁人心脾。道路消失了，四轮马车在一片航海图上没有标出的青草的海洋中游弋，由老练的雷德勒掌舵；对他来说，每一簇遥远的小丛林都是一个路标，每一片起伏的小山都代表方向和里程。但是麦圭尔仰天靠着，他看到的只是一片荒野。他随着牧场主行进，心里既不高兴，也不信任。"他打算干什么？"这个想法成了他的包袱；"这个大家伙葫芦里卖的是什么药？"麦圭尔只能用他熟悉的城市里的尺度来衡量这个以地平线和玄想为界限的牧场。

一星期以前，雷德勒在草原上驰骋时，发现一头被遗弃的病小牛在哞哞叫唤。他没下马就抓起那头可怜的小牛，往鞍头一搭，带回牧场，让手下人去照顾。麦圭尔不可能知道，也不可能理解，在牧场主看来，他的情况同那头小牛完全一样，都需要帮助。一个动物害了病，无依无靠；而雷德勒又有能力提供帮助——他单凭这些条件就采取了行动。这些条件组成了他的逻辑体系和行为准则。据说，圣安东尼奥狭窄的街道上弥漫着臭氧，成千害肺病的人便去那儿疗养。在雷德勒凑巧碰到并带回牧场的病人中间，麦圭尔已经是第七个了。在索利托牧场做客的五个病人，先后恢复了健康或者明显好转，感激涕零地离开了牧场。一个来得太迟了，但终于非常舒适地安息在园子里一株枝叶披覆的树下。

因此，当四轮马车飞驰到门口，雷德勒把那个虚弱的被保护人像一团破布似的提起来，放到回廊上的时候，牧场上的人并不觉得奇怪。

麦圭尔打量着陌生的环境。这个牧场的庄院是当地最好的。砌房的砖是从一百英里以外运来的。不过房子只有一层，四间屋子外面围着一道泥地的回廊。杂乱的马具、狗具、马鞍、大车、枪支，以及牧童的装备，叫那个过惯城市生活、如今落魄的运动家看了怪不顺眼。

"好啦，我们到家啦。"雷德勒快活地说。

"这个鬼地方。"麦圭尔马上接口说，他突然一阵咳嗽，憋得上气不接下气，在回廊的泥地上打滚。

"我们会想办法让你舒服些，老弟。"牧场主和气地说，"屋子里面并不精致；不过对你最有好处的倒是室外。里面的一间归你住。只要是我们有的东西，你尽管要好啦。"

他把麦圭尔领到东面的屋子里。地上很干净，没有地毯。打开的窗户里吹来一阵阵海湾风，拂动着白色的窗帘。屋子当中有一张柳条大摇椅，两把直背椅子，一张长桌，桌子上满是报纸、烟斗、烟草、马刺和子弹。墙壁上安着几只剥制得很好的鹿头和一个硕大的黑野猪头。屋角有一张宽阔而凉爽的帆布床。纽西斯郡的人认为这间客房给王子住都合适。麦圭尔却朝它撇撇嘴。他掏出他那五分钱的镍币，往天花板上一扔。

"你以为我说没钱是撒谎吗？你高兴的话，不妨搜我口袋。那是库房里最后一枚钱币啦。谁来付钱哪？"

牧场主那清澈的灰色眼睛，从灰色的眉毛底下坚定地瞅着他客人那黑珠子般的眼睛。歇了一会儿，他直截了当，然而并不失礼地说："老弟，假如你不再提钱，我就很领你的情。一次已经足够啦。被我请到牧场上来的人一个钱也不用花，他们也很少提起要付钱。再过半小时就可以吃晚饭了。壶里有水，挂在回廊里的红瓦罐里的水比较凉，可以喝。"

"铃在哪儿？"麦圭尔打量着周围说。

"什么铃？"

"召唤佣人拿东西的铃。我可不能——喂，"他突然软弱无力地发起火来，"我根本没请你把我带来。我根本没有拦住你，向你要过一分钱。我根本没有先开口把我的不幸告诉你，你问了我才说的。现在我落到这里，离侍者和鸡尾酒有五十英里远。我有病，不能动。哟！可是我一个钱也没有!"麦圭尔扑到床上,抽抽噎噎地哭了起来。

雷德勒走到门口喊了一声。一个二十来岁、身材瘦长、面色红润的墨西哥小伙子很快就来了。雷德勒对他讲西班牙语。

"伊拉里奥,我记得我答应过你,到秋季赶牲口的时候让你去圣卡洛斯牧场当牧童。"

"是的,先生,承蒙你的好意。"

"听着,这位小先生是我的朋友,他病得很厉害。你待在他身边,随时伺候他,耐心照顾他。等他好了,或者——唔,等他好了,我就让你当多石牧场的总管,比牧童更强,好吗?"

"那敢情好——多谢你,先生。"伊拉里奥感激得几乎要跪下去,但是牧场主善意地踢了他一脚,喝道:"别演滑稽戏啦。"

十分钟后,伊拉里奥从麦圭尔的屋子里出来,站到雷德勒面前。

"那位小先生,"他说,"向你致意,"(这是雷德勒教给伊拉里奥的规矩)"他要一些碎冰,洗个热水浴,喝掺有柠檬汽水的杜松子酒,把所有的窗子都关严,还要烤面包、修脸、一份《纽约先驱报》,香烟,再要发一个电报。"

雷德勒从药品柜里取出一夸特容量的威士忌酒瓶。"把这给他。"他说。

索利托牧场上的恐怖统治就是这样开始的。最初几个星期,各处的牧童骑着马赶了好几英里路来看雷德勒新弄来的客人;麦圭尔则在他们面前吆喝,吹牛,大摆架子。在他们眼里,他完全是个新奇的人物。他把拳击的错综复杂的奥妙和闪转腾挪的诀窍解释给他们听。他让他们了解到靠运动吃饭的人的不规矩的生活方式。他的切口和俚语老是引起他们发笑和诧异。他的手势、特别的姿态、赤裸裸的下流话和下流想法,把他们迷住了。他好像是从一个新世界来的人物。

说来奇怪,他所进入的这个新环境对他毫无影响。他是个彻头彻尾、顽固不化的自私的人。他觉得自己仿佛暂时退居到一个空间,这个空间里只有听他回忆往事的人。无论是草原上白天的无边自由也好,还是夜晚的星光灿烂、庄严肃穆也好,都不能触动他。曙光的色彩并不能把他的注意力从粉红色的运动报刊上转移过来。"不劳而获"是他毕生的目标；第三十七号街上的咖啡馆是他奋斗的方向。

他来了将近两个月后，便开始抱怨说，他觉得身体更糟了。从那时起，他就成了牧场上的负担、贪鬼和梦魇。他像一个恶毒的妖精或长舌妇，独自关在屋子里，整天发牢骚、抱怨、詈骂、责备。他抱怨说，他被人家不由分说地骗到了地狱里；他就要因为缺乏照顾和舒适而死了。尽管他威胁说他的病越来越重，在别人眼里，他却没有变。他那双葡萄干似的眼睛仍旧那么亮，那么可怕；他的嗓音仍旧那么刺耳；他那皮肤绷得像鼓面一般紧；起老茧的脸并没有消瘦。他那高耸的颧骨每天下午泛起两片潮红，说明一支体温计也许可以揭露某种症状。胸部叩诊也许可以证实麦圭尔只有半边的肺在呼吸，不过他的外表仍跟以前一样。

经常伺候他的是伊拉里奥。指日可待的总管职位的许诺肯定给了他极大的激励，因为服侍麦圭尔的差使简直是活受罪。麦圭尔吩咐关上窗子，拉下窗帘，不让他唯一的救星新鲜空气进来。屋子里整天弥漫着污浊的蓝色烟雾；谁走进这间叫人透不过气来的屋子，谁就得坐着听那小妖精无休无止地吹嘘他那不光彩的经历。

最叫人纳闷儿的是麦圭尔同他恩人之间的关系。这个病人对牧场主的态度，正如一个倔强乖张的小孩儿对待溺爱他的父母。雷德勒离开牧场的时候，麦圭尔就不怀好意地闷声不响，发着脾气。雷德勒一回来，麦圭尔就激烈地、刻毒地把他骂得狗血喷头。雷德勒对他客人的态度也相当令人费解。牧场主仿佛真的承认并且觉得自己正是麦圭尔所猛烈攻击的人物——专制暴君和万恶的压迫者。他仿佛认为那家伙的情况应该由他负责，不管对方怎样谩骂，他总是心平气和，甚至觉得抱歉。

一天，雷德勒对他说："你不妨多呼吸些新鲜空气，老弟。假如你愿意到外面跑跑，每天都可以用我的马车，我还可以派一个车夫供你使唤。到一个营地里去试一两个星期。我准替你安排得舒舒服服。土地和外面的空气——这些东西才能治好你的病。我知道有一个费城的人，比你病得凶，在瓜达卢佩迷了路，随着牧羊营里的人在草地上睡了两个星期。哎，先生，这使他的病情有了好转，后来果然完全恢复。接近土地——那里有自然界的医药。从现在开始不妨骑骑马。有一匹驯顺的小马——"

"我什么地方跟你过不去？"麦圭尔嚷道，"我几时坑害过你？我有没有求你带我上这儿来？你高兴的话，把我赶到你的营地里去好啦；或者一刀把我捅死，省却麻烦。叫我骑马！我连抬腿的力气都没有呢。即使一个五岁的娃娃来揍我，我也没法招架。全是你这该死的牧场害我的。这里没有吃的，没有看的，没有可以交谈的人，有的只是一批连练拳的沙袋和龙虾肉色拉都分不清的乡巴佬。"

"不错，这个地方很荒凉。"雷德勒不好意思地道歉说，"我们这儿很丰饶，但是很简朴。你想要什么，弟兄们可以骑马到外面去替你弄来。"

查德·默奇森最先认为麦圭尔是诈病。查德是圆圈横杠牛队里的牧童，他赶了三十英里，并且绕了四英里的冤枉路，替麦圭尔弄来一篮子葡萄。在那烟气弥漫的屋子里待了一会儿后，他跑出来，直言不讳地把他的猜疑告诉了雷德勒。

"他的胳臂，"查德说，"比金刚石还要硬。他教我怎么打人家的大洋神经丛，挨他一拳简直像给野马连踢两下。他在诓你呢，老柯。他不会比我病得更凶。我本来不愿意讲出来，可是那小子在你这儿蒙吃蒙住，我不得不讲了。"

牧场主是个实在人，不愿意接受查德对这件事的看法。后来，当他替麦圭尔检查身体时，动机也不是怀疑。

一天中午时分，有两个人来到牧场，下了马，把它们拴好，然后进去吃饭；这地方的风俗是好客的。其中一个人是圣安东尼奥著名的收费高昂的医师，因为一个富有的牧场主给走火的枪打伤了，请他去医治。现在他被伴送到火车站，搭车回城里。饭后，雷德勒把他拉到一边，塞了一张二十元的钞票给他，说道：

"大夫，那间屋子里有个小伙子，大概害着很严重的肺病。我希望你去给他检查一下，看他病到什么程度，有没有办法治治。"

"我刚才吃的那顿饭要多少钱呢，雷德勒先生？"医师从眼镜上缘看出来，直率地说。雷德勒把钞票放回口袋。医师立即走进麦圭尔的房间，牧场主在回廊里的一堆马鞍上坐着，假如诊断结果不妙，他真要埋怨自己了。

不出十分钟，医师大踏步走了出来。"你那个病人，"他马上说，"跟一枚新铸的钱币那么健全。他的肺比我的还好。呼吸、体温和脉搏都正常。胸围扩张有四英寸。浑身找不到衰弱的迹象。当然啦，我没有检验结核杆菌，不过不可能有。这个诊断，我完全负责。即使拼命抽烟，关紧窗子，把屋子里的空气弄得污浊不堪，对他也没有妨碍。有点儿咳嗽，是吗？你告诉他完全没有必要。你刚才问有没有办法替他治治。唔，我劝你让他去打木桩，或者去驯服野马。我们要上路啦。再见，先生。"医师像一股清新的劲风那样，飞也似的走了。

雷德勒伸手摘了一片栏杆旁边的牧豆树的叶子，沉思地嚼着。

替牛群打烙印的季节快要到了。第二天早晨，牛队的头目，罗斯·哈吉斯在牧场上召集了二十五个人，准备到即将开始打烙印的圣卡洛斯牧场去。六点钟，马都备了鞍，装粮食的大车也安排就绪，牧童们陆续上马，这当儿，雷德勒叫他们稍等片刻。一个小厮牵了一匹鞍辔齐全的小马来到门口。雷德勒走进麦圭尔的房间，猛地打开门。麦圭尔正躺在床上抽烟，衣服也没有穿好。

"起来。"牧场主说，他的声音像号角那样响亮。

"怎么回事？"麦圭尔有点儿吃惊地问道。

"起来穿好衣服。我可以容忍一条响尾蛇，可是我讨厌骗子。还要我再对你说一遍吗？"他揪住麦圭尔的脖子，把他拖到地上。

"喂，朋友，"麦圭尔狂叫说，"你疯了吗？我有病——明白吗？我多动就会送命。我什么地方跟你过不去？"——他又搬出他那套牢骚来了——"我从没有求你——"

"穿好衣服。"雷德勒的嗓音越来越响了。

麦圭尔咒骂，跟跄，哆嗦，同时用吃惊的亮眼睛盯着激怒的牧场主那吓人的模样，终于拖泥带水地穿上了衣服。雷德勒揪住他的衣领，走出房间，穿过院子，把他一直推到拴在门口的那匹另备的小马旁边。牧童们张着嘴，懒洋洋地坐在马鞍上。

"把这个人带走，"雷德勒对罗斯·哈吉斯说，"叫他干活儿。叫他多干，多睡，多吃。你们知道我已经尽力照顾了他，并且是真心实意的。昨天，圣安东尼奥最好的医师替他检查身体，说他的肺跟驴子一样健全，体质跟公牛一样结实。你知道该怎么对付他，罗斯。"

罗斯·哈吉斯没有回答，只是阴沉地笑了笑。

"噢，"麦圭尔凝视着雷德勒说，神情有点儿特别，"那个大夫说我没病，是吗？说我装假，是吗？你找他来看我的。你以为我没病。你说我是骗子。喂，朋友，我知道自己说话粗暴，可是我多半不是存心的。假如你到了我的地步——噢，我忘啦——那个大夫说我没病。好吧，朋友，现在我去替你干活儿。这才是公平交易。"

他像鸟一样轻快地飞身上马，从鞍头取下鞭子，往小马身上一抽。曾在霍索恩骑着"好孩子"跑了第一名（当时的赌注是十比一）的"蟋蟀"麦圭尔，现在又踩上了马镫。

这队人马向圣卡洛斯驰去时，麦圭尔一马当先，牧童们落在后面，不由得齐声喝彩。

但是，不出一英里，他慢慢地落后了。当他们驰过牧马地，来到那片高栎树林时，他是最后的一个。他在几株栎树后面勒住马，把手帕按在嘴上。手帕拿下来时，已经浸透了鲜红的动脉血。他小心地把它扔在一簇仙人掌里面。接着，他又扬起鞭子，嘶哑地对那匹吃惊的小马说"走吧"，快跑着向队伍赶去。

那晚，雷德勒接到阿拉巴马老家捎来的信。他家里死了人；要分一宗产业，叫他回去一次。第二天，他坐着四轮马车，穿过草原，直奔车站。他在阿拉巴马待了两个月才回来。回到牧场时，他发现除了伊拉里奥以外，庄院里的人几乎都不在。伊拉里奥在他离家期间，权且充当了总管。这个小伙子点点滴滴地把这段时间里的工作向他做了汇报。他得悉打烙印的营地还在干活儿。由于多次严重的风暴，牛群分散得很远，因此工作进行得很慢。营地现在扎在二十英里外的瓜达卢佩山谷。

"说起来，"雷德勒突然想到说，"我让他们带去的那个家伙——麦圭尔——他还在干活儿吗？"

"我不清楚。"伊拉里奥说，"营地里的人难得来牧场。小牛身上有许多活儿要干。他们没提起。哦，我想那个麦圭尔早就死啦。"

"死啦！"雷德勒嚷道，"你说什么？"

"病得很重，麦圭尔。"伊拉里奥耸耸肩膀说，"他走的时候，我就认为他活不了一两个月。"

"废话！"雷德勒说，"他把你也给蒙住了，对不对？医师替他检查过，说他像牧豆树疙瘩一样结实。"

"那个医师，"伊拉里奥笑着说，"他是这样告诉你的吗？那个医师没有看过麦圭尔。"

"讲讲清楚。"雷德勒命令说，"你到底是什么意思？"

"医师进来的时候，"那小伙子平静地说，"麦圭尔正好到外面去取水喝了。医师拖住我，用手指在我这儿乱敲，"——他把手放在胸口——"我不知道为什么。他把耳朵贴在这儿，这儿，这儿，听了听——我不知道为什么。他把一支小玻璃棒插在我嘴里。他按我手臂这个地方。他叫我轻轻地这样数——二十、三十、四十。谁知道，"伊拉里奥无可奈何地摊开双手，结束道，"那个医师干吗要做这许多滑稽的事情？"

"家里有什么马？"雷德勒简洁地问道。

"'乡巴佬'在外面的小栅栏里吃草，先生。"

"立刻替我备鞍。"

短短几分钟内，牧场主上马走了。"乡巴佬"的模样并不好看，可是跑得快，跟它的名字很相称；它大步慢跑着，脚下的道路像一根通心面条给吞掉时那样，飞快地消失了。过了两小时十五分钟，雷德勒从一个隆起的小山冈上望到打烙印的营帐扎在瓜达卢佩的干河床里的一个水坑旁边。他急切地想听听他所担心的消息，来到营帐前面，翻身下马，放下"乡巴佬"的缰绳。他的心地是那样善良，当时他甚至会承认自己有罪，害死了麦圭尔。

营地上只有厨师一个人，他正在张罗晚饭，把大块大块的烤牛肉和盛咖啡的铁皮杯摆好。雷德勒不愿意开门见山地问到他最关心的那个问题。

"营地里一切都好吗，彼得？"他转弯抹角地问道。

"马马虎虎。"彼得谨慎地说，"粮食断了两次。大风把牛群给吹散了，我们只得在方圆四十英里内细细搜索。我需要一个新的咖啡壶。这里的蚊子比普通的凶。"

"弟兄们——都好吗？"

彼得不是生性乐观的人。此外，问起牧童们的健康不仅是多余，而且近乎婆婆妈妈。问这种话的不像是头儿。

"剩下来的人不会错过一顿饭。"厨师说。

"剩下来的人？"雷德勒嘎声学了一遍。他不由自主地开始四下找寻麦圭尔的坟墓。他以为这儿也有像他在阿拉巴马墓地看到的那样一块白色墓碑。但是他随即觉得这种想法太傻了。

"不错，"彼得说，"剩下来的人。两个月来，营地常常移动。有的走了。"

雷德勒鼓起勇气问道：

"我派来的——那个——麦圭尔——他有没有——"

"嘿，"彼得双手各拿着一只玉米面包站了起来，打断了他的话，"太丢人啦，把那个可怜的、害病的小伙子派到牧牛营来。那个医师竟看不出他一只脚已经踏进棺材里，真应该用马肚带的扣子剥他的皮。他也真是那么倔强——说来真丢人——让我告诉你他干了些什么。第一晚，营地里的弟兄们着手教他牧童的规矩。罗斯·哈吉斯抽了他一下屁股，你知道那可怜的孩子怎么啦？那小子站起来，揍了罗斯。揍了罗斯·哈吉斯。狠狠地揍了他。揍得他又凶又狠，浑身都揍遍了。罗斯只不过是爬起来，换个地方又躺下罢了。

"接着，麦圭尔自己也倒在地上，脸埋在草里，不停地咯血。他们说是内出血。他一躺就是十八个钟头，怎么也不能动他一动。罗斯·哈吉斯喜欢能揍他的人，他把格陵兰到波兰支那的医师都骂遍了，又着手想办法；

他同'绿枝'约翰逊把麦圭尔抬到一个营帐里，轮流喂他吃剁碎的生牛肉和威士忌。

"但是，那个孩子仿佛不想活了，晚上他溜出营帐，躺在草地里，那时候还下着细雨。'走啦，'他说，'让我称自己的心意死吧。他说我撒谎，说我是骗子，说我诈病。别来理睬我。'

"他就这么躺了两个星期，"厨师说，"连人都认不清，于是——"

突然响起一阵雷鸣似的声音，二十来个骑手风驰电掣地闯过丛林，来到营地。

"天哪！"彼得嚷道，立刻手忙脚乱起来，"弟兄们来啦，晚饭不在三分钟之内弄好，他们就会宰了我。"

但是雷德勒只注意到一件事。一个矮小的、棕色脸盘、笑嘻嘻的家伙翻下马鞍，站在火光前面。他样子不像麦圭尔，可是——

转眼之间，牧场主已经拉住他的手和肩膀。

"老弟，老弟，你怎么啦？"他只说出了这么一句话。

"你叫我接近土地，"麦圭尔响亮地说，他那钢钳一般的手几乎把雷德勒的指头都捏碎了，"我就在那儿找到了健康和力量，并且领悟到我过去是多么卑鄙。多谢你把我赶出去，老兄。还有——喂！这个笑话是那大夫闹的，是吗？我在窗外看见他在那个南欧人的太阳神经丛上乱敲。"

"你这小子，"牧场主嚷道，"当时你干吗不说医师根本没有替你检查过？"

"噢——算了吧！"麦圭尔以前那种粗鲁的态度又冒出来一会儿，"谁也唬不了我。你从来没有问过我。你既然话已出口，把我赶了出去，我也就认了。喂，朋友，赶牛的玩意儿真够意思。我生平交的朋友当中，要算营地上的这批人最好了。你会让我待下去的，是吗，老兄？"

雷德勒询问似的看看罗斯·哈吉斯。

"这个浑小子，"罗斯亲切地说，"是任何一个牧牛营地里最大胆、最起劲儿的人——打起架来也最厉害。"

在一个风雪之夜，一辆满载着乘客的马车被迫停在山脊上。车上的乘客除了几位先生外，还有一位年轻漂亮的女士。他们在一幢没有主人的房子里暂时安身，并极力呵护着那位可爱的姑娘。这时有人在屋中发现了一个新鲜硕大的苹果，他们纷纷猜测着这个苹果的来历，也讲述着房屋主人的故事。并一致决定由唯一的女乘客作出裁决。根据每个人所讲故事的水平颁发奖品——那个鲜艳的红苹果。

这时，他们却发现那位美丽的女性睡得正香，她的膝头上放着一个冰凉的苹果核。

出了乐园城二十英里，离日出城还有十五英里时，马车夫比尔达·罗斯勒住了马。鹅毛大雪下了一整天。平地上的积雪已有八英寸厚。剩下的路程都是狭隘崎岖的山脊，即使白天行车都难免出危险。现在大雪和夜色掩盖了险情，再往前赶路根本不能考虑，比尔达·罗斯这样说。因此，他勒住了四匹健壮的马，把他那明智的推论传达给五位乘客。

法官梅尼菲立刻跳下马车。他在人们的心目中好像茶具中的银盘子一样，总是处于领导的和首要的地位。在他的启发下，三个同车的乘客也下了车，准备随时去探路，谴责，反对，屈服，或者继续上路，全凭他们头子高兴怎样去支配了。第五个乘客是位年轻女子，她留在车子里没有下来。

比尔达把马车停在第一道山脊的隆起处。路边是两道参差不齐的黑色木栅栏。离那道较高的栅栏五十码远，有一幢小房子，在白茫茫的积雪中像是一块黑斑。法官梅尼菲和他的部下由于下雪和紧张，仿佛孩子似的闹闹嚷嚷地向那座房子跑去。他们呼喊，敲打门窗。屋里不好客的阒寂使他们感到不耐烦；他们便向不牢固的障碍物发动进攻，硬闯了进去。

待在马车上的人听到那座遭到入侵的房子里传出碰撞声和叫喊声。没多久，里面透出了颤动的火光，越来越旺，烧得明亮欢快。接着，兴高采烈的探索者们冒着大雪跑回来。法官梅尼菲宣布他们的困境有了解救，他的声音比号角还要响亮，几乎可以和管弦乐队的音量相比。他说，那座屋子只有一个房间，没人住，也没有家具；可是有个大壁炉；他们还在后面的破屋里找到许多砍好的木柴。这样一来，躲避寒夜的宿处和取暖就有了保证。让比尔达安心的是，房子附近还有一个马厩，虽然年久失修，但还能凑合使用，阁楼上还有干草。

"先生们，"在赶车座位上把大衣和车毯裹得严严的比尔达嚷道，"替我把栅栏上的木板卸下两块，我就可以把马车赶进去了。那是雷德鲁斯的小房子。我原想我们准在它附近。雷德鲁斯八月份给送进了疯人院。"

四个乘客向顶上积雪的栅栏扑去。马匹在吆喝声下把车子拖上斜坡，到了那座被仲夏的疯狂夺去主人的建筑物的门口。车夫和两个乘客开始卸马。法官梅尼菲打开车门，脱掉帽子。

"加兰小姐，我必须声明，"他说，"我们不得不中止旅行。车夫断言，晚上走山路的风险太大，简直不容考虑。形势要求我们在这座房子里宿一晚。除了暂时不便外，我希望你不必有所顾虑。我亲自检查了那座房屋，发现至少有避寒的条件。我们一定尽可能地照料你，让你舒服。现在请允许我扶你下车。"

这时，另一个乘客走到法官身边来。他是在小巨人风车公司里工作的，姓邓武迪；不过那没有多大关系。在从乐园城到日出城的短短路程中，旅客们不需要十分清楚彼此的姓名，即使完全不知道也无所谓。不过，想同法官麦迪逊勒·梅尼菲分庭抗礼的人理应有一个姓名的钉子，好让名誉之神挂上花环。因此，这个靠风吃饭的人轻快地高声说：

"看情形你得下车啦，麦克法兰太太。这座小房子固然抵不上帕尔默大旅店，不过可以避风雪，走的时候也没有人搜查你的手提箱，看你有没有把他们的匙子带走当作纪念品。我们已经生了火；我们会替你安排得舒舒服服，不让你的脚受潮；我们会把耗子赶跑。总之，没问题，没问题。"

有两个乘客被马匹、马具、大雪和比尔达·罗斯的讥刺的命令搞得晕头转向，其中一个在混乱的义务劳动中高声嚷道："喂！你们把所罗门小姐送进屋里去，好吗？嘿，喂！该死的畜生！"

这里还得啰唆几句：从乐园城到日出城这么短的旅程中，正确的姓名完全是多余的。当法官梅尼菲向那位女乘客自我介绍时（他的年龄和声望允许他这样做），她甜蜜地轻声报了一个姓，其余的男乘客根据各人不同的听法，有了不同的理解。在当时必然发生的不无妒忌的竞争状态下，各人固执地坚持自己的意见。在女乘客那方面来说，如果重新声明或更正，即使不被人误会为她想获得更深一步的交情，也显得斤斤计较。因此，她一视同仁地让人家称呼她加兰、麦克法兰，或者所罗门，并没有表示不满。从乐园城到日落城总共不过三十五英里。在这么短的旅程中，凭"流浪的犹太人"的手提包起誓，"旅伴"这个称呼也就够了。

没多久，这一小群旅客在熊熊的炉火前快活地围坐成半个圆圈。马车上的毯子、坐垫和能取下的东西都被搬来用上了。女乘客在壁炉侧边、弧线的一端就座。她雍容华贵地坐在那儿，仿佛登上了臣民们替她准备的宝座。她身下是马车坐垫，背靠空木箱和空木桶，那上面蒙了毯子，挡住门窗缝里钻进来的寒风。她那双穿着暖和的鞋袜的脚伸向可亲的炉火。她的手套已经脱去，但仍旧裹着一条毛皮的长围脖。摇曳的火光照亮了她那半掩在围脖里的脸——一张年轻的、充满女性妩媚的脸蛋，眉清目秀，安详宁谧，流露着对无懈可击的美貌的自信。骑士精神和男子气概竞争着讨她的欢心，使她舒适。她仿佛也接受了他们奉献的殷勤——不像一个受到追求和照顾的女人那样轻佻；不像许多受宠若惊的女人那样顾影自怜；也不像牛接受干草时那样漠然无动于衷；而同自然界固有的计划完全一致——有如百合花摄取那注定要使它清新的露珠时的情形。

外面狂风怒号，细雪从罅隙里钻进来，寒气围攻着六个落难者的背脊；尽管如此，那晚的风雪却不缺乏拥护人。法官梅尼菲是暴风雪的律师。气候委托他陈述，他特别卖力地进行辩护，要让那些待在寒冷的陪审席上的伙伴相信，他们所处的地方是一个遍地玫瑰、和风徐来的凉亭。他找出许多俏皮风趣的奇闻逸事，虽然不够庄重，可是很受欢迎。他的兴致不可抗拒地感染了别人。大伙儿赶紧各尽所能，来促进欢乐的气氛。甚至那位女乘客也被打动了。

"我认为这样相当可爱。"她说，声调徐缓而清脆。

每隔一个时候，总会有一个乘客站起来，诙谐地探索这间屋子。可是雷德鲁斯居住过的迹象已经找不到了。

大伙儿七嘴八舌地要求比尔达·罗斯讲讲这个曾经隐居在这儿的老头儿的故事。现在，车夫的马匹已经安置好了，他的乘客们仿佛也定了心，他自己便恢复了平静与礼貌。

"那个老家伙，"他很不尊敬地开始说，"把这座房子糟蹋了二十年光景。他从来不许人家走近。每逢马车经过时，他总是缩回头，砰地把门关上。毫无疑问，他脑瓜子里出了毛病。他一向在小泥口的山姆·蒂利的铺子里买食品和烟草。八月里，他披了一条红被子跑到那儿，对老山姆说，他是所罗门国王，还说示巴王后要来看他。他把所有的钱都带了去——满满一袋子银币——把它扔进山姆的水井。'如果她知道我有钱，'雷德鲁斯老头儿对山姆说，'她就不来啦。'

"人们一听到他对女人和银钱有了那种看法，就知道他发疯了；因此把他送进了疯人院。"

"他生平有没有什么浪漫史，促使他过这种孤独的生活呢?"一个开代理行的年轻乘客问道。

"没有，"比尔达说，"我可没有听说过。只不过是普通的小麻烦。据说他年轻时，在他犯红被子病、被取消经济资格之前，他同一位年轻小姐有过爱情之类不幸的事儿。浪漫史我可从来没有听说过。"

"啊!"法官梅尼菲声容并茂地说，"毫无疑问，一件单相思的案子。"

"不，先生，"比尔达接口说，"不尽然。她根本没有同他结婚。乐园城的马默杜克·马林根有一次碰到从雷德鲁斯老头儿家乡来的人。他说雷德鲁斯原是一个很不错的小伙子，不过如果你踢踢他的口袋，你听到的不会是钱币声，而只是一副袖扣和一串钥匙的金属声。他同那位年轻小姐订过婚——她大概叫艾丽斯吧——我记不清了。据说她是人们会抢着替她付车钱的那种姑娘。唔，后来镇上来了一个有钱而大方的小伙子，他有马车、矿山股票和空闲。艾丽斯小姐虽然已经有了主，可是和那新来的家伙过从频繁。他们互相拜访，还碰巧一起去邮政局，产生了一些往往会促使姑娘们退还订婚戒指和别的礼物的事——正如诗人所说，造成了'赃物上的裂缝'。

"一天，人们见到雷德鲁斯同艾丽斯小姐站在门口谈话。接着，他抬帽行礼后走开了。据雷德鲁斯家乡来的人所知，镇上的人此后再也没有见过他。"

"那位年轻小姐怎么样了呢？"开代理行的年轻人问道。

"没听说。"比尔达回答说，"我听到的故事就到此为止，像匹瘸腿的老驽马，任你怎么鞭策，它再也不往前走了。"

"一件非常悲惨的——"法官梅尼菲正要评论，他的话却被更高的权威给打断了。

"一个多么可爱的故事！"女乘客说，音调像笛子一般悦耳。

屋子里静默了好一会儿，只听得外面的风声和炉火的噼啪声。

男人们都坐在地上，只垫了一些零碎的木板和膝毯，使地板那不好客的表面稍稍缓和一点儿。在小巨人风车公司干活儿的人站起来，走了几圈，遛遛腿，舒散舒散酸痛的筋骨。

突然间，他发出一声得意的呼喊。他手里高举着什么东西，从屋子一个满布尘埃的角落奔回来。他手里是一只苹果——一只漂亮的、有红色斑点的、茁壮的大苹果。那是在角落里一个高木架上的纸口袋里找到的。不可能是那个被爱情毁掉的雷德鲁斯的遗物，因为它还是那样新鲜完好，说它从八月份起一直就搁在那个霉臭的架子上的假设根本不能成立。准是最近有什么露营的人在这所荒废的房子里吃饭，遗忘在这里的。

邓武迪——他的功绩给了他再次扬名的资格——在落难的伙伴面前夸示那只苹果。"瞧我找到了什么，麦克法兰太太！"他自负地嚷道。他在火光前面高举着那只苹果，使它显得更加红润。女乘客平静地笑了一笑——她总是那么平静。

"多么可爱的苹果！"她清晰地喃喃说道。

　　片刻之间，法官梅尼菲觉得自己被打垮了，受了屈辱和贬谪。低人一等的处境使他不胜恼怒。为什么命运之神偏偏挑了这个闹闹嚷嚷、粗鲁冒失的做风车生意的家伙，而不挑他去发现这只激动人心的苹果呢？否则他就可以使这件事成为一篇风趣横生的即席演说或者一幕喜剧的场景、仪式或背景——从而永远保持令人瞩目的地位。事实上，那位女乘客正带着羡慕的微笑在看着这个可笑的邓博迪或者武邦迪，仿佛认为这家伙干了一件了不起的事呢！这个做风车买卖的人像他自己的货物样品一般，被尘世吹向太空的风刮得胀鼓鼓的，转个不停。

　　踌躇满志的邓武迪拿着那只宝贝苹果，陶醉在大伙趋炎附势的注意中，这时，足智多谋的法学家已经想出了一个恢复名誉的计策。

　　法官梅尼菲那肥胖然而典雅的脸上堆着最有礼貌的笑容，走上前去，从邓武迪手里拿过那只苹果，像是要审查它似的。在他手里，苹果成了第一号物证。

　　"好漂亮的苹果。"他赞许地说，"不错，我亲爱的邓武迪先生，作为粮秣征收员，你使我们黯然失色。不过我有一个主意。这只苹果将成为美的心灵授予最合适的人选的标志、象征、奖品和纪念。"

　　除了一个人之外，大伙儿都喝彩赞同。"嘴皮子真能说，可不是吗？"一个乘客说，同那个开代理行的年轻人相比，他是无足轻重的。

　　不表态的就是那个做风车生意的人。他发现自己被贬低到一般人的地位上了。他做梦也没想到他的苹果竟被充公作为标志。他原打算把苹果分开吃掉，然后来个余兴节目，把苹果籽贴在前额上，每一颗代表他所认识的一位年轻小姐。他还打算把其中一颗代表麦克法兰太太。哪一颗苹果籽先掉下来就表示——但是现在已经太晚了。

　　"苹果这样东西，"法官梅尼菲继续对他的陪审团说，"近代受了委屈，在人们心目中所占的地位不高。事实上，它经常同烹调和商业沾边，以致很难被列为高等水果。古时的情况就不同了。《圣经》、历史和神话中有许多事实可以证明，苹果是水果中的贵族。我们想形容一件特别珍贵的东西时，仍旧说'眼中的苹果'。我们在成语里可以找到'银苹果'这个比喻。

任何别的果实，无论是树上长的，还是藤上结的，在比喻用法中都没有苹果这么广泛。谁没有听说过和向往过'赫斯贝里狄斯的金苹果'？至于苹果的古老声誉的最重要、最有意义的例子，我想不用我说诸位也已知道了。我们的始祖吃了它，才从善良完美的境界堕落到人间。"

"像这样的苹果，"做风车生意的人说，他还是跳不出具体事物的圈子，"在芝加哥市场上卖三块五毛钱一桶。"

"我现在要建议的是，"法官梅尼菲对打断他的话的人宽容地笑笑，接着往下说，"我们不得不守在这里，直到明天早晨。我们有了足以取暖的柴火。其次需要的就是要尽可能找些消遣，以打发时间。我提议把这只苹果交给加兰小姐保管。它不再是一个水果，而是像我刚才所说的，成了一个悬而未决的奖品，代表人类的一个伟大思想。加兰小姐也不再代表她个人——当然是暂时的，请允许我补充一句，"——（他深深地一鞠躬，完全是古时候那温文尔雅的气派）"她将代表整个女性；将体现和概括女性——也许还可以说，在感性和理性上代表上帝的杰作。她将以这一身份来判断和决定下面的问题：

"几分钟之前，承蒙我们的朋友罗斯先生把这所房子的前任主人的浪漫史讲了一个有趣然而不完整的故事。在我看来，我们听到的少数事实展开了一个美妙的境界，可以由我们去推测、研究人类的心理，发挥想象——简言之，就是讲故事。让我们利用这个机会。我们每个人把隐士雷德鲁斯和他情人的故事按照自己的想法讲下去，从罗斯先生讲完的地方接着往下讲——也就是那对情人在门口分手之后的情形。有一个原则应该得到确定和承认——雷德鲁斯之所以变成精神错乱、愤世嫉俗的隐士，不能归罪于那位年轻小姐。我们讲完之后，再请加兰小姐做出女人的判断。她将根据女人的精神和见解来决定，哪一个故事最好，最真实地描绘了人类和爱情的实质，最确切地判断了雷德鲁斯的未婚妻的性格和行为。她认为谁的故事最好，这个苹果就给谁。如果各位都同意，我们乐于听邓武迪先生讲第一个故事。"

最后一句话把那个做风车生意的人将了一军。不过他可不是容易沮丧的人。

"那倒是第一流的计划，法官。"他兴致勃勃地说，"一个绝妙的故事会，可不是嘛！我一向是斯普林菲尔德一家报馆的通讯员，新闻不够的时候，我就捏造。我想这件事我办得了。"

"我觉得这个主意很可爱，"女乘客伶俐地说，"几乎像是游戏啦。"

法官梅尼菲走上前去，做作地把苹果放到她手上。

"在古时候，"他意味深长地说，"帕里斯曾把金苹果赠给了最美的人。"

"我参加过巴黎的博览会，"做风车生意的人插嘴说，他现在又很高兴了，"我不在机械馆的时候，就老是待在博览会的娱乐场里。我可从没有听说过这件事啊。"

"现在，"法官接下去说，"这个苹果将把女性心理的神秘和智慧传达给我们。把苹果拿着，加兰小姐。听听我们浅薄的传奇故事，然后根据你的判断，奖给当之无愧的人。"

女乘客甜蜜地笑笑。苹果搁在她膝头上毯子的下面。她懒洋洋地靠在她的堡垒上，又愉快又惬意。如果没有人声和风声，也许可以听到她在像小猫似的打呼噜呢。有人在壁炉里添了木柴。法官梅尼菲文雅地点点头。"请你先开场讲吧。"他说。

做风车生意的人像土耳其人那样盘膝而坐，为了挡风，把帽子推到了后脑勺上。

"呃，"他毫不忸怩地开始说，"我对这个难题的估计大概是这样的：当然啦，雷德鲁斯被那个有钱挥霍、想夺掉他的姑娘的小子惹急了。他自然要跑去，责问她讲过的话算不算数。唔，不管是谁，挑中一位姑娘的时候，总不希望另一个有马车和金矿股票的家伙插进来。呃，他跑去找她。唔，也许他火气大了一些，说话的口气像老板似的，忘了订婚并不是永远肯定可靠的。呃，我猜想那一来叫艾丽斯也冒火了。唔，她就顶了两句嘴。呃，他——"

"喂！"那个无足轻重的乘客插嘴说，"假如你能在你说的每一个'唔'呀'呃'呀的上面安装一台风车，那你就可以发财退休了，是吗？"

做风车生意的人和气地咧嘴笑笑。

"呃，我本来就不是什么莫泊桑。"他快活地说，"我讲的是地道的美国话。唔，她这样说：'金股先生同我无非是朋友关系，'她说，'但是他带我乘车兜风，请我看戏，你却从来没这样做过。我能找快活的时候，难道叫我永远不去找吗？''别啰里啰唆，'雷德鲁斯说——'只要你一句话，你不同那家伙一刀两断，就别想把你的拖鞋搁在我的衣橱里。'

"那种盛气凌人的话对一个有个性的姑娘来说是不合适的。我敢打赌，那姑娘始终爱她的未婚夫。也许她像一般姑娘那样，在安下心来，替乔治补补袜子，成为一个好妻子之前，也想找找快活，寻寻开心。但他下不了台阶。唔，她把戒指退还给他；乔治同她分手后就喝上了酒。是啊。准是这样的。我敢打赌，他走了两天，那姑娘就和那个打扮得花里胡哨的有钱家伙断绝了往来。乔治带了一点儿行李，搭上一辆货车，不知到什么地方去了。他喝了好几年酒；阿尼林和酒精替他做出了决定。'我要隐居去了，'乔治说，'我要留起长胡子，守着一罐并不存在的埋在地下的钱。'

"至于艾丽斯呢，照我的看法，她倒是公平交易的。她再也不结婚，一等脸上长了皱纹便去做打字员，养了一只猫，只要你对它说'咪咪——咪咪——咪咪！'它便跑过来。我对善良的女人有足够的信心，不相信她们会为了钱而抛弃心上人。"做风车生意的人结束了他的话。

"我认为，"女乘客在她那简陋的宝座上挪动了一下说道，"这个故事很可——"

"喔，加兰小姐！"法官梅尼菲举起手，打断了她的话，"我请求你暂时别发表意见！否则对其余参加比赛的人就不公平了。这位——呃——请你接着讲，好不好？"法官对那个开代理行的年轻人说。

"我对这个爱情故事的看法是这样的，"年轻人腼腆地合抱着手说，"他们分手的时候并没有闹翻。雷德鲁斯先生向她道别，到世上去寻求财富了。他知道他的情人始终会对他忠实的。他根本不信他的情敌能打动这样一颗温柔纯真的心。我要说，雷德鲁斯先生到怀俄明的落基山脉去找金矿了。一天，一群海盗上了岸，在他干活儿的时候抓住了他，于是——"

"嘿！你说什么？"那个无足轻重的乘客突然嚷道——"一群海盗在落基山脉上岸！请问，他们是怎么乘船——"

"乘火车去的。"讲故事的人镇静地、并非毫无准备地说，"他们把他幽禁在一个山洞里，过了几个月又把他带到几百英里远的阿拉斯加的森林里。在那里，一个美丽的印第安姑娘爱上了他，但他仍旧忠于艾丽斯。他在森林里流浪了一年，然后带着许多钻石出发——"

"什么钻石？"那个无足轻重的乘客又问道，口气近乎刻薄了。

"马鞍匠在秘鲁庙堂给他看的钻石。"对方含混地说，"他一到家乡，艾丽斯的母亲便哭哭啼啼地带他到柳树底下一个新坟那儿。'你走了之后，她心就碎了。'她母亲说。'我的情敌——切斯特·麦金托什——怎么样啦？'雷德鲁斯先生悲伤地跪在艾丽斯的坟墓前，问道。'等他发现，'她母亲说，'她的心是属于你的之后，他也一天天地憔悴下去，终于在大拉皮兹开了一家木器店。后来我们听说，他到印第安纳州去，想忘掉文明社会，结果在南本德附近被一头惹怒了的麋鹿咬死了。'后来，雷德鲁斯先生就避不见人，像我们已经知道的那样，成了一个隐士。

"我的故事，"开代理行的年轻人结束说，"可能缺少文艺气息，不过我要说明那位年轻小姐始终是忠实的。在她眼里，财富绝不能同真正的爱情相比。我非常仰慕和信任女性，因此不可能有另外的看法。"

讲故事的人说完后，朝女乘客坐着的角落瞟了一眼。

接下来，法官梅尼菲请比尔达·罗斯提出他的故事，参加争夺苹果的比赛。马车夫讲的故事很短。

"我不是那种把种种不幸都归罪于女人的家伙，"他说，"关于你要我说的故事，法官，我的看法是这样的：雷德鲁斯的毛病全出在懒惰上。这个珀西瓦尔·德莱西既然想把他挤到外档去，想给艾丽斯蒙上眼罩笼头，哄得她晕头转向，雷德鲁斯就该振作起来，狠狠地揍他一顿，也就太平无事了。你要一个女人当然得花些力气。

"'再需要我的时候，你来找我好啦。'雷德鲁斯掀掀他的斯特森呢帽走开了。他管这叫作自尊，其实是懒惰。没有哪个女人愿意主动去追男人的。

'让他自己回来吧。'那姑娘说；她准保同那个有钱的家伙断绝了往来，然后整天待在窗口前，等候那个空荷包、小胡子的人。

"我想雷德鲁斯等了九年光景，指望她派个黑人送信来，请求他原谅。但是没有动静。'这一套行不通了，'雷德鲁斯说，'我也不干啦。'于是他就隐居起来，留起胡子。是啊，毛病就出在懒惰和胡子上。它们是一起来的。你可曾听说过哪一个走运的人留长头发和长胡子？没有。你不妨看看马尔巴勒公爵和经营美孚石油公司的骗子。他们有没有留长头发和长胡子？

·"再说，这个艾丽斯再也没有结婚，我可以拿一匹马来打赌。如果雷德鲁斯同别人结了婚，她也许会嫁人的。但是他就此没有露脸。艾丽斯珍藏着所谓爱情的纪念品，也许是一绺头发，也许是他弄断的胸衣里的钢丝。对某些女人来说，这种东西跟丈夫差不多。我要说，她孤单单地守了一辈子。雷德鲁斯老头儿不同理发铺和干净衬衫打交道的事，我可不责怪女人。"

下面轮到了那个无足轻重的乘客。我们不知道他的姓名，只知道他是从乐园城到日出城的旅客。

当他答应法官时，如果火光不太暗淡，你们倒可以看清他的模样。

瘦削的身材，锈褐色的衣服，胳臂抱着脚，下巴搁在膝盖上，像青蛙似的坐着。麻絮似的光滑的头发，长鼻子，萨蒂尔式的嘴巴，被烟叶染污的往上翘的嘴角。鱼目一般的眼睛，用一个马蹄形别针扣住的红领带。他没开口，先咯咯地干笑一阵子，慢慢地形成了话语。

"到现在为止，大伙儿说的都不对头。嘿！没有香橙花来点缀的爱情故事！嘀，嘀！我支持那个打蝴蝶结领带、口袋里揣着保付支票的小伙子。

"从他们在门口分手的时候讲起吗？好吧。'你从没有真心爱过我，'雷德鲁斯莽撞地说，'不然你不会同一个请你吃冰激凌的男人谈话的。''我恨他。'她说，'我讨厌他的蹩脚马车；我瞧不起他送给我的高级奶油糖，尽管装在金色的盒子里，还用真正的花边织品包扎；他送我一只有蓝宝石和珍珠镶边、刻出浮雕的足金鸡心时，我真想把他一刀捅死。去他的！我爱的只是你。''别假惺惺啦！'雷德鲁斯说，'难道我是那种东部的冤大头吗？别哄人啦，对不起。我可不上当。你去恨你的朋友吧。我可要去找乙马路

上的尼克森家的姑娘，嚼口香糖，乘电车去了。'

"那晚上，约翰·伍·克里塞斯来了。'怎么！在哭吗？'他整整珍珠领带别针说。'你把我的情人给轰走了，'小艾丽斯抽噎着说，'我不喜欢见到你。'那么跟我结婚吧。'约翰·伍点燃一支亨利·克莱牌的雪茄说。'什么！'她怒冲冲地嚷道，'跟你结婚！休想，'她说，'除非等我气顺下来，能上街去买点儿东西，你去办结婚证的时候。隔壁有电话，你要找县里的教会文书办结婚证，可以去啦。'"

讲故事的人停下来，又讥讽地干笑一阵子。

"他们结婚没有？"他接着说，"那还用问，哪有猫儿不爱荤的？我还要谈谈雷德鲁斯老头儿的事。照我的理论说来，你们的看法又都错了。他为什么隐居？一个说是懒惰；一个说是伤心；另一个说是酗酒。我说这是女人害的。这个老头儿现在有多大年纪啦？"他转向比尔达·罗斯问道。

"我想大概有六十五吧。"

"好。他在这里隐居了二十年。他在门口脱帽离开时，假定算他是二十五岁。那么还应该有二十年，否则凑不齐数。那二十年是怎么过的呢？我把我的看法告诉你们吧。因为犯了重婚罪，坐了二十年牢。假定说，他在圣乔有个金发的胖婆娘，在煎锅山有个黑发的瘦女人，在考谷有个镶金牙的姑娘。雷德鲁斯把事情弄僵了，被关进监狱。刑满释放后，他说：'除了在裙边讨生活之外，我什么都可以干。隐士的买卖还不太兴隆，从没有速记员去他们那儿找工作。我还是过过快活的隐士生活吧。梳齿里不会再有女人的长头发，雪茄烟灰缸里也不会再有腌菜用的大茴香了。你对我说老雷德鲁斯自以为是所罗门王，便给送进了疯人院，是吗？无聊！他本来就是所罗门。我的故事到此为止。我猜我是得不到苹果的。附上退稿邮资。这个故事不像是能得奖的。"

法官梅尼菲早就声明过，不希望事先对故事发表评论，等那无足轻重的乘客讲完之后，大家唯恐法官责难，也就不言语。接着，竞赛会的天才的发起人清了清嗓子，开始讲最后一个参加评比的故事。法官梅尼菲坐在地上虽然很不舒服，可是你在他身上找不到丝毫有损尊严的迹象。逐渐暗下去的火光柔和地映照着他那像古币上罗马帝王浮雕那样轮廓分明的脸，映照着他那一头浓密的令人肃然起敬的银发。

"女人的心！"他用平稳而动人的声调说——"有谁能够揣摩？男人的作风和欲望各个不同。我认为普天之下女人的心都按同一个节奏跳动，都和同一的爱情的旋律协调。对女人来说，爱情就意味着牺牲。只要她不辜负女人这个称号，对于她，金钱或地位都无法同真实的情感相比。

"各位陪审——呃——我该说，各位朋友，雷德鲁斯对爱情一案已经进行了审理。可是，谁在受审呢？不是雷德鲁斯，因为他已经受到了惩罚。也不是那些赋予我们生命天使的欢乐的不朽的情感。那么是谁呢？是我们。今晚，我们每一个人都站在法庭里，从我们的回答中就可以知道我们的心灵是崇高的还是愚昧的。女性通过一位最秀丽的代表坐在这儿来审判我们。她手里拿着那个奖品，价值虽然不大，但是值得我们努力争取，因为它是那位女性判断和鉴赏的可敬代表表示赞许的酬报。

"在叙述雷德鲁斯和他所倾心的美人的假想的故事之前，我必须大声疾呼地反对那种卑鄙的想法，也就是把雷德鲁斯看破红尘的原因归诸女人的自私、不忠或是爱慕虚荣。我从不认为女人会如此庸俗、会如此崇拜金钱。我们要在别的地方，在男人的比较卑劣的天性和比较低下的动机中，才找得到原因。

"在那个值得纪念的日子里，当他们站在门口的时候，很可能发生了一场情人之间常有的口角。年轻的雷德鲁斯受到妒忌的折磨，就此背井离乡。他这种行为有没有充分的理由？正反两方面的证据都不足。但是有高于证据的东西：那就是对女人的善良、不受诱惑、不为金钱所动的伟大而永恒的信心。

"我能想象那个鲁莽的情人自怨自艾到处流浪的情景。我能想象他逐渐消沉，最后领悟到失去了生活所给他的最可贵的礼物时完全绝望的模样。他之所以退出这个悲惨的尘世，以及后来的神经错乱，都是可以理解的了。

"我对另一方的看法是怎样的呢？一个孤独的女人随着年华的消逝而憔悴；但是依然忠实，依然在等待，依然期望着一个不会再见到的形象和不会再听到的脚步声。现在她已经老了。她的头发已经雪白，扎得整整齐齐。她每天坐在门口，满怀希望地瞅着尘土飞扬的大路。在精神上，她等在门口，等在他们分手的地点——她永远属于他，只是不在这个世界罢了。是的，我对女人的信心使我有了这种看法。人间诀别，但仍在等候！她企望在极乐世界重新聚首；他企望在失望的泥沼里再相会。"

"我原以为他在疯人院里呢。"那个无足轻重的乘客说。

法官梅尼菲有点儿不耐烦地动了一下。男人们都垂头丧气，怪模怪样地坐着。风势小了一些，断断续续地吹着。炉火烧剩了一堆红炭，散发出暗淡的光线。女乘客坐着的那个舒适的角落里，只有一堆不成形的黑黢黢的东西，一头盘绕的、光滑的头发，皮围脖中间只露出一小块雪白的前额。

法官梅尼菲僵直地站了起来。

"现在，加兰小姐，"他说，"我们已经结束了。我们中间哪一个人讲的故事——特别是对真正的女性的估计——最接近你自己的想法，该由你颁发奖品了。"

女乘客没有回答。法官梅尼菲关切地弯下身子。那个无足轻重的乘客刺耳地低声笑起来。原来女乘客睡得正香。法官梅尼菲想拉她的手，叫醒她。他伸手过去时，在她膝头上碰到一个冰凉的、不规则的圆形小东西。

"她把苹果吃掉了。"法官梅尼菲吃惊地说，同时捡起苹果核给大家看。

活期贷款

　　基于一种自然的朋友间的信任，银行家朗利在没有任何抵押的
情况下，贷给朋友默温一万元活期贷款。后来银行稽核发现了这件
事，要求朗利在一天内收回贷款，否则就向上告发朗利。得知这一
情况后，默温马上开始四处艰难筹钱，眼看一天的期限将到，他铤
而走险，埋伏路边准备抢银行的运钞车时，被及时赶到的朗利阻止。
而这时，默温的弟弟带着两万多元现款也赶到了家。重重担心中的
读者也在结尾处长舒一口气。

　　在那年月，牧牛人都是天之骄子。他们是草原的大公，牛群的帝王，牧地的君主，牛肉和牛骨的大王。只要高兴，他们有条件乘坐镀金的马车。金钱劈头盖脸地落到牧牛人身上，他似乎觉得自己钱多得邪门。但是，除了买一只表盖上镶着许多大宝石、硌得肋骨生疼的金表，买一具嵌着银钉、配着安哥拉皮垫的马鞍和在酒吧间请大伙儿喝威士忌之外，他还有什么地方可以花钱呢？

　　至于那些有女眷的牧场主，他们减少超额财富的门路就不那么局限了。在境况不如意的时候，夏娃后裔减轻钱包的本领也许会沉睡多年，可是，弟兄们哪，这种本领是永远不会灭绝的。

　　因此，为妻子所迫的"高个儿"比尔·朗利，离开了弗里奥河畔栎树丛生的圆圈横杠牧场，到城里去享受成功的乐趣了。他的财产有五十来万元，收入还在不断增加。

　　"高个儿"比尔是在营地和草原上磨炼出来的。幸运和节俭，冷静的头脑，寻找无主小牛的锐利目光，这种种因素加起来，使他从牧牛人变成了牧场主。后来，牛的买卖突然兴旺，幸运女神小心翼翼地穿过仙人掌刺丛来了，把她的丰饶之角倾注在牧场庄屋的门口。

朗利在边疆小城查帕罗萨盖了一幢豪华的住宅。他成了俘虏，被套在社会生活的马车上。他注定要成为当地的头面人物。一开头，他像野马初次被关进栅栏里那样，挣扎了一阵子，接着也就把马鞭和马刺挂起，安于现状了。他无所事事，日子不好打发，便创办了查帕罗萨第一国民银行，被选为总经理。

一天，有个戴着镜片像放大镜那么厚的眼镜、害消化不良症的人，来到第一国民银行，在出纳员窗口递进一张气派十足的名片。五分钟后，银行全体职员在查账稽核的指使下忙开了。

这位稽核，杰·埃德加·托德先生，竟然非常认真。

查完账目以后，稽核戴上帽子，请总经理威廉·雷·朗利先生到小办公室去。

"唔，你觉得怎么样？"朗利音调深沉缓慢地问道，"牛群中有没有你看不顺眼的印记？"

"账目都很清楚，朗利先生，"托德说，"我发现你的贷款也都符合手续——不过有一笔例外。有一张借据很糟糕——糟到这种程度，我猜想你一定还不了解情况的严重性。我指的是那笔借给托马斯·默温的一万元活期贷款。问题不仅在于数目超过了银行发放私人贷款的最高限额，而且既无担保，又无抵押。因此，你在两方面都违反了国民银行法，政府随时都可以向你提出刑事诉讼。假如把这件事报告货币审计处——我有责任这么做——我相信一定会移交司法部执行。你该明白情况有多么严重了吧。"

比尔·朗利坐在转椅上，颀长的身躯慢慢向后靠去。他双手合抱，托着后脑，略微侧过头，望着稽核。稽核看到银行家果断的嘴角上泛起一丝笑容，浅蓝色的眼睛里闪着和善的亮光，不禁有点儿纳闷儿。等到朗利了解了这件事的严重性时，他的脸色就不会这样了。

"当然，这也难怪，你根本不认识汤姆·默温。"朗利几乎是亲切地说，"不错，我知道这笔贷款。除了汤姆·默温一句话以外，没有任何抵押品。不过我一向认为，一个人只要讲信用，他的话就是最好的抵押品。哦，是啊，我知道政府不是这样想的。看来我还是为这笔贷款去找一次汤姆吧。"

托德先生的消化不良症仿佛突然恶化了。他从放大镜似的眼镜后面惊讶地瞅着这位牧牛人出身的银行家。

"你明白,"朗利轻松地解释说,想了结这件事,"汤姆听说里奥格朗德岩石津那里有两千头两岁的小牛出售,每头八块钱就可以成交。我猜想那大概是老莱恩德罗·加尔西亚私运进来的牛队,急于脱手。那群牛到堪萨斯城可以卖十五元一头。汤姆清楚,我也清楚。他有六千元现款,我就把这笔交易的不足之数一万元借给了他。他弟弟埃德三星期前把牛赶去卖了。这几天里,他随时可能带着货款回来。他一来,汤姆就会归还借款的。"

稽核吓坏了。他也许有责任立即去电报局,把这个情形报告审计处。但他没有这么做。他直截了当地同朗利谈了三分钟。他终于使这位银行家了解到自己已站在灾难的边缘。之后,他提供了一线希望。

"今晚我要去希尔台尔,"他对朗利说,"查对那里的一家银行的账目。回来时,我路经查帕罗萨。明天十二点,我再来这儿。到时候,如果这笔贷款已经清理,我在报告里就不提这件事。否则——我不得不尽我的职责。"

说罢,稽核鞠了一躬就走了。

第一国民银行的总经理在椅子上继续坐了半小时,然后点燃一支醇和的雪茄,到汤姆·默温家去了。默温,一个穿着棕色粗布裤子、神情显得深思熟虑的牧场主,正把脚搁在桌子上,坐在那儿编一条生皮马鞭。

"汤姆,"朗利靠在桌子上说,"有没有埃德的消息?"

"还没有。"默温继续编着鞭子,回答说,"我想这几天里埃德总该回来了。"

"有一个银行稽核,"朗利说,"今天去我们那里探头探脑,发现了你那张借据。你知道我认为没有问题,可是这样做是违反银行法的。我本来断定在银行查账之前你能归还那笔借款的,但是那家伙出乎意料地来了,汤姆。眼前我自己手头现款短缺,不然我可以垫一垫,替你兑付这张借据。他限我明天十二点以前解决,那时候我得拿出现款来抵账,不然——"

"不然怎么啦,比尔?"默温看到朗利吞吞吐吐,便问道。

"唔,我猜想大概是被山姆大叔兜屁股踢出去吧。"

"我试试,把你那笔款子及时筹出来。"默温说,仍旧专心致志地在编马鞭。

"好吧，汤姆，"朗利转身向门口走去时说，"我知道你只要有办法就一定会做到的。"

默温扔开鞭子，到城里仅有的第二家银行去，那是库珀和克雷格合伙开的私营银行。

"库珀，"他对那个姓库珀的合伙股东说，"今天或者明天，我非筹到一万元不可。我这儿有一幢房子和地皮，大概值六千元，实际的担保品就这么些。不过我正在做一笔牛交易，几天之内，它给我带来的赚头就不止这个数目。"

库珀开始咳嗽起来。

"喂，看在老天分儿上，别拒绝。"默温说，"我欠人家一笔活期贷款，数目是一万元。现在要求归还了，要求归还的人同我在牧牛营地和守林营地一起待过十年。他可以要我所有的东西。他要我脉管里的血，我一定也会给他。他非搞到那笔钱不可，非常迫切——唔，他需要那笔钱，我有责任替他筹措。你知道我是有信用的，库珀。"

"那还用说嘛，"库珀老于世故地同意说，"但是你知道，我有一个合伙人。我不能独断独行，私自放款。即使你手头有最可靠的担保品，我们也不可能在一星期之内贷给你。我们正要运一万五千元现款到罗克台尔，委托迈尔兄弟公司收购棉花。今晚就由窄轨火车运走。这一来，我们手头的现款也不多了。我们不能替你解决，非常抱歉。"

默温回到家里，重新编织马鞭。下午四点钟光景，他到了第一国民银行，隔着朗利办公桌的栅栏，凑过去说：

"我想办法在今晚——我是说明天——替你搞到那笔钱，比尔。"

"好吧，汤姆。"朗利平静地说。

那晚九点钟，汤姆·默温谨慎地走出他住的木头小房子。房子坐落在城郊，这时候附近行人很少。默温的腰带里插着两支六响手枪，头上戴一顶垂边帽子。他迅速地沿着一条冷落的小街走去，到了同窄轨铁路平行的沙路上，最后来到离城两英里的水塔旁。汤姆·默温在这儿停住，用一条黑绸手帕蒙住面孔下部，拉下帽檐。

十分钟后，从查帕罗萨开往罗克台尔的夜班火车在水塔旁边停住了。

默温双手各握一支手枪，从一丛栎树后面站起身，向机车走去。他还没走上三步，两条有力的长胳臂突然从背后把他拦腰抱起，合扑摔在草地上。一个沉重的膝头抵住他的脊背，钢钳一般的手捉住了他的手腕。他就这样像小孩似的被制伏了，直到机车加了水，重新起步，逐渐增加速度，开得看不见了为止。这时候，他才被松开，站了起来，发现抓他的人竟是比尔·朗利。

"这事绝不能这么解决，汤姆。"朗利说，"今天下午我见到了库珀，他把你同他谈的事告诉了我。晚上我去你家，见你带了枪出来，于是我一直尾随你到这儿。我们回去吧，汤姆。"

两人并肩走了。

"这是我唯一的机会。"过一会儿，默温开口说，"你要求归还贷款，我总得想办法清偿。比尔，假如他们为难你的话，你怎么办呢？"

"假如他们为难你的话，你又怎么办呢？"朗利反问道。

"我从没想到自己竟会埋伏起来拦劫火车，"默温说，"不过一笔活期贷款只能另当别论。我向来说一是一，说二是二。我们还剩下十二个小时，比尔，过后那个探子又要来找你麻烦了。我们总得想办法把这笔款子筹措到手。我们也许可以——了不起的山姆·豪斯顿啊！你听到了没有？"

默温突然奔跑起来，朗利跟了上去，只听得黑夜中有一个悦耳的口哨声，吹着《牧童悲歌》的凄凉的调子。

"他只会这一支歌。"默温一面跑，一面嚷道，"准保是——"

他们跑到了默温家。默温一脚把门踹开，冲进去，被屋子中间一只旧手提箱绊了一跤。一个风尘仆仆、皮肤黧黑、宽下巴的小伙子躺在床上抽着褐色的香烟。

"怎么样，埃德？"默温上气不接下气地说。

"马马虎虎。"那个干练的小伙子懒洋洋地说，"刚乘了九点三十分那班火车回来。那批牛卖了，十五元一头，一个钱也不少。喂，老哥，别把那只手提箱踢来踢去啦，里面装着两万九千元现款呢。"

约瑟法·奥唐奈是一位富有的草原牧场主的女儿，她貌美如花，且身手不凡，在无数的追求者中，吉文斯凭借着他的能言善辩赢得了公主的芳心。

小说通过描写约瑟法与吉文斯这对年轻人一次遭遇美洲狮的有惊无险的邂逅，将西部草原的淳朴风情化作一阵清风，轻抚在读者的心中。在这里，美洲狮究竟是善良的宠物还是杀生的恶魔，已经显得不那么重要了。

当然，这篇故事里少不了皇帝与皇后。皇帝是个可怕的老头儿，身上佩着几支六响手枪，靴子上安着踢马刺，嗓门儿是那么洪亮，连草原上的响尾蛇都会吓得往霸王树下的蛇洞里直钻。在皇室还没有建立之前，人们管他叫"悄声本恩"。当他拥有五万英亩土地和数不清的牛群时，人们便改口叫他"牛皇帝"奥唐奈了。

皇后本是拉雷多来的一个墨西哥姑娘。可是她成了善良、温柔、地道的科罗拉多主妇，甚至劝服了本恩在家里尽量压低嗓门儿，以免震破碗盏。本恩尚未当皇帝时，她坐在刺头牧场正宅的回廊上编织草席。等到抵挡不住的财富源源涌来，用马车从圣安东尼运来了软垫椅子和大圆桌之后，她只得低下乌发光泽的头，分担达纳埃的命运了。

为了避免欺君罪，我先向你们介绍了皇帝和皇后。在这篇故事里，他们并不出场；其实这篇故事的题目可以叫作"公主、妙想和大煞风景的狮子"。

约瑟法·奥唐奈是仅存的女儿，也就是公主。她从母亲那儿秉承了热情的性格和亚热带的那种皮肤微黑的美。她从本恩·奥唐奈皇上那儿获得了大量的魄力、常识和统治才能。要瞻仰这样结合起来的人物，即使跑上许多路都值得。约瑟法骑马疾驰的时候，能够瞄准一只拴在绳上的番茄铁皮罐，六枪之中可以打中五枪。她同自己的一只小白猫可以一连玩上好几个钟头，给它穿上各式各样可笑的衣服。她不用铅笔，光凭心算，很快就能告诉你：一千五百四十五头两岁的小牛，每头八块五毛，总共可以卖多少钱。大致说来，多刺牧场面积有四十英里长、三十英里宽——不过大部分是租来的土地。约瑟法骑着马儿，踏勘了牧场的每一块土地。牧场上的每一个牧童都认识她，都对她忠心耿耿。里普利·吉文斯是刺头牧场上一个牛队的头目，有一天见到了她，便打定主意要同皇室联姻。僭妄吗？不见得。那时候，纽西斯一带的男子都是顶天立地的大丈夫。并且说到头，牛皇帝的称号并不代表皇室的血统。它多半只说明拥有这种称号的人在偷牛方面特别高明而已。

一天，里普利·吉文斯到双榆牧场去打听有关一群走失的小牛的消息。他回程时动身晚了些，当到达纽西斯河的白马渡口时，太阳已经落山了。从那儿到他自己的营地有十六英里。到刺头牧场有十二英里。吉文斯已经很累了，便决定在渡口过夜。

河床上有个水坑，水很清洁。两岸长满了茂密的大树和灌木。离水坑五十码远有一片卷曲的牧豆草地——为他的坐骑提供了晚餐，为他自己准备了床铺。吉文斯拴好马，摊开鞍毯，让它晾晾干。他靠着树坐下，卷了一支纸烟。河边的密林里突然传来一声发威而震撼人心的吼叫。拴着的小马腾跃起来。害怕地喷着鼻息。吉文斯抽着烟，不慌不忙地伸手去拿放在草地上的枪套皮带，拔出枪，转转弹膛试试。一尾大鳡鱼扑通一声窜进水坑。一只棕色的小兔子绕过一丛猫爪草，坐下来，胡子牵动着，滑稽地瞅着吉文斯。小马继续吃草。

黄昏时分，当一头墨西哥狮子在干涸的河道旁边唱起女高音的时候，小心提防是没错的。它歌曲的主题可能是：小牛和肥羊不好找，光吃荤食的它很想同你打打交道。

草丛里有一只空水果罐头，是以前过路人扔在那儿的。吉文斯看到它，满意地哼了一声。在他那件缚在马鞍后面的上衣口袋里，有一些碾碎的咖啡豆。清咖啡和纸烟！牧牛人有了这两样东西，还指望别的什么呢？

不出两分钟，他生起了一小堆明快的篝火。他拿着罐头朝水坑走去。在离水坑十五码时，他从灌木枝叶的空隙中看到左边不远处有一匹备女鞍的小马，耷拉着缰绳在啃草。约瑟法·奥唐奈趴在水坑旁边喝了水，站了起来，正在擦去掌心的泥沙。吉文斯还看到在她右边十来码远的荆棘丛中，有一头蹲着的墨西哥狮子。它的琥珀色的眼睛射出饥饿的光芒，眼睛后面六英尺的地方是像猎狗猛扑前那样伸得笔直的尾巴。它挪动后腿，那是猫科动物跳跃前的常态。

吉文斯做了他力所能及的事。他的六响手枪在三十五码以外的草地上。他暴喊一声，窜到狮子和公主中间。

吉文斯事后所说的这场“格斗”是短暂而有点儿混乱的。当他冲到战线上时，他看见空中掠过一道模糊的影子，又听到两声隐约的枪响。紧接着，百来磅重的墨西哥狮子落到了他头上，噗的一声重重地把他压倒在地。他还记得自己喊道：“让我起来——这种打法不公道！”然后，他像毛虫似的从狮子身下爬出来，满嘴的青草和污泥，后脑勺磕在水榆树根上，鼓了一个大包。狮子一动不动地瘫在地上。吉文斯大为不满，并且觉得受了骗。他对狮子晃晃拳头，嚷道：“我跟你再来二十回合——”可他立即省悟过来。

约瑟法站在原来的地方，若无其事地在重新填装她那把镶银把柄的三八口径手枪。这种射击并不困难。狮子脑袋同悬在绳子上的番茄罐头相比，目标要大多了。她嘴角和黑眼睛里带着一丝挑逗、嘲弄和叫人恼火的笑意。这位救人未遂的侠士觉得丢脸的火焰一直烧到他的灵魂。这本来是他的大好机会，梦寐以求的机会；可是成全他的不是爱神丘比特，而是嘲弄之神摩摩斯。毫无疑问，森林中的精灵们一定在捧着肚子窃窃暗笑。这简直成了一出滑稽戏——吉文斯先生同剥制狮子一起演出的滑稽闹剧。

“是你吗，吉文斯先生？”约瑟法说，她的声调徐缓低沉，像糖精一般甜，“你那一声叫喊几乎害得我脱靶。你摔倒时有没有砸伤头？”

“哦，没什么，”吉文斯平静地说，“摔得不重。”他屈辱地弯下腰，把他那顶最好的斯特森帽子从狮子身下抽出来。帽子压得一团糟，很有喜剧效果。接着，他跪下去，轻轻地抚摸着死狮子那张着大嘴、好不吓人的脑袋。

"可怜的老比尔！"他伤心地说。

"那是怎么回事？"约瑟法敏捷地问道。

"你当然不明白，约瑟法小姐，"吉文斯说，同时露出让宽恕胜过悲哀的神情，"谁也不能怪你。我想救它，但是无法及时让你知道。"

"救谁呀？"

"还不是老比尔！我找了它一整天。你明白，两年来它一直是我们营地里的宠物。可怜的老东西，它连一只白尾灰兔都不会伤害的。营地里的弟兄们知道这件事后，都会伤心的。不过你当然不知道比尔只不过是同你闹着玩。"

约瑟法的黑眼睛炯炯有神地盯着他。里普利·吉文斯顺利地混过了这一关。他沉思地站着，把他那黄褐色的头发揉得乱蓬蓬的。他眼睛里露出懊丧的样子，还掺杂着一些温和的责怪。他那清秀的脸上显出一种无可非议的哀伤。约瑟法倒有点儿拿不准了。

"那你们的宠物跑到这儿来干吗？"她负隅顽抗地问道，"白马渡口附近又没有营地。"

"这个老家伙昨天从营地里逃了出来。"吉文斯胸有成竹地说，"郊狼没把它吓坏可真奇怪。你明白，吉姆·韦伯斯特，我们营地里管坐骑的牧人，上星期弄了一头小猎狗到营地里来。那头小狗真叫比尔受罪——它一连好几个小时钉在比尔背后，咬它的后腿。每晚休息时，比尔总是钻在一个弟兄的毯子底下睡觉，不让小狗找到它。我猜想它一定是愁得走投无路了，否则是不会逃跑的。它一向是离开了营地就害怕。"

约瑟法看看那只猛兽的尸体。吉文斯轻轻拍了拍狮子的一只可怕的脚爪，这只脚爪平时一下子就可能送掉一头小牛的命。那姑娘深橄榄色的脸上慢慢泛起一片红晕。这是不是真正的猎人打到不应该打的猎物时，感到羞愧的表示呢？她的眼色柔和了些，垂下来的眼睑把先前那种明显的取笑的光芒全赶跑了。

"我很抱歉，"她低声下气地说，"不过它看上去是那么大，又跳得那么高，所以——"

"可怜的老比尔肚子饿啦，"吉文斯立即替死去的狮子辩护说，"我们在营地里总是叫它跳起来，才给它吃的。它为了一块肉还躺在地下打滚呢。它看到你时，以为你会给它一点儿吃的东西。"

约瑟法的眼睛突然睁得大大的。

"刚才我可能会打着你！"她嚷道，"你已经跑到了中间。你为了救你那心爱的狮子，甚至冒了生命危险！那太好啦，吉文斯先生。我喜欢对动物仁慈的人。"

不错，现在她的眼色里甚至有了爱慕的成分。总之，在一败涂地的废墟中出现了一个英雄。吉文斯脸上的神情很可以替他在"防止虐待动物协会"里谋一个重要的位置。

"我一向喜欢动物，"他说，"马呀，狗哇，墨西哥狮子啊，牛哇，鳄鱼呀——"

"我讨厌鳄鱼，"约瑟法马上反对说，"拖泥带水的，叫人看了起鸡皮疙瘩的东西！"

"我说过鳄鱼吗？"吉文斯说，"我想说的准是羚羊。"

约瑟法的良心促使她再想出一些补救的办法。她忏悔似的伸出了手。她的眼睛里噙着两颗晶莹的泪珠。

"请原谅我，吉文斯先生，好吗？你明白，我只不过是个小姑娘，一开头我很害怕。我打死了比尔，感到非常难过。你不了解我觉得多么难为情。我早知道的话，绝不会这么做的。"

吉文斯握住她伸出来的手。他握了一会儿，让他的宽恕去克制因比尔的死而引起的悲伤。最后，他显然原谅了约瑟法。

"请你别再提这件事啦，约瑟法小姐。比尔的模样叫哪一位年轻小姐见了都会害怕的。我会向弟兄们好好解释的。"

"你真的不恨我吗？"约瑟法冲动地向他挨近了些。她的眼神很甜蜜——啊，甜蜜和恳求之中带着优雅的悔罪的神色，"谁要是杀了我的小猫，我真会恨死他呢。你冒了中流弹的危险去救它，又是多么勇敢，多么仁慈啊！这样做的人实在太少啦！"从失败中夺得了胜利！滑稽戏变成了正剧！好样的，里普利·吉文斯！

现在天色已经黑了。当然不能让约瑟法小姐独个儿骑马回家。尽管吉文斯的坐骑露出不情愿的样子，他还是重新上鞍，陪她一同回去。公主和爱护动物的人——他们并辔驰过柔软的草地。周围弥漫着草原上丰饶的泥土气息和美妙的花香。郊狼在远处小山上嗥叫！没有什么可怕的。可是——

约瑟法策马靠拢一些。一只小手似乎在摸索。吉文斯的手找着了它。两匹小马齐步走着。两只手握住不放，一只手的主人说：

"以前我从没有害怕过，可是你想想看！如果碰上一头真正的野狮子，那怎么得了！可怜的比尔！你陪着我真叫我高兴！"

奥唐奈坐在房屋的回廊上。

"喂，里普！"他嚷道——"是你吗？"

"他陪我来的。"约瑟法说，"我迷了路，耽误了很久。"

"多谢你。"牛皇帝喊道，"在这儿过夜吧，里普，明天早晨再回营地。"

但是吉文斯不肯，他要赶回营地去，一清早有批阉牛要上路。他道了晚安，策马走了。

一小时后，熄了灯，约瑟法穿着睡衣，走到他卧室门口，隔着砖铺的过道，向屋里的牛皇帝招呼说：

"喂，爸爸，你知道那只叫作'缺耳魔鬼'的墨西哥老狮子吗？——就是害死了马丁先生的牧羊人冈萨勒斯，在萨拉达牧场捕杀了五十来头小牛的那只。嘿，今天下午我在白马渡口结果了它的性命。它正要跳起来时，我用三八口径往它脑袋开了两枪。它的左耳朵被老冈萨勒斯用砍刀削去一片，所以我一看到就认识。你自己也不见得打得这么准，爸爸。"

"真有你的！""悄声本恩"在熄了灯的寝宫里打雷似的说道。

杰甫·彼得斯以沃胡医生的名誉开始推销他的回春药酒并非法行医。一天，镇长病得很厉害，镇长的外甥比德尔先生特将杰甫请去，为其诊治。经杰甫诊断，镇长得了非常凶险的右锁骨超急性炎症，需要施行催眠术进行治疗，费用是二百五十块钱，治疗两次包好。当杰甫去做第二次治疗时，镇长将钱如数交给了他。这时镇长和比德尔均露出了本来的面目，原来镇长本身无病，只是为了得到杰甫非法行医骗钱的证据，而比德尔是州医学会雇用的侦探。比德尔从被铐住双手的杰甫身上抄出了那笔钱，说需作为证据把钱交给司法官。然而令人意想不到的是，比德尔就是杰甫的同伙安岱·塔克。他们就这样搞到了合伙做生意的本钱。

 甫·彼得斯挣钱的歪门邪道多得像是南卡罗莱纳州查尔斯顿煮米饭的方法。

我最爱听他叙说早年的事情，那时候他在街头卖膏药和咳嗽药水，勉强糊口，并跟各种各样的人打交道，拿最后的一枚钱币同命运打赌。

"我到了阿肯色的费希尔山，"他说道，"身穿鹿皮衣，脚蹬鹿皮靴，头发留得长长的，手上戴着从特克萨卡纳一个演员那里弄来的三十克拉重的金刚钻戒指。我不明白他用戒指换了我的折刀去干什么。

"我当时的身份是著名的印第安巫医沃胡大夫。我只带着一件最好的赌本，那就是用延年益寿的植物和草药浸制的回春药酒。乔克陶族酋长的美貌的妻子塔夸拉在替玉米跳舞会煮狗肉时，想找一些蔬菜搭配，无意中发现了那种草药。

"我在前一站镇上的买卖不是很顺手，因此身边只有五块钱。我找到费希尔山的药剂师，向他赊了六打八盎司容量的玻璃瓶和软木塞。我的手提箱里还有前一站用剩的标签和原料。我住进旅馆后，就拧开自来水龙头兑好回春药酒，一打一打地排在桌子上，这时候生活仿佛又很美好了。

"你说是假药吗？不，先生。那六打药酒里面有值两元的金鸡纳皮浸膏和一毛钱的阿尼林。几年以后，我路过那些小镇，人们还问我买呢。

"当晚我就雇了一辆大车，开始在大街上推销药酒。费希尔山是个疟疾流行的卑陋的小镇；据我诊断，镇上的居民正需要一种润肺强心、补血养气的十全大补剂。药酒的销路好得像是吃素的人见到了鱼翅、海参。我以每瓶半元的价钱卖掉了两打，这时觉得有人在扯我衣服的下摆。我明白那是什么意思；于是我爬下来，把一张五元的钞票偷偷地塞在一个胸襟上佩着充银星章的人的手里。

"'警官，'我说道，'今晚天气不坏。'

"'你推销你称之为药的这种非法假货，'他问道，'可有本市的执照？'

"'没有。'我说，'我不知道你们这里算是城市。明天如果我发现确实有城市的意思，必要的话，我可以领一张。'

"'在你领到之前，我得勒令你停业。'警察说。

我收掉摊子，回到旅馆。我把经过情形告诉了旅馆老板。

"'哦，你这行买卖在费希尔山是吃不开的。'他说，'霍斯金斯大夫是这里唯一的医师，又是镇长的小舅子，他们不允许江湖郎中在这个镇上行医。'

"'我并没有行医啊，'我说，'我有一张州颁的小贩执照，必要的话，我可以领一张市里的执照。'

"第二天早晨，我来到镇长办公室，他们说镇长还没有来，什么时候来可说不准。于是沃胡大夫只好再回到旅馆，在椅子上蜷坐着，点起一支雪茄烟干等。

"没多久，一个打蓝色领带的年轻人挨挨蹭蹭地坐到我旁边的椅子上，问我几点钟了。

"'十点半，'我说，'你不是安岱·塔克吗？我见过你玩的把戏。你不是在南方各州推销'丘比特什锦大礼盒'吗？让我想想，那里面有一枚智利钻石订婚戒指、一枚结婚戒指、一个土豆捣碎器、一瓶镇静糖浆和一张

多乐西·弗农的照片——一共只卖五毛钱。'

"安岱听说我还记得他，觉得十分高兴。他是一个出色的街头推销员；不仅如此——他还尊重自己的行业，赚到百分之三百的利润就已满足了。人家一再拉他去干非法的贩卖假药的勾当；可是怎么也不能引他离开康庄大道。

"我正需要一个搭档，安岱同我便谈妥了合伙。我向他分析了费希尔山的情况，告诉他由于当地的政治同泻药纠缠在一起，买卖不是很顺利。安岱是坐当天早班火车到这里的。他自己手头也不宽裕，打算在镇上募集一些钱，到尤里加喷泉去造一艘新的兵舰。我们便出去，坐在门廊上从长计议。

"第二天上午十一点钟，当我独自坐着时，一个黑人慢吞吞地走进旅馆，请大夫去瞧瞧班克斯法官，也就是那位镇长，据说他病得很凶。

"'我不是替人瞧病的。'我说，'你干吗不去请那位大夫？'

"'先生，'他说，'霍斯金斯大夫到二十英里外的乡下地方去替人治病啦。镇上只有他一位大夫，班克斯老爷病得很厉害。他吩咐我来请你，先生。'

"'出于同胞的情谊，'我说，'我不妨去看看他。'我拿起一瓶回春药酒，往口袋里一塞，到山上的镇长公馆，那是镇上最讲究的房子，斜屋顶，门口草坪上有两只铁铸的狗。

"班克斯镇长除了胡子和脚尖之外，全身都摆平在床上。他肚子里发出的响声，如果在旧金山的话，会让人误认为是地震，听了就要夺路往空旷的地方逃跑。一个年轻人拿着一杯水，站在床边。

"'大夫，'镇长说，'我病得很厉害。我快死了。你能不能想想办法救救我？'

"'镇长先生，'我说，'我没有福气做艾斯·库·拉比乌斯的正式门徒，我从来没有在医科大学里念过书。'我说，'我只不过是以同胞的身份来看看有什么地方可以效劳。'

"'非常感激。'他说。'沃胡大夫，这一位是我的外甥，比德尔先生。

他想减轻我的痛苦，可是不行。哦，天哪！哦——哦——哦！'他呻吟起来。

"我招呼了比德尔先生，然后坐在床沿上，试试镇长的脉搏。'让我看看你的肝——我是说舌苔。'我说道。接着，我翻起他的眼睑，仔细看看瞳孔。

"'你病了多久啦?'我问。

"'我这病是——哦——哎呀——昨晚发作的。'镇长说，'给我开点儿药，大夫，好不好?'

"'飞德尔先生，'我说，'请你把窗帘拉开一点儿，好吗?'

"'比德尔。'年轻人纠正我说，'你不想吃点儿火腿蛋吗，詹姆斯舅舅?'

"我把耳朵贴在他的右肩胛上，听了一会儿后说：'镇长先生，你害的病是非常凶险的喙突右锁骨的超急性炎症!'

"'老天爷!'他呻吟着说，'你能不能在上面抹点儿什么，或者正一正骨，或者想点儿什么别的办法?'

"我拿起帽子，朝门口走去。

"'你不见得要走吧，大夫?'镇长带着哭音说，'你总不见得要离开这儿，让我害着这种——灰秃锁骨的超急性癌症，见死不救吧?'

"'你如果有恻隐之心，哇哈大夫，'比德尔先生开口说，'就不应该眼看一个同胞受苦而撒手不管。'

"'我的名字是沃胡大夫，别像吆喝牲口那样哇哈哇哈的。'我说。接着我回到床边，把我的长头发往后一甩。

"'镇长先生，'我说，'你只有一个希望。药物对你已经起不了作用了。药物的效力固然很大，不过还有一样效力更大的东西。'

"'是什么呀?'他问道。

"'科学的论证。'我说，'意志战胜蒺藜。要相信痛苦和疾病是不存在的，只不过是我们不舒服时的感觉罢了。诚则灵。试试看吧。'

"'你讲的是什么把戏，大夫?'镇长说，'你不是社会主义者吧?'

"'我讲的是，'我说，'那种叫作催眠术的精神筹资的伟大学说——以远距离、潜意识来治疗谵妄和脑膜炎的启蒙学派——奇妙的室内运动。'

"'你能施行那种法术吗，大夫？'镇长问道。

"'我是最高长老院的大祭司和内殿法师之一。'我说。'我一施展催眠术，瘸子就能走路，瞎子就能重明。我是灵媒，是花腔催眠术家，是灵魂的主宰。最近在安阿伯的降神会上，全靠我的法力，已故的酒醋公司经理才能重归世间，同他的妹妹简交谈。你看到我在街上卖药给穷苦人，'我说，'我不在他们身上行施催眠术。我不降格以求，'我说，'因为他们袋中无银。'

"'那你肯不肯替我做做呢？'镇长问道。

"'听着，'我说，'我不论到什么地方，医药学会总是跟我找麻烦。我并不行医。但是为了救你一命，我可以替你做精神治疗，只要你以镇长的身份保证不追究执照的事。'

"'当然可以。'他说，'请你赶快做吧，大夫，因为疼痛又发作了。'

"'我的费用是二百五十块钱，治疗两次包好。'我说。

"'好吧，'镇长说，'我付。我想我这条命还值二百五十块。'

"'现在，'我说，'你不要把心思放在病痛上。你没有生病。你根本没有心脏、锁骨、尺骨端、头脑，什么也没有。你没有任何疼痛。否定一切。现在你觉得本来就不存在的疼痛逐渐消失了，是吗？'

"'我确实觉得好了些，大夫，'镇长说，'的确如此。现在请你再撒几句谎，说我左面没有肿胀，我想我就可以跳起来吃些香肠和荞麦饼了。'

"我用手按摩了几下。

"'现在，'我说，'炎症已经好了。近日点的右叶已经消退了。你觉得睡迷迷的了。你的眼睛睁不开了。目前毛病已经止住。现在你睡着了。'

"镇长慢慢闭上眼睛，打起鼾来。

"'铁德尔先生，'我说，'你亲眼看到了现代科学的奇迹。'

"'比德尔，'他说，'其余的治疗你什么时候替舅舅做呀，波波大夫？'

"'沃胡。'我纠正说，'我明天上午十一点钟再来。他醒后，给他吃八滴松节油和三磅肉排。再见。'

"第二天上午我准时到了那里。'好啊，比德尔先生，'他打开卧室房门

时，我说，'你舅舅今天早晨怎么样？'

"'他仿佛好多啦。'那个年轻人说。

"镇长的气色和脉搏都很好。我再替他做了一次治疗，他说疼痛完全没有了。

"'现在，'我说，'你最好在床上躺一两天，就没事啦。我碰巧到了费希尔山，也是你的运气，镇长先生，'我说，'因为正规医师所用的一切药都救不了你。现在毛病既然好了，疼痛也没有了，不妨让我们来谈谈比较愉快的话题——也就是那二百五十块钱的费用。不要支票，对不起，我不喜欢在反面签背书，正如不喜欢在正面签支票一样。'

"'我这儿有现钞。'镇长从枕头底下摸出一只皮夹子，说道。

"他数出五张五十元的钞票，捏在手里。

"'把收据拿来。'他对比德尔说。

"我签了收据，镇长把钱交给了我。我小心翼翼地把它们放在贴身的口袋里。

"'现在你可以执行你的职务啦，警官。'镇长笑嘻嘻地说，一点儿不像是害病的人。

"比德尔先生攥住我的胳膊。

"'你被捕了，沃胡大夫，别名彼得斯，'他说，'罪名是违反本州法律，无照行医。'

"'你是谁呀？'我问。

"'我告诉你他是谁。'镇长在床上坐起来说。'他是州医药学会雇用的侦探。他跟踪你，走了五个县。昨天他来找我，我们定下这个计谋来抓你。我想你不能在这一带行医了，骗子先生。你说我害的是什么病啊，大夫？'镇长哈哈大笑说，'灰秃——总之我想不是大脑软化吧。'

"'侦探。'我说。

"'不错，'比德尔说，'我得把你移交给司法官。'

"'你敢。'我说着突然卡住比德尔的脖子，几乎要把他扔出窗外。但是他掏出一把手枪，抵着我的下巴，我便放老实了，一动不动。他铐住我的手，从我口袋里抄出了那笔钱。

"'我证明，'他说，'这就是你那些我做过记号的钞票，班克斯法官。我把他押到司法官的办公室时，把这钱交给司法官，由他出一张收据给你。审理本案时，要用它做物证。'

"'没关系，比德尔先生。'镇长说。'现在，沃胡大夫，'他接着说，'你干吗不施展法力呀？你干吗不施出你的催眠术，把手铐催开呀？'

"'走吧，警官。'我大大咧咧地说，'我认栽啦。'接着我咬牙切齿地转向老班克斯。

"'镇长先生，'我说，'用不了多久，你就会发现催眠术是成功的。你应当知道，在这件事上也是成功的。'

"我想事情确实如此。

"我们走到大门口时，我说：'现在我们也许会碰到什么人，安岱。我想你还是把手铐解掉的好——'呃？当然啦，比德尔就是安岱·塔克。那是他出的主意；我们就这样搞到了合伙做买卖的本钱。"

　　杰甫和安岱赚了一笔数目不小的钱，于是他们想做慈善之事以求安心。他们打着"世界大学"的旗号开办了一家免费教育机构，并为此大造舆论，广为宣传。当他们为办学支出了大部分存款时，杰甫沉不住气了。安岱却认为：慈善事业如果当成生意来做，也是一门艺术，施与受的人都会受益。

　　最后，安岱与一位打着数学教授幌子的先生合谋，从他施教的学生们手上骗取了数倍于他所付出的钱。正如安岱所说："慈善事业，如果经营得法，是招摇撞骗的行当中最有出息的一门。"

　　我注意到教育事业方面收到了五千多万元的巨额捐款。"我说。

　　我在翻阅晚报上的花絮新闻，杰甫·彼得斯正在把板烟丝塞进他那只欧石楠根烟斗。

　　"提起这件事，"杰甫说，"我大有文章可做，并且可以举行一次讲演，供慈善事业数学班全体参考。"

　　"你是不是有所指？"我问道。

　　"正是。"杰甫说，"我从没有告诉过你，我和安岱·塔克做过慈善家，是不是？那是八年前在亚利桑那州时的事了。安岱和我驾了一辆双马货车，在基拉流域的山岭里踏勘银矿。我们发现了矿苗，把它卖给塔克森方面的人，换得两万五千元钱。我们把支票在银行里兑了银币——一千元装一袋。我们把银币装上货车，晕头晕脑地往东赶了百来里路，神志才恢复清醒。你看宾夕法尼亚铁路公司的业务年报，或是听一位演员说他的薪金时，两万五千元好像并不多，可是当你掀开货车篷布，用靴跟踢踢钱袋，听到每一块银币碰撞得叮当发响时，你就会觉得自己仿佛十二点整的通宵营业的银行。

　　"第三天，我们到了一个小镇上，镇容美丽整洁，可算是自然界或者兰德·麦克内莱的精心杰作。它坐落在山脚下，四周花木扶疏，居民有两千左右，都是诚恳老实、慢条斯理的。小镇的名字好像是百花村，那里还没有被铁路、跳蚤或者东部的游客污染。

"我和安岱把钱存进当地的希望储蓄银行，联名开了一个户头，然后到天景旅馆开了房间。晚饭过后，我们点上烟斗，坐在走廊上抽烟。就在那当儿，我灵机一动，想起了慈善事业。我想每一个当过骗子的人迟早总会转到那个念头上去的。

"当一个人从大伙儿身上诈骗了相当可观的数目时，他就不免有点儿胆怯，总想吐出一部分。如果你仔细观察，注意他行善的方式，你就会发现他是在设法把钱归还给受过他坑害的人。拿某甲来做例子吧。他靠卖油给那些焚膏继晷攻读政治经济学、研究托拉斯企业管理的穷学生而敛聚了百万家财，就把他的昧心钱捐给大学和专科学校。

"再说某乙吧，他的财富是从那些靠劳力和工具换饭吃的普通工人身上刮来的。他怎么把那笔昧心钱退一部分给他们呢？

"'啊哈，'某乙说，'我还是借教育的名义来干吧。我剥劳动人民的皮，'他对自己说，'但是俗话说得好，一好遮百丑，慈善能遮掩许多皮。'

"于是他捐了八千万块钱，指定用于建立图书馆，那批带了饭盒来盖图书馆的工人便得到了一点儿好处。

"'有了图书馆，图书在哪儿呢？'读者纷纷发问。

"'我才不管呢。'某乙说，'我捐赠图书馆给你们，图书馆不是盖好了嘛！这么说，如果我捐赠的是钢铁托拉斯的优先股票，难道你们还指望我把股票的水分也盛在刻花玻璃瓶里一起端给你们吗？去你们的吧！'

"且不谈这些，我刚才说过，有了那许多钱，叫我也想玩玩慈善事业了。我和安岱生平第一次搞到那么一大堆钱，终于停下来想想是怎么得来的。

"'安岱，'我说，'我们很有钱了——虽说没有超出一般人的梦想；但是以我们要求不高的标准来说，我们可以算是像格里塞斯一般富有了。我觉得似乎应该为人类，对人类做些事情。'

"'我也有同感，杰甫。'安岱回答说，'我们以前一直用种种小计谋欺骗大众，从兜卖自燃的赛璐珞硬领，到在佐治亚州倾销霍克·史密斯的竞选总统纪念章。如果我能做些慈善事业，而不必亲自在救世军里敲钹打铙，或者用伯蒂雄的体系来教圣经班，我倒愿意试试那个玩意儿。'

"'我们做些什么呢？'安岱说，'施粥舍饭给穷人呢，还是寄一两千块钱给乔治·科特柳？'

"'都不成。'我说，'我们的钱用来做普通的慈善事业未免太多；要补偿以往的骗局又不够。所以我们还是找些折中的事情做做吧。'

"第二天，我们在百花村溜达的时候，看见小山上有一座红砖砌的大房子，好像没有住人。居民告诉我们，几年前那是一个矿主的住宅。等到新屋落成，矿主发觉只剩下两块八毛钱来装修内部，伤心之余，便把那点儿钱买了威士忌，然后从屋顶上跳了下来。他的残肢遗骸就安葬在跳下来的地方。

"我和安岱一见到那座房子，就都有了同样的念头。我们可以安上电灯，采办一些擦笔布，聘请几位教授，再在草地上立一只铸铁狗以及赫拉克勒斯和约翰教父的塑像，就在那里开办一所世界上最好的免费教育机构。

"我们同百花村的一些知名人士商谈，他们极力赞成。他们在消防队为我们举行了一个宴会；我们破题儿第一遭以文明和进步事业的施主的姿态出现。安岱就下埃及的灌溉问题做了一个半小时的演讲，宴会上的留声机和菠萝汁都沾上了我们的道德气息。

"安岱和我立即着手办这件慈善事业。镇上的人，凡是能够辨别锤子和梯子的，都被我们请来担任修葺房屋的工作，把它隔成许多教室和演讲厅。我们打电报给旧金山订购了一车皮的书桌、足球、算术书、钢笔杆、字典、教授座、石板、人体骨骼模型、海绵、二十七套四年级学生穿的防雨布学士服和学士帽等，另外还开了一张不列品名的订单，凡是第一流大学所需要的零星杂物一概都要。我自作主张在订货单上添了'校园'和'课程设置'两项，但是不学无术的电报员一定搞错了，因为货物运到的时候，我们在其中找到了一听青豆和一把马梳。

"当那些周报刊出我和安岱的铜版照片时，我们又打电报给芝加哥的一家职业介绍所，吩咐他们立即装运六名教授，车上交货——英国文学一名，现代废弃语言学一名，化学一名，政治经济学一名（最好是民主党党员），逻辑学一名，还要一名懂绘画、意大利语和音乐，并有工会证的人。由希望银行担保发薪，薪额从八百元起到八百零五毛为止。

"好啦，我们终于布置就绪了。大门上刻了如下的字样'世界大学——赞助人与业主：彼得斯及塔克'。日历上的九月一日被画去之后，来者源源不绝。第一批是从塔克森搭了每周三班的快车来到的教授们。他们多半年纪轻轻，戴着眼镜，一头红发，带着一半为了前途、一半为了混饭吃的心情。安岱和我把他们安置在百花村的居民家里住下，然后等学生们来到。

"他们一群群地来了。我们先前在各州的报纸上刊登了招生广告，现在看到各方面的反应如此迅速，觉得非常高兴。响应免费教育号召的，一共有二百一十九个精壮的家伙，年纪最轻的十八岁，最大的长满了络腮胡子。他们把那个小镇搞得乌烟瘴气、面目全非；你简直分不清它是哈佛呢，还是三月开庭的戈德菲尔兹。

"他们在街上来来往往，挥舞着世界大学的校旗——深蓝和浅蓝两色——别的不谈，他们确实把百花村搞成了一个热热闹闹的地方。安岱在天景旅馆的阳台上向他们演说了一番，全镇的居民万人空巷，都上街庆祝。

"约莫过了两星期，教授们把那帮学生解除了武装，赶进课堂。我真不信还有比做慈善事业更愉快的事情。我和安岱买了高筒大礼帽，假装闪避着《百花村公报》的两个记者。那家报馆还派了专人，等我们一上街就摄影，每星期在'教育新闻'栏里刊登我们的照片。安岱每星期在大学里演讲两次；等他说完，我就站起来讲一个笑话。有一次，公报居然把我的照片登在亚伯拉罕·林肯和马歇尔·皮·怀尔德之间。

"安岱对慈善事业的兴趣之大不亚于我。为了使大学兴旺发达，我们每每在夜里醒来，交换新的想法。

"'安岱，'有一次我对他说，'我们忽略了一件事。孩子们该有舒适。'

"'那是什么呀？'安岱问道。

"'呃，当然是可以在里面睡觉的东西。'我说，'各个学校都有的。'

"'哦，你指的大概是睡衫。'安岱说。

"'不是睡衫。'我说，'我指的是舒适。'但我始终没法让安岱明白；因此我们也始终没有订购。当然，我指的是各个学校都有的，学生们可以一排排地睡在里面的长卧室。

"嘿，先生，世界大学可真了不起。我们有了来自五个州和准州地区的学生，百花村突然兴旺了起来。一个新的打靶游乐场、一家当铺和两家酒店开了张；孩子们编了一支校歌，歌词是这样的：

　　劳、劳、劳，

　　顿、顿、顿，

　　彼得斯、塔克，

　　真带劲儿。

　　波——喔——喔，

　　霍——嘻——霍，

　　世界大学

　　嘻普呼啦！

"学生们是一批好青年，我和安岱都为他们感到骄傲，仿佛他们是我们家里人似的。

"十月底的一天，安岱跑来问我知不知道我们银行里的存款还有多少。我猜还有一万六千左右。'我们的结存，'安岱说，'只有八百二十一元六角二分了。'

"'什么！'我不禁大叫一声，'难道你是告诉我，那些盗马贼的崽子，那些无法无天，土头土脑，傻里傻气，狗子脸，兔子耳，偷门板的家伙竟然害得我们花了那么多钱？'

"'一点儿不错。'安岱说。

"'那么，去他妈的慈善事业吧。'我说。

"'那也不必。'安岱说，'慈善事业，如果经营得法，是招摇撞骗的行

当中最有出息的一门。我来筹划筹划，看看能不能补救一下.'

"下一个星期，我在翻阅我们教职员工的薪金单时，忽然发现了一个新的名字——詹姆斯·达恩利·麦科克尔教授，数学讲座，周薪一百元。我一气之下大嚷一声，安岱赶忙跑了进来。

"'这是怎么回事?'我说，年薪五千多元的数学教授? 怎么搞的? 他是从窗户里爬进来，自己委任的吗?'

"'一星期前，我打电报去旧金山把他请来的.'安岱说，'我们订购教授的时候，似乎遗漏了数学讲座.'

"'幸好遗漏了.'我说，'付他两星期薪金后，我们的慈善事业就要像斯基波高尔夫球场的第九个球洞一样糟啦.'

"'别着急,'安岱说，'先看看情况如何发展。我们从事的事业太高尚了，现在不能随便退却。何况我对这种零售的慈善事业越看越有希望。以前我从没有想到要加以认真研究。现在想想看,'安岱往下说，'我所知道的慈善家都有许多钱。我早就应该注意到这一点，确定什么是因，什么是果.'

"我对安岱在经济事务上的足智多谋是信得过的，所以让他掌握大局。大学十分发达，我和安岱的大礼帽仍旧锃亮，百花村的居民接二连三地把荣誉加在我们身上，把我们当作百万富翁看待，其实我们这种慈善家差不多要破产了。

"学生们把镇上搞得生气勃勃。有一个陌生人到镇上来，在红墙马房楼上开了一家法罗赌场，收入着实可观。有一晚，我和安岱随便过去逛逛，出于社交礼貌，下了一两块钱的注。赌客中有五十来个是我们的学生，他们一面喝五味酒，一面用一叠叠的红蓝筹码下注，等庄家亮出牌来。

"'岂有此理，安岱,'我说，'这批敲诈勒索的笨头笨脑的纨绔子弟来这儿找免费教育的小便宜，可是他们的钱比你我两人任何时候所有的钱都多。你看见他们从腰包里掏出来的一卷卷钞票吗?'

"'看见了,'安岱说，'他们中间有许多是有钱矿主和牧场主的子弟。眼看他们这样荒废机会，真叫人伤心.'

"到了圣诞节，学生全部回家度假了。我们在大学里举行了一个惜别会，安岱以'爱琴群岛的现代音乐和史前文学'为题，做了一次演讲。每一位教授都举杯回敬我们，把我和安岱比作洛克菲勒和马库斯·奥托里格斯皇帝。我捶着桌子，高声要向麦科克尔教授敬酒；但是他似乎没有躬与盛会。我很想见见安岱认为在这个快要招盘的慈善事业里还可以挣一百元周薪的人物。

"学生都搭夜车走了；镇上静得像是函授学校午夜时的校园。我回旅馆的时候，看到安岱的房间里还有灯光，便推门进去。

"'安岱和那个法罗庄家坐在桌前，正在分配一叠两尺来高的一千元一扎的钞票。

"'一点儿不错，'安岱说，'每人三万一千元。进来，杰甫。'他对我说。'这是我们合伙的慈善组织，世界大学，上学期应得的一份利润。现在你总信服了吧。'安岱说，'慈善事业如果当成生意来做，也是一门艺术，施与受的人都有福气。'

"'好极啦！'我喜出望外地说，'我承认你这次干得真高明。'

"'我们搭早车走吧，你赶快收拾你的硬领、硬袖和剪报。'

"'好极啦！'我又说，'我不会误事的。但是，安岱，在离开之前，我很想见见詹姆斯·达恩利·麦科克尔教授。我觉得好奇，想跟这位教授认识认识。'

"'那很容易。'安岱说着向那个法罗庄家转过身去。

"'杰姆，这位是彼得斯先生，跟他握握手吧。'"

杰甫与安岱虚拟了一则征婚广告，以一位有钱的寡妇为诱饵，开始了他们的行骗计划。为了使这次行动万无一失，杰甫果真找到了一个真实的女人特罗特太太，并安排她配合他们完成这次行动计划。

在实施这个骗局的三个月中，杰甫和安岱得到了五千元的收益，正当他们认为可以收场的时候，特罗特太太却表示她爱上了一个人，这个人提出要她付出两千元才肯结婚。杰甫非常同情并愿成全这位太太，于是同安岱商量能否提出两千元让特罗特太太交给心上人，然后称心如意地嫁人。出乎意料，安岱竟然同意了。两天后安岱拿回了那笔钱，催促杰甫远走高飞。安岱说这钱是她亲手交给我的，我就是她爱上的那个征婚者。

"我以前对你讲过，"杰甫·彼得斯说，"我对于女人的欺骗手段从来就没有很大的信心。即使在问心无愧的骗局里，要她们搭伙同谋也是靠不住的。"

"这句话说得对。"我说，"我认为她们有资格被称作诚实的人。"

"干吗不呢？"杰甫说，"她们自有男人来替她们营私舞弊，或是卖命干活儿。她们办事本来也不算差，但是一旦感情冲动，或者虚荣心抬了头，就不行了。那时候，你就得找一个男人来接替她们的工作。那男人多半是扁平足，蓄着沙黄色的胡子，有五个孩子和一幢抵押掉的房子。拿那个寡妇太太做例子吧，有一次我和安岱在凯罗略施小计，搞了一个婚姻介绍所，就是找那个寡妇帮的忙。

"假如你有了够登广告的资本——就说像辕杆细头那么粗的一卷钞票吧——办一个婚姻介绍所倒很有出息。当时我们约莫有六千元，指望在两个月内翻它一番。我们既然没有领到新泽西州的执照，我们的生意至多也只能做两个月。

"我们拟了一则广告，内容是这样的：

美貌妓媚寡妇有意再醮。现年三十二岁，恋栈家庭生活，有现款三千元和乡间值钱产业。应征者贫富不论，然性情必须温良，因微贱之人多具美德。若有忠实可靠，善于管理产业，并能审慎投资者，年龄较大或相貌一般均不计较。来信详尽为要。

寂寞人启

通信处：伊利诺伊州，凯罗市

彼得斯—塔克事务所转

"'这样已经够意思了，'我们拼凑出这篇文学作品之后，我说，'可是那位太太在哪儿呢？'

"安岱不耐烦地、冷冷地瞟了我一眼。

"'杰甫，'他说，'我以为你早就把你那门行业里的现实主义观念抛到脑后了呢。为什么要一位太太？华尔街出售大量掺水的股票，难道你指望在里面找到一条人鱼吗？征婚广告跟一位太太有什么相干？'

"'听我讲，'我说，'安岱，你知道我的规矩，在我所有违反法律条文的买卖中，出售的货色必须实有其物，看得见，拿得出。根据这个原则，再把市政法令和火车时刻表仔细研究一番，我就避免了不是一张五元钞票或是一支雪茄所能了结的同警察之间的麻烦。要实现这个计划，我们必须拿出一个货真价实的妓媚的寡妇，或者相当的人，至于美貌不美貌，有没有清单和附件上开列的不动产和附属品，那倒没有多大关系，否则治安官恐怕要跟你过不去。'

"'好吧，'安岱重新考虑过后说道，'万一邮局或者治安机关要调查我们的介绍所，那样做也许比较保险。可是你打算去哪儿弄一个愿意浪费时间的寡妇，来搞这种没有婚姻的婚姻介绍的把戏呢？'

"我告诉安岱，我心目中倒有一个非常合适的人。我有一个老朋友，齐克·特罗特，原先在杂耍场卖苏打水和拔牙齿，去年喝了一个老医生的消化药，而没有喝那种老是使他酩酊大醉的万应药，结果害得老婆当了寡妇。

以前我时常在他们家里歇脚，我想我们不妨找她来帮忙。

"到她居住的小镇只有六十英里，于是我搭上火车赶到那里，发现她仍旧住在那幢小房子里，洗衣盆上仍旧栽着向日葵，站着公鸡。特罗特太太非常适合我们广告上的条件，只不过在美貌、年龄和财产方面也许有点儿出入。她看来还有可取之处，对付得过去，并且让她担任那件工作，也算是对得起已故的齐克。

"我说明了来意之后，她问道：'彼得斯先生，你们做的生意规矩吗?'

"'特罗特太太，'我说，'安岱·塔克和我早就合计过啦，在我们这个毫无公道的广阔的国家里，至少有三千人看了我们的广告，想博得你的青睐和你那有名无实的金钱财产。在那批人中间，假如他们侥幸赢得了你的心，约莫就有三千人准备给你一个游手好闲、唯利是图的臭皮囊，一个生活中的失意人，一个骗子手和可鄙的淘金者作为交换。'

"'我和安岱，'我说，'准备教训教训那批社会的蟊贼。我和安岱真想组织一个名叫"大德万福幸灾乐祸婚姻介绍所"，好不容易才没有这么做。这一来，你该明白了吧?'

"'明白啦，彼得斯先生。'她说，'我早知道你不至于做出什么卑鄙的事。可是你要我干些什么呢? 你说的这三千个无赖汉，要我一个个地回绝呢，还是把他们成批成批地撵出去?'

"'特罗特太太，'我说，'你的工作其实是个挂名美差。你只消住在一家清静的旅馆里，什么事都不用干。来往信件和业务方面的事都由安岱和我一手包办。'

"'当然啦，'我又说，'有几个比较热切的求婚者和急性子，如果凑得齐火车票钱，可能亲自赶到凯罗，嬉皮涎脸地来求婚。在那种情况下，你或许要费些手脚，当面打发他们。我们每星期给你二十五元，旅馆费用在外。'

"'等我五分钟，'特罗特太太说，'让我拿了粉扑，把大门钥匙托付给邻居，你就可以开始计算我的薪水了。'

"于是我把特罗特太太带到凯罗，把她安置在一个公寓里，公寓的地址跟我和安岱下榻的地方既不近得引人起疑，也不远得呼应不灵。然后我把经过情况告诉了安岱。

"'好极啦。'安岱说，'现在手头有了真的鱼饵，你也安心了。闲话少说，我们动手钓鱼吧。'

"我们在全国各地的报上刊登了广告。我们只登一次。事实上也不能多登，不然就得雇用许多办事员和女秘书，而她们嚼口香糖的声音可能会惊动邮政总长。

"我们用特罗特太太的名义在银行里存了两千元，把存折交给了她，如果有谁对这个婚姻介绍所的可靠性和诚意产生怀疑时，可以拿出来给他看看。我知道特罗特太太诚实可靠，把钱存在她名下绝对没有问题。

"即使只登了一则广告，安岱和我每天还得花上十二个小时来回复信件。

"每天收到的应征信件总有百来封。我以前从不知道这个国家里竟有这许多好心肠的穷困的人，愿意娶一位妩媚的寡妇，并且背上代为投资的包袱。

"应征的人多半承认自己上了年纪、失了业，怀才不遇，不为世人所赏识，但他们都保证自己有一肚子深情柔意，还有许多男子汉的品质，如果寡妇委身于他们，管保她一辈子受用不尽。

"彼得斯—塔克事务所给每一个应征者去了一封回信，告诉他说，寡妇对他的坦率而有趣的信大为感动，请他再来信详细谈谈，如果方便的话，请附照片一张。彼得斯—塔克同时通知应征者，把第二封信转交给女当事人的费用是两元，要随信附来。

"这个计划的简单美妙之处就在于此。各地的老少爷们中间，约莫有百分之九十想办法筹了钱寄来。就是这么一个把戏。只是我和安岱为了拆开信封和把钱取出来的麻烦，发了不少牢骚。

"有少数主顾亲自出马。我们把他们送到特罗特太太那里去，由她来善后；只有三四个人回来，问我们要一些回程的车钱。在乡村便邮的信件开始拥到后，安岱和我每天大概可以收入两百元。

"一天下午，我们正忙得不可开交；我把两元一元的钞票往雪茄烟盒里塞，安岱吹着《她才不举行婚礼呢》的曲子。这时候，一个灵活的小个子溜了进来，一双眼睛骨碌碌地往墙上扫，好像在追寻一两幅遗失的盖恩斯巴勒的油画似的。我看见他，心中得意非凡，因为我们的生意做得合法合理，无懈可击。

"'你们今天的邮件可不少啊。'那个人说。

"我伸手去拿帽子。

"'来吧，'我说，'我们料想你会来的。我带你去看货。你离开华盛顿时，特迪可好?'

"我带他到江景公寓，让他同特罗特太太见了面。我又把存在她名下的两千元银行存折亮给那个人看看。

"'看来没有什么毛病。'那个侦探说。

"'当然。'我说，'如果你是个单身汉，我可以让你同这位太太单独聊一会儿。那两块钱可以不计较。'

"'多谢。'他说，'如果我是单身汉，我也许愿意领教。再见啦，彼得斯先生。'

快满三个月的时候，我们收入五千多元，认为可以收场了。已经有许多人对我们表示不满；再则特罗特太太对这件事好像有些厌倦。许多求婚的人一直去找她，她似乎不大高兴。

我们决定歇业。我到特罗特太太的公寓里去，把最后一星期的薪水付给她，向她告别，同时取回那两千元的存折。

"我到那里时，发现她哭得像是一个不愿意上学的孩子。

"'呀，呀，你怎么啦? 是有人欺侮了你，还是想家啦?'

"'都不是，彼得斯先生。'她说，'我不妨告诉你。你一向是齐克的老朋友，我也顾不得了。彼得斯先生，我恋爱啦。我深深地爱上了一个人，没有他，我简直活不下去了。他正是我心目中最理想的人哪。'

"'那你就嫁给他好啦。'我说，'那是说，只要你们两相情愿。他是不是像你这样难分难舍地爱着你呢？'

"'他也是的。'她说，'他是见到广告之后来找我的，他要我把那两千块钱给了他，才肯同我结婚。他叫威廉·威尔金森。'说罢，她又动情地痛哭起来。

"'特罗特太太，'我说，'世界上没有人比我更同情一个女人的感情了。何况你的前夫是我最好的朋友之一。如果这件事可以由我一个人做主，我一定说，把那两千元拿去，跟你心爱的人结婚，祝你幸福。'

"'我们送你两千元也是办得到的，因为我们从那些向你求婚的冤大头身上捞了五千多元。可是，'我接着说，'我得跟安岱·塔克商量一下。'

"'他也是个好人，可是对于生意买卖很精明。他是我的合伙股东。我去找安岱谈谈，看看有什么办法可想。'

"我回到旅馆，把这件事向安岱和盘托出。

"'我一直预料会发生这一类的事。'安岱说，'在任何牵涉到女人的感情和喜爱的事情里，你不能指望她始终如一。'

"'安岱，'我说，'让一个女人因为我们的缘故而伤心，可不是愉快的事。'

"'是啊，'安岱说，'我把我的打算告诉你，杰甫。你一向心软慷慨。也许我心肠太硬，世故太深，疑虑太重了。这次我迁就你一下。到特罗特太太那儿去，叫她把银行里的两千元提出来，交给她的心上人，快快活活地过日子好啦。'

"我跳了起来，同安岱足足握了五分钟手，再去特罗特太太那儿通知她，她高兴得又哭了起来，哭得同伤心时一般厉害。

"两天后，我和安岱收拾好行李，准备上路了。

"'在我们动身之前，你愿不愿意去特罗特太太那儿，同她见见面？'我问安岱。'她很想见见你，当面向你道谢。'

"'啊，我想不必啦。'安岱说，'我们还是快点儿赶那班火车吧。'

"我正把我们的资本像往常那样，装进贴身的褡裢时，安岱从口袋里掏出一卷大额钞票，让我收在一起。

"'这是什么钱?'我问道。

"'就是特罗特太太的那两千块钱。'安岱说。

"'怎么会到你手里来的?'我问。

"'她自己给我的。'安岱说，'这一个多月来，我每星期有三个晚上要去她那儿。'

"'那个威廉·威尔金森就是你吗?'我说。

"'正是。'安岱回答道。"

　　杰甫和安岱为了阻止默基森的一次有可能上当受骗的冒险行动，决定与他一同前往，这使默基森十分欣喜。抵达目的地后，杰甫和安岱却成为了行骗和抢劫的主角，默基森则成了任人宰割的羔羊。

　　同是骗子，杰甫和安岱又存有分歧。杰甫强调职业道德和良心，而安岱则持反对意见。如果邪恶披着善良的外衣四处行走，那将是一件很可怕的事情。作者利用这篇文章再一次对人性进行叩问。在文中，骗子杰甫用自己的恶劣行径为口是心非与道貌岸然做了很好的注解。

　　杰甫·彼得斯每谈到他的行业的道德问题时，就滔滔不绝、口若悬河。

　　他说："只要我们在欺骗事业的道德问题上有了意见分歧，我和安岱·塔克的友好关系就出现了裂痕。安岱有他的标准，我有我的标准。我并不完全同意安岱向大众敲诈勒索的做法，他却认为我的良心过于妨碍我们合作事业的经济利益。有时候，我们争论得面红耳赤。还有一次，两人越争越厉害，他竟然拿我同洛克菲勒相比。

　　"'我明白你的意思，安岱，'我说，'但是我们交了这么多年的朋友，你用这种话来侮辱我，我并不生你的气。等你冷静下来之后，你自己会后悔的。我至今还没有同法院的传票送达吏照过面呢。'

　　"有一年夏天，我和安岱决定在肯塔基州一个名叫青草谷的山峦环抱、风景秀丽的小镇休息一阵子。我们自称马贩子，善良正派，是到那里去消夏的。青草谷的居民很喜欢我们，我和安岱决定不采取任何敌对行动，既不在那里散发橡胶种植园的计划书，也不兜售巴西金刚钻。

　　"有一天，青草谷的五金业巨商来到我和安岱下榻的旅馆，客客气气地同我们一起在边廊上抽烟。我们有时下午一起在县政府院子里玩掷绳环游戏，已经跟他混得很熟了。他是一个多嘴多舌、面色红润、呼吸急促的人，同时又出奇的肥胖和体面。

"我们把当天的大事都谈过之后，这位默基森——这是他的尊姓——小心而又满不在乎地从衣袋里掏出一封信，递给我们看。

"'呃，你们有什么看法？'他笑着说——'居然把这样一封信寄给我！'

"我和安岱一看就明白是怎么回事了；但我们还是装模作样地把它读了一遍。那是一种已经不时髦的、卖假钞票的打字信件，上面告诉你怎样花一千元就可以换到五千元连专家也难辨真伪的钞票；又告诉你，那些钞票是华盛顿财政部的一个雇员把原版偷出来印成的。

"'他们竟会把这种信寄给我，真是笑话！'默基森又说。

"'有许多好人都收到过这种信。'安岱说，'如果你收到第一封信后置之不理，他们也就算了。如果你回了信，他们就会再来信，请你带了钱去做交易。'

"'想不到他们竟会寄信给我！'默基森说。

"过了几天，他又光临了。

"'朋友们，'他说，'我知道你们都是规矩人，不然我也不告诉你们了。我给那些流氓去了一封回信，开开玩笑。他们又来了信，请我去芝加哥。他们请我动身前先给杰·史密斯去个电报。到了那里，要我在某一个街角等着，自会有一个穿灰衣服的人走过来，在我面前掉落一份报纸。我就可以问他：油水怎么样。于是我们彼此心照不宣，就接上了头。'

"'啊，一点儿不错，'安岱打了个哈欠说，'还是那套老花样。我在报上时常看到。后来他把你领到一家旅馆已布置好圈套的房间里，那里早有一位琼斯先生在恭候了。他们取出许多崭新的真钞票，按五做一的价钱卖给你，你要多少就卖多少。你眼看他们替你把钞票放进一个小包，以为是在那里面了。可你出去以后再看时，里面只是些牛皮纸。'

"'哦，他们想在我面前玩瞒天过海的把戏可不成。'默基森说，'我如果不精明，怎么能在青草谷创办了最有出息的事业呢？你说他们给你看的是真钞票吗，塔克先生？'

"'我自己始终用——不，我在报上看到总是用真的。'安岱回答说。

"'朋友们，'默基森又说，'我有把握，那些家伙可骗不了我。我打算带上两千块钱，到那里去捉弄他们一下。如果我比尔·默基森看到他们拿出钞票，我就一直盯着它。他们既然说是五块换一块，我就咬住不放，他们休想反悔。比尔·默基森就是这样的生意人。是啊，我确实打算到芝加哥去一趟，试试杰·史密斯的五换一的把戏。我想油水是够好的。'

"我和安岱竭力想打消默基森脑袋里那种妄想发横财的念头，但是怎么也不成，仿佛在劝一个无所不赌的混小子别就布赖恩竞选的结果同人家打赌似的。不成，先生；他一定要去执行一件对公众有益的事情，让那些卖钞票的骗子搬起石头砸自己的脚。那样或许可以给他们一个教训。

"默基森走后，我和安岱坐了会儿，默默地思考着理性的异端邪说。我们闲散的时候，总喜欢用思考和推断来提高自己。

"'杰甫，'过了很久，安岱开口说，'当你同我谈你做买卖的正大光明时，我很少不同你抬杠的。我可能常常是错误的。但在这件事情上，我想我们不至于有分歧吧。我认为我们不应该让默基森先生独自去芝加哥找那些卖假钞票的人。那只会有一种结果。我们想办法干预一下，免得出事。你认为这样我们心里是不是舒畅些呢？'

"我站起来，使劲儿同塔克握了好长时间手。

"'安岱，'我说，'以前我看你做事毫不留情，总有点儿不以为然。如今我认错了。说到头，人不可貌相，你毕竟有一副好心肠。真叫我钦佩之至。你说的话正是我刚才想的。如果我们听任默基森去实现他的计划，'我说，'我们未免丢人，不值得佩服了。如果他坚决要去，那么我们就跟他一起去，防止骗局得逞吧。'

"安岱同意我的话；他一心想破坏假钞票的骗局，真叫我觉得高兴。

"'我不以虔诚的人自居，'我说，'也不认为自己是拘泥于道德的狂热分子；但是，当我眼看一个自己开动脑筋，艰苦奋斗，在困难中创业的人将受到一个妨害公众利益的不法骗子的欺诈时，我决心不能袖手旁观。'

"'对的，杰甫。'安岱说，'如果默基森坚持要去，我们就跟着他，防

止这件荒唐的事情。跟你一样，我最不愿意别人蒙受这种钱财损失。'

"说罢，我们就去找默基森。

"'不，朋友们，'他说，'我不能把这个芝加哥害人的歌声当作耳边风。我一不做，二不休，非要在这鬼把戏里挤出一点儿油水不可。有你们和我同去，我太高兴啦。在那五换一的交易兑现的时候，你们或许可以帮些忙。好得很，你们两位愿意一起去，再好没有了，我真把它当作一件消遣逗乐的事了。'

"默基森先生在青草谷传出消息，说他要出一次门，同彼得斯先生和塔克先生一起去西弗吉尼亚踏勘铁矿。他给杰·史密斯去了一封电报，通知对方他准备某天启程前去领教；于是，我们三人就向芝加哥进发了。

"路上，默基森自得其乐地做了种种揣测，预先设想许多愉快的回忆。

"'一个穿灰衣服的人，'他说，'等在沃巴什大道和莱克街的西南角上。他掉下报纸，我就问油水怎么样。呵呵，哈哈！'接着他捧着肚子大笑了五分钟。

"有时候，默基森正经起来，不知他怀着什么鬼胎，总想用胡说八道来排遣它。

"'朋友们，'他说，'即使给我一万块钱，我也不愿意这件事在青草谷宣扬开来。不然我就给毁啦。我知道你们两位是正人君子。我认为惩罚那些社会的蠹贼是每个公民应尽的责任。我要给他们看看，油水到底好不好。五块换一块——那是杰·史密斯自己提出来的，他跟比尔·默基森做买卖，就得遵守他的诺言。'

"下午七点左右，我们抵达芝加哥。默基森约定九点半同那个穿灰衣服的人碰头。我们在旅馆里吃了晚饭，上楼到默基森的房间里去等候。

"'朋友们，'默基森说，'现在我们一起合计合计，想出一个打垮对手的方法。比如说，我同那个灰衣服的骗子正聊上劲儿的时候，你们两位碰巧闯了进来，招呼道："喂，默基！"带着他乡遇故知的神情来跟我握手。我就把骗子叫到一边，告诉他，你们是青草谷来的杂货食品商詹金斯和布朗，都是好人，或许愿意在外乡冒冒险。'

"'他当然会说："如果他们愿意投资，带他们来好啦。"两位认为这个办法怎么样？'

"'你以为怎么样，杰甫？'安岱瞅着我说。

"'喔，我不妨把我的意见告诉你。'我说，'我说我们当场了结这件事吧。不必再浪费时间了。'我从口袋里掏出一支镀镍的三八口径的左轮手枪，把弹筒转动了几下。

"'你这个不老实、造孽、阴险的肥猪，'我对默基森说，'乖乖地把那两千块钱掏出来，放在桌上。赶快照办，否则我要对你不客气了。我生性是个和平的人，不过有时候也会走极端。有了你这种人，'我等他把钱掏出来之后继续说，'法院和监狱才有必要存在。你来这儿想夺那些人的钱。你以为他们想剥你一层皮，你就有了借口吗？不，先生；你只不过是以暴易暴罢了。其实你比那个卖假钞票的人坏十倍。'我说，'你在家乡上教堂做礼拜，挺像一个正派公民，但是你到芝加哥来，想剥夺别人的钱，那些人同你今天想充当的这类卑鄙小人做交易，才创立了稳妥有利的行业。你可知道，那个卖假钞票的人也是上有老，下有小，要靠他养家糊口。正因为你们这批假仁假义的公民专想不劳而获，才助长了这个国家里的彩票、空头矿山、股票买卖和投机倒把。如果没有你们，他们早就没事可干了。你打算抢劫的那个卖假钞票的人，为了研究那门行业，可能花了好几年工夫。每做一笔买卖，他就承担一次丧失自由、钱财甚至性命的风险。你打着神圣不可侵犯的幌子，凭着体面的掩护和响亮的通信地址到这儿来骗他的钱。假如他弄到了你的钱，你可以去报告警察局。假如你弄到了他的钱，他只好一声不吭，典当掉他那套灰衣服去换晚饭吃。塔克先生和我看透了你，所以我们同来给你应得的教训。钱递过来，你这个吃草长大的伪君子。'

"我把两千块钱——全是二十元一张的票子——放进内衣口袋。

"'现在你把表掏出来。'我对默基森说，'不，我并不要表。把它搁在桌子上，你坐在那把椅子上，过一小时才能离开。要是你嚷嚷，或者不到一小时就离开，我们就在青草谷到处张贴告示揭发你。我想你在那里的名声地位对你来说总不止值两千块钱吧。'

　　"于是我和安岱离开了他。

　　"在火车上，安岱好久不开腔。最后他说：'杰甫，我想问你一句话行吗?'

　　"'问两句也不要紧，'我说，'问四十句都行。'

　　"'我们同默基森一起动身的时候，'他说，'你就有了那种打算吗?'

　　"'嗯，可不是嘛。'我回答说。'还能有什么别的办法？你不是也有那种打算吗?'

　　约莫过了半小时，安岱才开口。我认为安岱有时并不彻底理解我的伦理和道德的思想体系。

　　"'杰甫，'他开口说，'以后你有空的时候，我希望你把你的良心画出一张图解，加上注释说明。有时候我想参考参考。'"

　　为了寻找赚钱的机会，杰甫和安岱在城里逛了三四天，大致摸清了几个百万富翁的情况。其中有一个姓斯卡德的人，爱好艺术并喜欢收藏，且身价一千二百万。尤其是他拥有一件精美的象牙雕刻，是两千多年前的文物，是流传于世的两件之一，另一件却不知下落。

　　一天，安岱却在一家旧货典当铺里发现了与斯卡德收藏的一模一样的那件珍品，便以低廉的价格买了回来，然后让杰甫冒充教授约见斯卡德。斯卡德首先拒绝了杰甫提出的购买另一件的要求，随后以两千五百块钱的高价买下了这件雕刻品。随后安岱提出立即远走高飞，杰甫不理解，认为这桩买卖很规矩。安岱却说他买下的就是他自己家里的那一件。为了尊重杰甫的艺术良心，不得不编造了这套善意的谎言。

　　"我始终没能使我的搭档安岱·塔克就范，让他遵守纯诈骗的职业道德。"杰甫·彼得斯有一天对我说。

　　"安岱太富于想象力了，以致不可能诚实。他老是想出许多不正当而又巧妙的敛钱的办法，那些办法甚至在铁路运费回佣制的章程里都不便列入。

　　"至于我自己呢，我一向不愿意拿了人家的钱而不给人家一点儿东西——比如说包金的首饰、花籽、腰痛药水、股票证券、擦炉粉，或者砸破人家的脑袋；人家花了钱，总得收回一些代价。我想我的祖先中间准有几个新英格兰人，他们对警察的畏惧和戒心多少遗传了一些给我。

　　"但是安岱的家谱不同。我认为他和股份有限公司一样，没有什么祖先可供追溯。

　　"一年夏天，我们在中西部俄亥俄河流域做家庭相册、头痛粉和灭蟑螂药片的买卖，安岱灵机一动，想到了一个巧妙而可受到控诉的生财之道。

　　"'杰甫，'他说，'我一直在琢磨，我们应当抛开这些泥腿子，把注意力转移到更有油水、更有出息的事情上去。假如我们继续在农民身上刮小

钱，人家就要把我们列入初级骗子一类了。我们不妨进入高楼林立的地带，在大牡鹿的胸脯上咬一口，你看怎么样？'

"'哎，'我说，'你了解我的古怪脾气。我宁愿干我们目前所干的规矩合法的买卖。我得人钱财，总要留一点儿实实在在的东西给人家，让他看得见、摸得着，即使那东西是一只握手时会咬手的机关戒指，或者是会喷人满脸香水的香水瓶。你有什么新鲜主意，安岱，'我说，'也不妨说出来听听。我不拘泥于小骗局，如果有好的外快可赚，我也不拒绝。'

"'我想的是，'安岱说，'不用号角、猎狗和照相机，在那一大群美国的迈达斯，或者通称为匹茨堡百万富翁的人中间打一次猎。'

"'在纽约吗？'我问道。

"'不，老兄，'安岱说，'在匹茨堡。那才是他们的栖息地。他们不喜欢纽约。他们只因为人家指望他们去纽约，才偶尔去玩玩。'

"'匹茨堡的百万富翁到了纽约，就像落进滚烫的咖啡里的苍蝇——他成了人们注意和议论的目标，自己却不好受。纽约嘲笑他在那个满是鬼鬼祟祟的势利小人的城市里花了那么多冤枉钱。他在那里的实际开销并不多。我见过一个身价一千五百万元的匹茨堡人在纽约待了十天的费用账。账目是这样的：

> 往返火车票　21.00 元
>
> 去旅馆来回车力　2.00 元
>
> 旅馆费（每天 5 元）　50.00 元
>
> 小账　5750.00 元
>
> 合计　5823.00 元

"'那就是纽约的声音。'安岱接着说，'纽约市无非像是一个侍者领班。你给小账多得出了格，他就会跑到门口，和衣帽间的小厮取笑你。因此，当匹茨堡人想花钱找快活时，总是待在家里。我们去那儿找他。'

"闲话少说，我和安岱把我们的巴黎绿、安替比林粉和相册寄存在一个朋友家的地下室里，便动身去匹茨堡了。安岱并没有拟订出使用狡诈或暴力的计划书，但他一向很自信，在任何情况下，他的缺德天性都能应付自如。

"为了对我明哲保身和堂堂正正的观点做些让步，他提出，只要我积极参加我们可能采取的任何非法买卖，他就保证受害者花了钱能得到触觉、视觉、味觉和嗅觉所能感知的真实的东西，让我良心上也说得过去。他做过这种保证之后，我情绪好了些，便轻松愉快地参加了骗局。

"当我们在烟雾弥漫、他们叫作史密斯菲尔德大街的煤渣路上溜达时，我说：'安岱，你有没有想过，我们怎样去结识那些焦炭大王和生铁小气鬼呢？我并不是瞧不起自己，瞧不起自己的客厅风度和餐桌礼仪，'我说，'但是，我们要进入那些抽细长雪茄的人的沙龙，恐怕会比你想象的要困难一些吧？'

"'如果有什么困难的话，'安岱说，'那只在于我们自己的修养和文化要高出一截。匹茨堡的百万富翁们是一批普通、诚恳、没有架子、很讲民主的人。'

"'他们的态度粗鲁，表面上好像兴高采烈、大大咧咧的，实际上却是很不讲礼貌，很不客气。他们的出身多半微贱暧昧，'安岱说，'并且还将生活在暧昧之中，除非这个城市采用完全燃烧装置，消灭烟雾。如果我们随和一些，不要装腔作势，不要离沙龙太远，经常像钢轨进口税那样引人注意，我们同那些百万富翁交际交际是没有困难的。'

"于是安岱和我在城里逛了三四天，摸摸情况。我们已经知道了几个百万富翁的模样。

"有一个富翁老是把他的汽车停在我们下榻的旅馆门口，让人拿一夸脱香槟酒给他。侍者拔掉瓶塞之后，他就凑着瓶口喝。那说明他发迹以前大概是个吹玻璃的工人。

"一晚，安岱没有回旅馆吃饭。十一点钟光景，他来到我的房间。

"'找到一个啦，杰甫。'他说，'身价一千二百万。拥有油田、轧钢厂、房地产和天然煤气。他人不坏；没有一点儿架子。最近五年发了财。如今他聘请了好几位教授，替他补习文学、艺术、服饰打扮之类的玩意儿。

　　"'我见到他的时候，他刚同一个钢铁公司的老板打赌，说是阿勒格尼轧钢厂今天准有四人自杀，结果赢了一万元。在场的人都跟着他去酒吧，由他请客喝酒。他对我特别有好感，请我吃饭。我们在钻石胡同的一家饭馆，坐在高凳上，喝了起泡的摩泽尔葡萄酒，吃了蛤蜊杂烩和油炸苹果馅饼。

　　"'接着，他带我去看看他在自由街的单身公寓。他那套公寓有十间屋子，在鱼市场楼上，三楼还有洗澡的地方。他对我说公寓布置花了一万八千元，我相信这是实话。

　　"'一间屋子里收藏着价值四万元的油画，另一间收藏着两万元的古董古玩。他姓斯卡德，四十五岁，正在学钢琴。他的油井每天出一万五千桶原油。'

　　"'好吧，'我说，'试跑很令人满意。可有什么用呢？艺术品收藏同我们有什么关系？原油又有什么关系？'

　　"'呃，那个人，'安岱坐在床上沉思地说，'并不是那种普通的附庸风雅的人。当他带我去看屋子里的艺术品时，他的脸像炼焦炉门那样发光。他说，只要他的几笔大买卖做成，他就能使约·皮·摩根收藏的苦役船上的挂毯和缅因州奥古斯塔的念珠相形见绌，像是幻灯机放映出来的牡蛎嘴巴。'

　　"'然后他给我看一件小雕刻，'安岱接着说，'谁都看得出那是件珍品。他说那是大约两千年前的文物。是从整块象牙雕刻出来的一朵莲花，莲花中间有一个女人的脸。

　　"'斯卡德查阅了目录，考证一番。那是纪元前埃及一位名叫卡夫拉的雕刻匠做了两个献给拉姆泽斯二世的。另一个找不到了。旧货和古玩商在欧洲各地都找遍了，但是缺货。现在这件是斯卡德花了两千块钱买来的。'

　　"'哦，够啦，'我说，'在我听来，这些话简直像小河流水一般毫无意义。我原以为我们来这儿是让那些百万富翁开开眼界，不是向他们领教艺术知识的。'

　　"'忍耐些。'安岱和气地说，'要不了多久，我们也许能钻到空子。'

"第二天，安岱在外面待了一上午，中午才回来。他刚回旅馆便把我叫进他的房间，从口袋里掏出一个鹅蛋一般大小、圆圆的包裹，解了开来。里面是一件象牙雕刻，同他讲给我听的百万富翁的那件收藏品一模一样。

"'我刚才在一家旧货典当铺里，'安岱说，'看见这东西压在一大堆古剑和旧货下面。当铺老板说，这东西在他店里已有好几年了，大概是住在河下游的阿拉伯人、土耳其人或者什么外国人押当后到期未赎，成了死当。'

"'我出两块钱向他买，准是露出了急于弄到手的神情，他便说如果价钱谈不到三百三十五元，就等于夺他儿女嘴里的面包。结果我们以二十五元成交。'

"'杰甫，'安岱接着说，'这同斯卡德的雕刻正是一对，一模一样。他准会把它收买下来，像吃饭时围上餐巾一般快。说不定这正是那个老吉卜赛刻的另一个真货呢！'

"'确实如此。'我说，'现在我们怎么挤他一下，让他自觉自愿地来买呢？'

"安岱早就拟好了计划，我来谈谈我们是怎样执行的。

"我戴上一副蓝眼镜，穿上黑色大礼服，把头发揉得乱蓬蓬的，就成了皮克尔曼教授。我到另一家旅馆租了房间，发一个电报给斯卡德，请他立即来面谈有关艺术的事。不出一小时，他赶到旅馆，乘上电梯，来到我的房间。他是个懵懵懂懂的人，嗓门儿响亮，身上散发着康涅狄克州雪茄烟和石脑油的气味。

"'嘿，教授！'他嚷道，'生意可好？'

"我把头发揉得更蓬乱一些，从蓝镜片后面瞪他一眼。

"'先生，'我说，'你是宾夕法尼亚州匹茨堡的科尼利厄斯·蒂·斯卡德吗？'

"'是的。'他说，'出去喝杯酒吧。'

"'我既没有时间，也没有胃口，'我说，'我可不做这种有害有毒的消遣。我从纽约来同你谈谈有关生——有关艺术的事情。'

"'我听说你有一个拉姆泽斯二世时代的埃及象牙雕刻，那是一朵莲花里的伊西斯皇后的头像。这样的雕刻全世界只有两件。其中一件已失踪多年。最近我在维也纳一家当——一家不著名的博物馆里发现了它，买了下来。我想买你收藏的那件。开个价吧。'

"'嘿，老天爷，教授！'斯卡德说，'你发现了另一件吗？你要买我的？不。我想科尼利厄斯·斯卡德收藏的东西是不会出卖的。你那件雕刻带来了没有，教授？'

我拿出来给斯卡德。他翻来覆去看了几遍。

"'正是这玩意儿。'他说。'和我那件一模一样，每一根线条都丝毫不差。我把我的打算告诉你。'他说，'我不会卖的，但是我要买。我出两千五百块钱买你的。'

"'你不卖，我卖。'我说，'请给大票子。我不喜欢多啰唆。我今晚就得回纽约。明天我还要在水族馆讲课。'

"斯卡德开了张支票，由旅馆付了现款。他带着那件古董走了，我根据约定，赶紧回到安岱的旅馆。

"安岱在屋子里走来走去，不时看看表。

"'怎么样？'他问道。

"'两千五百块。'我说，'现款。'

"'还有十一分钟，'安岱说，'我们得赶巴尔的摩—俄亥俄线的西行火车。快去拿你的行李。'

"'何必这么急？'我说，'这桩买卖很规矩。即使是赝品，他也要过一段时候才会发现。何况他好像认为那是真东西。'

"'是真的。'安岱说，'就是他自己家里的那件。昨天我在他家里看古董时，他到外面去了一会儿，我顺手牵羊地拿了回来。喂，你赶快去拿手提箱吧。'

"'可是，'我说，'你不是说在当铺里另外找到一个——'

"'噢，'安岱说，'那是为了尊重你的艺术良心。快走吧。'"

三个骗子兼窃贼偶然相遇，他们介绍了各自的经历，交流着彼此的经验。其中一个抢了一个寂静小镇上的银行，然后准备离开。另外两人认为他的做法不道德，这样的钱来得并不光明正大。于是他们设计了一个周密的计划，笑到最后并真正得利的是小说的主人公——杰甫·彼得斯。

在普罗文萨诺饭店的一个角落里，我们一面吃意大利面条，杰甫·彼得斯一面向我解释三种不同类型的骗局。

每年冬天，杰甫总要到纽约来吃面条，他裹着厚厚的灰鼠皮大衣在东河看卸货，把一批芝加哥制的衣服囤积在富尔顿街的铺子里。其余三季，他在纽约以西——他的活动范围是从斯波坎到坦帕。他时常夸耀自己的行业，并用一种严肃而独特的伦理哲学加以支持和卫护。他的行业并不新奇。他本人就是一个没有资本的股份无限公司，专门收容他同胞们的不安分守己的愚蠢的金钱。

杰甫每年到这个高楼大厦的蛮荒中来度他那寂寞的假期，这时候，他喜欢吹吹他那丰富的阅历，正如孩子喜欢在日落时分的树林里吹口哨一样。因此，我在日历上标出他来纽约的日期，并且同普罗文萨诺饭店接洽好，在花哨的橡皮盆景和墙上那幅什么宫廷画之间的角落里为我们安排一张酒迹斑斑的桌子。

"有两种骗局，"杰甫说，"应当受到法律的取缔。我指的是华尔街的投机和盗窃。"

"取缔其中的一项，几乎人人都会同意。"我笑着说。

"嗯，盗窃也应当取缔。"杰甫说。我不禁怀疑我刚才的一笑是否多余。

"约莫三个月前，"杰甫说，"我有幸结识刚才提到的两类非法艺术的代表人物。我同时结交了一个窃贼协会的会员和一个金融界的约翰·台·拿破仑。"

"那倒是有趣的结合。"我打了个哈欠说，"我有没有告诉过你，上星期我在拉马波斯河岸一枪打到了一只鸭子和一只地松鼠？"我很想知道怎么打开杰甫的话匣子。

"让我先告诉你，这些寄生虫怎么用他们的毒眼污染了公正的泉水，妨碍了社会生活的运转。"杰甫说，他自己的眼睛里闪烁着揭发别人丑行时的光芒。

"我刚才说过，三个月以前，我交上了坏朋友。人生在世，只有两种情况才会促使他这样——一种是穷得不名一文的时候，另一种是很有钱的时候。

"最合法的买卖偶尔也有倒运的时候。我在阿肯色州的一个十字路口拐错了弯，闯进了彼文镇。前年春天，仿佛我来过彼文镇，把它糟蹋得不像样子。我在那里推销了六百元的果树苗——其中有李树、樱桃树、桃树和梨树。彼文镇的人经常注意大路上的过往行人，希望我再经过那里。我在大街上驾着马车，一直行驶到水晶宫药房，那时候我才发现我和我那匹白马比尔已经落进了埋伏圈。

"彼文镇的人出乎意料地抓住了我和比尔，开始同我谈起并非和果树完全无关的话题。领头的一些人把马车上的挽绳穿在我坎肩的袖孔里，带我去看他们的花园和果园。

"他们的果树长得不合标签上的规格。大多数变成了柿树和山茱萸，间或有一两丛槲树和白杨。唯一有结果迹象的是一棵茁壮的小白杨，那上面挂着一个黄蜂窝和半件女人的破背心。

"彼文镇的人就这样做了毫无结果的巡视，然后把我带到镇边上。他们抄走我的表和钱作为抵账，又扣下比尔和马车作为抵押。他们说，只要一株山茱萸长出一棵六月早桃，我就可以领回我的物品。然后，他们抽出挽绳，吩咐我向落基山脉那面滚蛋；我便像刘易斯和克拉克那样，直奔那片河流滔滔、森林茂密的地区。

"等我神志清醒过来时，我发觉自己正走向圣菲铁路线上的一个不知名的小镇。彼文镇的人把我的口袋完全搜空了，只留下一块嚼烟——他们并不想置我于死地——这救了我的命。我嚼着烟草，坐在铁路旁边的一堆枕木上，以恢复我的思考能力和智慧。

"这时，一列货运快车驶来，行近小镇时减慢了速度；车上掉下一团黑黝黝的东西，在尘埃中足足滚了二十米，才爬起来，开始吐出烟煤末和咒骂的话。我定睛一看，发觉那是一个年轻人，阔脸盘，衣着很讲究，仿佛是坐普尔门卧车而不是偷搭货车的人物。尽管浑身弄得像是扫烟囱的人，他脸上仍旧泛着愉快的笑容。

"'摔下来的吗？'我问道。

"'不，'他说，'自己下来的。我到了目的地啦。这是什么镇？'

"'我还没有查过地图哪。'我说，'我大概比你早到五分钟。你觉得这个小镇怎么样？'

"'硬得很。'他转动着一支胳臂说，'我觉得这个肩膀——不，没什么。'"

"他弯下腰去掸身上的尘土，口袋里掉出一支九英寸长的、精巧的窃贼用的钢撬。他连忙捡起来，仔细打量着我，忽然咧开嘴笑了，并向我伸出手来。

"'老哥，'他说，'你好。去年夏天我不是在密苏里南部见过你吗？那时候你在推销五毛钱一茶匙的染色沙子，说是放在灯里，可以防止灯油爆炸。'

"'灯油是不会爆炸的。'我说，'爆炸的是灯油形成的气体。'但是我仍旧同他握了手。

"'我叫比尔·巴西特，'他对我说，'如果你把这当作职业自豪感，而不是当作自高自大的话，我不妨告诉你，同你见面的是密西西比河一带最高明的窃贼。'"

"于是我跟这个比尔·巴西特坐在枕木上，正如两个同行的艺术家一样，开始自吹自擂。他仿佛也不名一文，我们便谈得更为投机。他向我解释说，一个能干的窃贼有时候也会穷得扒火车，因为小石城的一个女用人出卖了他，害得他不得不匆匆逃跑。

"'当我希望盗窃得手的时候，'比尔·巴西特说，'我的工作有一部分是向娘儿们献殷勤。爱情能使娘儿们晕头转向。只要告诉我，哪一幢房子里有赃物和一个漂亮的女用人，包管那幢房子里的银器都给熔化了卖掉。我在饭店里大吃大喝，警察局的人却说那是内贼干的，因为女主人的侄子穷得在教《圣经》班。我先勾引女用人，'比尔说，'等她让我进了屋子之后，我再勾引锁具。但是小石城的那个娘儿们坑了我。'他说。'她看见了我跟另一个女的乘电车。当我在约好的那个晚上去她那里时，她没有按说定的那样开着门等我。我本来已经配好了楼上房门的钥匙，可是不行，先生。她从里面锁上了。她真是个大利拉。'比尔·巴西特说。

"后来比尔不顾一切硬撬门进去，那姑娘便像四轮马车顶座的观光游客那样大叫大嚷起来。比尔不得不从那里一直逃到车站。由于他没有行李，人家不让他上车，他只得扒上一列正要出站的货车。

"'哎，'我们交换了各人的经历之后，比尔·巴西特说，'我肚子饿啦。这个小镇不像是用弹子锁锁着的。我们不妨干一些无伤大雅的暴行，弄几个零钱花花。我想你身边不见得带着生发水，或者包金的表链，或者类似的非法假货，可以在十字街口卖给镇上那些懵懵懂懂的悭吝鬼吧?'

"'没有，'我说，'我的手提箱里本来有一些精致的巴塔戈尼亚的钻石耳坠和胸针，可是给扣在彼文镇了，一直要等到那些黑橡皮树长出大量黄桃和日本李子的时候。我想我们不能对它们存什么希望，除非我们把卢瑟·伯班克找来搭伙。'

"'好吧，'巴西特说，'那我尽量想些别的办法。也许在天黑之后，我可以向哪位太太借一枚发针，用来打开农牧渔业银行。'

"我们正谈着，一列客车开到了附近的车站。一个戴大礼帽的人从月台那边下了火车，磕磕绊绊地跨过轨道向我们走来。他是个肥胖的矮个子，大鼻子，小眼睛，衣着倒很讲究；他小心翼翼地拿着一个手提包，仿佛里面装的是鸡蛋或是铁路股票似的。他经过我们身边，沿着铁轨继续走去，似乎没有看到小镇。

"'来。'比尔·巴西特招呼我后，自己立刻跟了上去。

"'到什么地方去啊？'我问道。

"'天哪！'比尔说，'难道你忘了你自己待在荒野里吗？上校就掉在你面前，难道你没有看到？难道你没有听见乌鸦将军的鼓翼声？你真笨得叫我吃惊，以利亚。'

"我们在树林子旁边赶上了那个人，那时候太阳已经落山，那地点又很偏僻，没有人看见我们截住他。比尔把那个人头上的帽子摘下来，用袖管拂拭一下，又替他戴上。

"'这是什么意思，先生？'那人问道。

"'我自己戴这种帽子觉得不自在的时候，'比尔说，'总是这样做的。目前我没有大礼帽，只好用用你的。我真不知该怎么开个头同你打打交道，先生，不过我想我们不妨先摸摸你的口袋。'

"比尔·巴西特摸遍了他所有的口袋，露出一副鄙夷的神情。

"'连表都没有一个。'他说，'你这个空心石膏像，难道不觉得害臊？穿戴得倒像侍者领班，口袋里却像伯爵一样空。连车钱都没有，你打算怎么乘火车呀？'

"那人开口声明身边毫无金银财物。巴西特拿过他的手提包，打了开来。里面是一些替换用的领口和袜子，还有半张剪下来的报纸。比尔仔细看了剪报，向那位被拦劫的人伸出手去。

"'老哥，'他说，'你好！请接受朋友的道歉。我是窃贼比尔·巴西特。彼得斯先生，你得认识认识艾尔弗雷德·伊·里克斯先生。握握手吧。里克斯先生，在捣乱和犯法方面来说，彼得斯先生的地位介乎你我之间。他拿人钱财，总是给人家一些代价。我很高兴见到你们，里克斯先生——见到你和彼得斯先生。这是我生平第一次参加的全国贪心汉大会——溜门撬锁，坑蒙拐骗，投机倒把，全都到齐了。请看看里克斯先生的证件，彼得

斯先生。'

"巴西特递给我的剪报上刊登着这位里克斯先生的一张照片。那是芝加哥发行的报纸，文章中的每一段都把里克斯骂得狗血喷头。我看完那篇文章后，才知道上述里克斯其人，坐在芝加哥的装潢豪华的办公室里，把佛罗里达州淹在水底的地方全部划成一块块的，卖给一些一无所知的投资者。他收入将近十万元时，那些老是大惊小怪、没事找事的主顾（我本人卖金表时也碰到过这种主顾，居然用消镪水来试验）之中有一个，精打细算地去佛罗里达旅游了一次，看看他买的地皮，检查检查周围的篱笆是不是需要打一两根桩子加固，顺便再贩一些柠檬，准备供应圣诞节的市场。他雇了一个测量员替他找这块地皮。他们费了九牛二虎之力，才发现广告上所说的乐园谷那个兴旺的小镇是在奥基乔比湖中心四十杆十六竿以南，二十度以东。那人买的地皮在三十六英尺深的水底下，并且已被鳄鱼和长嘴鱼占据了那么长时间，使他的主权颇有争议。

"那人回到芝加哥，自然闹得艾尔弗雷德·伊·里克斯火烧火燎的，热得像是气象台预报有降雪时的天气。里克斯驳斥了他的陈述，却无法否认鳄鱼的存在。有一天，报上用整整一栏的篇幅来揭发这件事，里克斯走投无路，只得从防火梯上逃出来。当局查到了他存钱的保管库，里克斯只得在手提包里放上几双袜子和十来条十五英寸半的领口，直奔西部。他的皮夹里恰好有几张火车代价券，勉强乘到我和比尔·巴西特所在的那个偏僻小镇，就给赶下火车，做了以利亚第三，却看不到叼粮食来的乌鸦。

"接着，这位艾尔弗雷德·伊·里克斯嚷嚷起来，说他也饿了，并且声明说他没有能力支付一餐饭的价值，更不用说价格了。因此我们三个人凑在一起，如果还有雅兴做些演绎推理和绘画说明的话，就可以代表劳动力、贸易和资本。但是贸易没有资本的时候，什么买卖都做不成。而资本没有金钱的时候，洋葱肉排的销路就不景气了。现在只能仰仗那个带钢撬的劳动力。

"'绿林弟兄们，'比尔·巴西特说，'到目前为止，我从没有在患难中

抛弃过朋友。我见到那个树林子里好像有一些简陋的住房。我们不妨先去那里，等到天黑再说。'

"小树林子里果然有一所没人住的、破旧的小房子，我们三人便占用了它。天黑之后，比尔·巴西特吩咐我们等着，他自己出去了半小时光景。他回来时，捧着一大堆面包、排骨和馅饼。

"'在瓦西塔路的一个农家那里搞来的。'他说，'让我们吃、喝、乐一下吧。'

"'皎洁的满月升了上来，我们在小屋里席地而坐，借着月光吃起来。这位比尔·巴西特便开始大吹牛皮了。'

"'有时候，'他嘴里满塞着土产品说，'你们这些自以为行业高我一等的人真叫我不耐烦。遇到目前这种紧急情况，你们两位有什么办法能使我们免于饿死？你办得到吗，里克斯？'

"'老实说，巴西特先生，'里克斯咬着一块馅饼，讲话的声音几乎听不见，'在目前这个时候，我也许不可能创办一个企业来改变困难的局面。我所经营的大事业自然需要事先做一些妥善的安排，我——'

"'我知道，里克斯，'比尔·巴西特插嘴说，'你不必讲下去啦。你先需要五百元雇用一个金发的女打字员，添置四套讲究的橡木家具，你再需要五百元来刊登广告。你还需要两星期的时间等鱼儿上钩，你的办法是远水救不了近火，好比遇到有人被低劣的煤气熏死的时候，就主张把煤气事业收归公有一样。他的把戏也救不了急，彼得斯老哥。'他结束说。

"'哦，'我说，'仙子先生，我还没有看见你用魔杖把什么东西变成金子呢。转转魔法戒指，搞一点儿残羹剩饭来，几乎人人都能做到。'

"'那只不过是先准备好南瓜罢了。'巴西特扬扬自得地说，'六匹马的马车待会儿就会出乎意料地来到你门口，灰姑娘。你也许有什么锦囊妙计，可以帮我们开个头吧。'

"'老弟，'我说，'我比你大十五岁，可是还没有老到要保人寿险的年纪。以前我也有过不名一文的时候。我们现在可以望到那个相去不到半英里的小镇上的灯火。我的师父是蒙塔古·西尔弗，当代最伟大的街头推销

员。此时，街上有几百个衣服上沾有油迹的行人。给我一盏汽油灯，一只木箱和两块钱的白橄榄香皂，把它切成小——'

"'你那两块钱打哪儿来呀？'比尔·巴西特哧哧笑着打断了我的话。跟这个窃贼一起，真是话不投机半句多。

"'不，'他往下说，'你们两个都束手无策啦。金融已经关门大吉，贸易也宣告歇业。你们两个只能指望劳动力来活动活动了。好吧。你们该认输了吧。今晚我给你们看看比尔·巴西特的能耐。'

"巴西特吩咐我和里克斯待在小屋子里等他回来，即使天色亮了也不要离开。他自己快活地吹着口哨，动身朝小镇走去。

"艾尔弗雷德·伊·里克斯脱掉鞋子和衣服，在帽子上铺了一方绸手帕当枕头，便躺在地板上。

"'我想我不妨睡一会儿。'他尖声尖气地说，'今天好累啊。明天见，亲爱的彼得斯先生。'

"'代我向睡神问好。'我说，'我想坐一会儿。'

"根据我那只被扣留在彼文镇的表来猜测，在约莫两点钟的时候，我们那位辛苦的人回来了。他踢醒了里克斯，把我们叫到小屋门口有一道月光的地方。接着，他把五个各装一千元的袋子摆在地板上，像刚下了蛋的母鸡似的咯咯叫起来。

"'我告诉你们一些有关小镇的情况。'他说，'那个小镇叫石泉，镇上的人正在盖一座共济会堂，看形势民主党的镇长候选人恐怕要被平民党打垮了，塔克法官的太太本来患着胸膜炎，最近好了些。我在获得所需的情报之前，不得不同居民们谈谈这些无聊的小事情。镇上有家银行，叫作樵农储蓄信托公司。昨天银行停止营业的时候有两万三千元存款。今天开门时还剩一万八千元——全是银币——这就是我不多带一些来的原因。怎么样，贸易和资本，你们还有什么话说？'

"'年轻的朋友，'艾尔弗雷德·伊·里克斯抱着手说道，'你抢了那家银行吗？哎呀，哎呀呀！'

"'你不能那么说。'巴西特说，'"抢"这个字未免不大好听。我所做的事只不过是找找银行在哪条街上。那个小镇非常寂静，我站在街角上都可以听到保险箱上号码盘的转动声——"往右拧到四十五；往左拧两圈到八十；往右拧一圈到六十；再往左拧到十五"——听得一清二楚，正如听耶鲁大学足球队长用暗语发号施令一样。老弟，'巴西特又说，'这个镇上的人起得很早。他们说镇上的居民天没亮就都起来活动了。我问他们为什么不多睡一会儿，他们说因为那时候早饭就做好了。那么快活的罗宾汉该怎么办呢？只有叮叮当当地赶快开路。我给你们赌本。你要多少？快说，资本。'

"'我亲爱的年轻朋友，'里克斯说，他活像一只用后腿蹲、用前爪摆弄硬果的地松鼠，'我在丹佛有几个朋友，他们可以帮助我。只要有一百块钱，我就可以——'

"巴西特打开一包钱，取出五张二十元的钞票扔给了里克斯。

"'贸易，你要多少？'他问我说。

"'把你的钱收起来吧，劳动力。'我说，'我一向不从辛辛苦苦干活儿的人身上搞他们来之不易的小钱。我搞的都是在傻瓜笨蛋的口袋里烧得慌的多余的钱。当我站在街头，把三块钱一枚的钻石金戒指卖给乡巴佬的时候，只不过赚了两块六。我知道他会把这只戒指送给一个姑娘，来酬答相当于一枚一百二十五元的戒指所产生的利益。他的利润是一百二十二元。我们两人中间哪一个是更大的骗子呢？'

"'可是当你把五毛钱一撮的沙子卖给穷苦女人，说是可以防止油灯爆炸的时候，'巴西特说，'沙子的价钱是四毛钱一吨；那你以为她的净利是多少呢？'

"'听着。'我说，'我叮嘱她要把油灯擦干净，把油加足。她照我的话做了，油灯就不会爆炸。她以为油灯里有了我的沙子就不会炸，也就放心了。这可以说是工业上的基督教科学疗法。她花了五毛钱，洛克菲勒和埃迪夫人都为她效了劳。不是每个人都能请这对有钱的孪生兄妹来帮忙的。'

"艾尔弗雷德·伊·里克斯对比尔·巴西特感激涕零，差一点儿没去舔他的鞋子。

"'我亲爱的年轻朋友,'他说,'我永远都忘不了你的慷慨。上天会保佑你的。不过我请求你以后不要采用暴力和犯罪的手段。'

"'胆小鬼,你还是躲到壁板里的耗子洞里去吧,'比尔说,'在我听来,你的信条和教诲像是自行车打气筒最后的声音。你那种道貌岸然、高高在上的掠夺方式造成了什么结果?不过是贫困穷苦而已。就拿彼得斯老哥来说,他坚持要用商业和贸易的理论来玷污抢劫的艺术,如今也不得不承认他完蛋了。你们两个的做法是行不通的。彼得斯老哥,'比尔说,'你最好还是在这笔经过防腐处理的钱里取一份吧。'

"我再一次吩咐比尔·巴西特把钱收起来。我不像某些人那样尊重盗窃。我拿了人家的钱总要给人家代价,即使是一些提醒人家下次不要再上当的小小的纪念品。

"接着,艾尔弗雷德·伊·里克斯又卑躬屈节地谢了比尔,便同我们告别了。他说他要向农家借一辆马车,乘到车站,然后搭去丹佛的火车。那个叫人看了伤心的虫豸告辞之后,空气为之一新。他丢了全国不劳而获的行业的脸。他搞了许多庞大的计划和华丽的办公室,到头来还混不上一顿像样的饭,还得仰仗一个素昧平生、也许不够谨慎的窃贼。他离开后,我很高兴;虽然看到他就此一蹶不振,不免有点儿替他伤心。这个人没有大本钱时又能干些什么?嘿,艾尔弗雷德·伊·里克斯同我们分手的时候简直像一只四脚朝天的乌龟那样毫无办法。他甚至想不出计谋来骗小姑娘的石笔呢。

"只剩下我和比尔·巴西特两个人的时候,我开动了一下脑筋,想出一个包含生意秘密的计策。我想,我得让这位窃贼先生看看,贸易同劳力之间究竟有什么差别。他奚落了商业和贸易,伤了我的职业自豪感。

"'我不愿意接受你送给我的钱,巴西特先生,'我对他说,'你今晚用不道德的方法害得这个小镇的财政有了亏空。在我们离开这个危险地带之前,如果你能替我支付路上的花费,我就很领情了。'

"比尔·巴西特同意这样做,于是我们向西出发——到安全地点就搭上火车。

"火车开到亚利桑那州一个叫洛斯佩罗斯的小镇上，我提议我们不妨再在小地方碰碰运气。那是我以前的师父蒙塔古·西尔弗的家乡。如今他已退休了。我知道，只要我把附近营营作声的苍蝇指给蒙塔古看，他就会教我怎么张网捕捉。比尔·巴西特说他主要是在夜间工作的，因此任何城镇对他都没有区别。于是我们在这个产银地区的洛斯佩罗斯小镇下了火车。

"我有一个又巧妙又稳妥的打算，简直等于一条商业的甩石鞭，我准备用它来打中巴西特的要害。我并不想趁他睡熟的时候拿走他的钱，而是想留给他一张代表四千七百五十五元的彩票——据我估计，我们下火车时他的钱还剩下那么多。我旁敲侧击地谈起某种投资，他立刻反对我的意见，说了下面一番话。

"'彼得斯老哥，'他说，'你提议加入某个企业的主意并不坏。我想我会这么做。但是，我要参加的企业必须十分可靠，非要罗伯特·伊·皮尔里和查尔斯·费尔班克斯之类的人当董事不可。'

"'我原以为你打算拿这笔钱来做买卖呢。'我说。

"'不错，'他说，'我不能整夜抱着钱睡，不翻翻身子。我告诉你，彼得斯老哥，'他说，'我打算开一家赌场。我不喜欢无聊的骗局，例如叫卖搅蛋器，或者在巴纳姆和贝利的马戏场里推销那种只能当铺地锯末用的麦片。但是从利润观点来看，赌场生意是介乎偷银器和在沃尔多夫—阿斯托里亚旅馆义卖抹笔布之间的很好的折中办法。'

"'那么说，巴西特先生，'我说，'你是不是不愿意听听我的小计划了？'

"'哎，你要明白，'他说，'你不可能在我落脚地点方圆五十英里以内办任何企业。我是不会上钩的。'"

"巴西特租了一家酒店的二楼，采办了一些家具和五彩石印画。当天晚上，我去蒙塔古·西尔弗家，向他借了两百元做本钱。我到洛斯佩罗斯独家经营纸牌的商店，把他们的纸牌全部买了下来。第二天，那家商店开门后，我又把纸牌全都送了回去。我说同我合作的搭档改变了主意；我要把纸牌退给店里。老板以半价收回去了。

"不错，到那时候为止，我反而亏了七十五元。可是我在买纸牌的那天晚上，把每副牌的每一张的背后都做了记号。那是劳动。接着，贸易和商业开动了。我扔在水里当鱼饵的面包开始以酒渍布丁的形式回来了。

"第一批去比尔·巴西特的赌场买筹码的人中当然少不了我。比尔在镇上唯一出售纸牌的店里买了纸牌；我认得每一张纸牌的背面，比理发师用两面镜子照着，让我看自己的后脑勺还要清楚。

"赌局结束时，那五千元和一些零头都进了我的口袋，比尔·巴西特只剩下他的流浪癖和他买来取个吉利的黑猫。我离去时，比尔同我握握手。

"'彼得斯老哥，'他说，'我没有做生意的才能。我注定是劳碌命。当一个第一流的窃贼想把钢撬换成弹簧秤时，他就闹了大笑话。你玩牌的手法很熟练，很高明。'他说，'祝你鸿运高照。'以后我再也没有见到比尔·巴西特。"

"嗯，杰甫，"当这个奥托里格斯式的冒险家仿佛要宣布他故事的要旨时，我说道，"我希望你好好保存这笔钱。有朝一日你安顿下来，想做些正经的买卖时，这将是一笔相当正——相当可观的资本。"

"我嘛！"杰甫一本正经地说，"我当然很关心这五千块钱。"

他得意非凡地拍拍上衣胸口。

"金矿股票，"他解释说，"每一分钱都投资在这上面。票面每股一元。一年之内至少升值百分之五百。并且是免税的。蓝金花鼠金矿。一个月之前刚发现的。你手头如果有多余的钱最好也投些资。"

"有时候，"我说，"这些矿是靠不——"

"哦，这个矿可保险呢。"杰甫说，"已经发现了价值五万元的矿砂，保证每月有百分之十的赢利。"

他从口袋里掏出一个长信封，往桌上一扔。

"我总是随身带着，"他说，"这样窃贼就休想染指，资本家也无从下手来掺水了。"

我看看那张印刷精美的股票。

"哦,这家公司在科罗拉多。"我说,"喂,杰甫,我顺便问你一句,你和比尔在车站上遇到的,后来去丹佛的那个矮个子叫什么名字来着?"

"那家伙叫艾尔弗雷德·伊·里克斯。"杰甫说。

"哦,"我说,"这家矿业公司的经理署名是艾·尔·弗雷德里克斯。我不明白——"

"让我看看那张股票。"杰甫忙不迭地说,几乎是从我手上把它夺过去的。

为了多少缓和一下这种尴尬的局面,我招呼侍者过来,再要了一瓶巴贝拉酒。我想我也只能这样做。

贾德森·塔特，一个老道且颇有心计的推销商，尽管五官长得是那么不协调，甚至可以说是可怕，却生就一副好嗓子。他以这个为基础，再利用他那善辩的口才，达到了他一个又一个的目的。文章用漫画般的笔触勾勒出故事的中心人物——丑陋无比却嗓音甜美并且善于雄辩的一个人物。贾德森·塔特用他那特有的才能居然将镇长美貌的女儿娶到手，而相貌英俊的弗格斯·麦克马汉因不善言谈最终使自己心仪之人花落旁家。就在读者沉浸在这个爱情故事之中时，突然峰回路转，贾德森·塔特的真正目的是向大家推销一种药品，一种专治感冒后嗓子不出声的药，就是通过这个药，他最终抱得美人归。

他 从德斯布罗萨斯街的渡口出来时，我不由得对他发生了兴趣。看他那神气，是个见多识广、四海为家的人；来到纽约的样子，又像是一个暌违多年，重新回到自己领地来的领主。尽管他露出这种神情，我却断定他以前从未踩上过这个满是哈里发的城市的滑溜的圆石子街道。

他穿着一套宽大、蓝中带褐、颜色古怪的衣服，戴着一顶老式的、圆圆的巴拿马草帽，不像北方的时髦人物那样在帽帮上捏出花哨的凹塘，斜戴成一个角度。此外，他那出奇的丑陋不但使人厌恶，而且使人吃惊——他那副林肯式的愁眉蹙额的模样和不端正的五官，简直会使你诧异和害怕得目瞪口呆。渔夫捞到的瓶子里窜出的一股妖气变的怪物，恐怕也不过如此。后来他告诉我，他名叫贾德森·塔特；为了方便起见，我们从现在起就用这个名字来称呼他。他的绿色绸领带用黄玉环扣住，手里握着一根鲨鱼脊骨做的手杖。

贾德森·塔特招呼了我，仿佛旧地重游记不清一些无关紧要的细节似的，大大咧咧地向我打听本市街道和旅馆的一般情况。我觉得没有理由来贬低我自己下榻的商业区那家清静的旅馆；于是，到了下半夜，我们已经吃了饭，喝了酒（是我付的账），就打算在那家旅馆的休息室里找一个清静的角落坐下来抽烟了。

贾德森·塔特仿佛有什么话要讲给我听。他已经把我当作朋友了；他每说完一句话，便把那只给鼻烟染黄的、像轮船大副的手一般粗大的手在我鼻子前面不到六英寸的地方晃着。我不由得想起，他把陌生人当作敌人时是不是也这么突兀。

我发觉这个人说话时身上散发出一种力量。他的声音像是动人的乐器，被他用华彩出色的手法弹奏着。他并不想让你忘却他的丑陋，反而在你面前炫示，并且使之成为他言语魅力的一部分。如果你闭上眼睛，至少会跟着这个捕鼠人的笛声走到哈默尔恩的城墙边。你不至于稚气得再往前走。不过让他替他的言辞谱上音乐吧，如果不够味儿，那该由音乐负责。

"女人，"贾德森·塔特说，"是神秘的。"

我的心一沉。我可不愿意听这种老生常谈——不愿意听这种陈腐浅薄、枯燥乏味、不合逻辑、不能自圆其说、早就给驳倒的诡辩——这是女人自己创造出来的古老、无聊、毫无根据、不着边际、残缺而狡猾的谎言；这是她们为了证明、促进和加强她们自己的魅力和谋算而采取的卑劣、秘密和欺诈的方法，从而暗示、蒙混、灌输、传播和聪明地散布给人们听的。

"哦，原来如此！"我说的是大白话。

"你有没有听说过奥拉塔马？"他问道。

"可能听说过。"我回答说，"我印象中仿佛记得那是一个芭蕾舞演员——或者是一个郊区——或者是一种香水的名字？"

"那是外国海岸上的一个小镇，"贾德森·塔特说，"那个国家的情况，你一点儿不知道，也不可能了解。它由一个独裁者统治着，经常发生革命和叛乱。一出伟大的生活戏剧就是在那里演出的，主角是美国最丑的人贾德森·塔特，还有无论在历史或小说中都算是最英俊的冒险家弗格斯·麦克马汉，以及奥拉塔马镇镇长的美貌女儿安娜贝拉·萨莫拉。还有一件事应该提一提——除了乌拉圭三十三人省以外，世界上任何别的地方都没有一种叫楚楚拉的植物。我刚才提到的那个国家的产品有贵重木料、染料、黄金、橡胶、象牙和可可。"

"我一向以为南美洲是不生产象牙的呢。"我说。

"那你就错上加错了。"贾德森·塔特说。他那美妙动人的声音抑扬顿挫，至少有八个音度宽，"我并没说我所谈的国家在南美洲哇——我必须谨慎，亲爱的朋友；要知道，我在那里是搞过政治的。虽然如此，我跟那个国家的总统下过棋，棋子是用貘的鼻骨雕刻成的——貘是安第斯山区的一种角蹄类动物——那棋子看起来同上好的象牙一模一样。

"我要告诉你的不是动物，而是浪漫史和冒险，以及女人的气质。

"十五年来，我一直是那个共和国至高无上的独裁者老桑乔·贝纳维德斯背后的统治力量。你在报上见过他的相片——一个窝囊的黑家伙，脸上的胡子像是瑞士音乐盒圆筒上的钢丝，右手握着一卷像是记家谱的《圣经》扉页那样的纸头。这个巧克力色的统治者一向是种族分界线和纬线之间最惹人注意的人物。很难预料他的结局是登上群英殿呢，还是身败名裂。当时，如果不是格罗弗·克利夫兰在做总统的话，他一定会被称为南方大陆的罗斯福。他总是当一两任总统，指定了暂时继任人选之后，再退休一个时期。

"但是替'解放者'贝纳维德斯赢得这些声誉的并不是他自己。不是他，而是贾德森·塔特。贝纳维德斯只不过是个傀儡。我总是指点他，什么时候该宣战，什么时候该提高进口税，什么时候该穿大礼服。但是我要讲给你听的并不是这种事情。我怎么会成为有力人物呢？我告诉你吧。自从亚当睁开眼睛，推开嗅盐瓶，问道'我怎么啦'以来，能发出声音的人中间，要数我最出色。

"你也看到，除了新英格兰早期主张信仰疗法的基督徒的相片以外，我可以算是你生平碰见的最丑的人。因此，我很年轻时便知道必须用口才来弥补相貌的不足。我做到了这一点。我要的东西总能到手。作为在老贝纳维德斯背后出主意的人，我把历史上所有伟大的幕后人物，诸如塔利兰、庞巴杜夫人和洛布，都比得像俄国杜马中少数派的提案了。我用三寸不烂之舌可以说得国家负债或者不负债，使军队在战场上沉睡，用寥寥数语来减少暴动、骚乱、税收、拨款或者盈余，用鸟鸣一般的呼哨唤来战争之犬或者和平之鸽。别人身上的俊美、肩章、卷曲的胡须和希腊式的面相同我是无缘的。人家一看到我就要打寒战。可是我一开口说话，不出十分钟，听的人就被我迷住了，除非他们害了晚期心绞痛。不论男女，只要碰到我，无不被我迷住。呃，你不见得认为女人会爱上像我这种面相的人吧?"

"哦，不，塔特先生。"我说，"迷住女人的丑男子常常替历史增添光彩，使小说黯然失色。我觉得——"

"对不起，"贾德森·塔特打断了我的话，"你还不明白我的意思。你先请听我的故事。"

"弗格斯·麦克马汉是我在京都的一个朋友。拿俊美来说，我承认他是货真价实的。他五官端正，有着金黄色的鬈发和笑吟吟的蓝眼睛。人们说他活像那个叫作赫耳墨斯的塑像，就是摆在罗马博物馆里的语言与口才之神。我想那大概是一个德国的无政府主义者。那种人老是装腔作势，说个没完。

"不过弗格斯没有口才。他从小就形成了一个观念，认为只要长得漂亮，一辈子就受用不尽。听他谈话，就好比你想睡觉时听到了水滴落到床头的一个铁皮碟子上的声音一样。他和我却交上了朋友——也许是因为我们如此不同吧，你不觉得吗? 我刮胡子时，弗格斯看看我那张像是在万圣节前夜戴的面具的怪脸，似乎就觉得高兴; 当我听到他那称之为谈话的微弱的喉音时，我觉得作为一个银嗓子的丑八怪也心满意足了。

"有一次，我不得不到奥拉塔马这个滨海小镇来解决一些政治动乱，在海关和军事部门砍掉几颗脑袋。弗格斯，他掌握着这个共和国的冰和硫黄火柴的专卖权，说是愿意陪我跑一趟。

"在骡帮的铃铛声中，我们长驱直入奥拉塔马，这个小镇便属于我们了; 正如西奥多·罗斯福在奥伊斯特湾时，长岛海峡不属于日本人一样。我说的虽然是'我们'，事实上是指'我'。只要是到过四个国家，两个海洋，一个海湾和地峡，以及五个群岛的人，都听到过贾德森·塔特的大名。

人们管我叫绅士冒险家。黄色报纸用了五栏，一个月刊用了四万字（包括花边装饰），《纽约时报》用第十二版的全部篇幅来报道我的消息。如果说我们在奥拉塔马受到欢迎的部分原因是弗格斯·麦克马汉的俊美，我就可以把我那巴拿马草帽里的标签吃下去。他们张灯结彩是为了我。我不是爱妒忌的人；我说的是事实。镇上的人都是尼布拉加尼撒；他们在我面前拜倒草地；因为这个镇里没有尘埃可以拜倒。他们向贾德森·塔特顶礼膜拜。他们知道我是桑乔·贝纳维德斯背后的主宰。对他们来说，我的一句话比任何人的话更像是东奥罗拉图书馆书架上的全部毛边书籍。居然有人把时间花在美容上——抹冷霜，按摩面部（顺眼睛内角按摩），用安息香酊防止皮肤松弛，用电疗来除黑痣——是什么目的？要漂亮。哦，真是大错特错！美容师应该注意的是喉咙。起作用的不是赘疣而是言语，不是爽身粉而是谈吐，不是香粉而是聊天，不是花颜玉容而是甘言巧语——不是照片而是留声机。闲话少说，还是谈正经的吧。

"当地头面人物把我和弗格斯安顿在蜈蚣俱乐部里，那是一座建筑在海边桩子上的木头房子。涨潮时海水和房子相距只有九英寸。镇里的大小官员、诸色人等都来致敬。哦，并不是向赫耳墨斯致敬。他们早听到贾德森·塔特的名声了。

"一天下午，我和弗格斯·麦克马汉坐在蜈蚣旅馆朝海的回廊里，一面喝冰甘蔗酒，一面聊天。

"'贾德森，'弗格斯说道，'奥拉塔马有一个天使。'

"'只要这个天使不是加百列，'我说，'你谈话的神情为什么像是听到了最后审判的号角声那样紧张？'

"'是安娜贝拉·萨莫拉小姐。'弗格斯说，'她——她——她美得——没治！'

"'呵呵！'我哈哈大笑说，'听你形容你情人的口吻倒真像一个多情种子。你叫我想起了浮士德追求玛格丽特的事——就是说，假如他进了舞台的活板底下之后仍旧追求她的话。'

"'贾德森，'弗格斯说，'你知道你自己像犀牛一般丑。你不可能对女

人发生兴趣。我却发疯般地迷上了安娜贝拉小姐。因此我才讲给你听。'

"'哦，当然啦。'我说，'我知道我自己的面孔像是尤卡坦杰斐逊县那个守着根本不存在的窖藏的印第安阿兹特克偶像。不过有补偿的办法。比如说，在这个国家里抬眼望到的地方，以及更远的地方，我都是至高无上的人物。此外，当我和人们用口音、声音、喉音争论的时候，我说的话并不限于那种低劣的留声机式的胡言乱语。'

"'哦，'弗格斯亲切地说，'我知道不论闲扯淡或者谈正经，我都不成。因此我才请教你。我要你帮我忙。'

"'我怎么帮忙呢？'我问道。

"'我已经买通了安娜贝拉小姐的陪媪，'弗格斯说，'她名叫弗朗西斯卡。贾德森，你在这个国家里博得了大人物和英雄的名声。'

"'正是，'我说，'我是当之无愧的。'

"'而我呢，'弗格斯说，'我是北极和南极之间最漂亮的人。'

"'如果只限于相貌和地理，'我说，'我完全同意你的说法。'

"'你我两人，'弗格斯说，'我们应该能把安娜贝拉·萨莫拉小姐弄到手。你知道，这位小姐出身于一个古老的西班牙家族，除了看她坐着马车在广场周围兜圈子，或者傍晚在栅栏窗外瞥见她一眼之外，她简直像星星那样高不可攀。'

"'替我们中间哪一个去弄啊？'我问道。

"'当然是替我。'弗格斯说，'你从来没有见过她。我吩咐弗朗西斯卡把我当作你，已经指点给安娜贝拉看过好几次了。她在广场上看见我的时候，以为看到的是全国最伟大的英雄、政治家和浪漫人物、堂堂的贾德森·塔特呢。把你的声名和我的相貌合在一个人身上，她是无法抗拒的。她当然听到过你那惊人的经历，又见过我。一个女人还能有什么别的企求？'

"'她的要求不能降低一点儿吗？'我问道，'我们怎么各显身手，怎么分摊成果呢？'

"弗格斯把他的计划告诉了我。

"他说，镇长堂路易斯·萨莫拉的房子有一个院子——通向街道的院子。院内一角是他女儿房间的窗口——那地方黑得不能再黑了。你猜他要我怎么办？他知道我口才流利，有魅力，有技巧，让我半夜到院子里去，那时候我这张鬼脸看不清了，然后代他向萨莫拉小姐求爱——代她在广场上照过面的、以为是贾德森·塔特的美男子求爱。

　　"我为什么不替他，替我的朋友弗格斯·麦克马汉效劳呢？他来求我就是看得起我——承认了他自己的弱点。

　　"'你这个白百合一般、金头发、精打细磨、不会开口的小木头，'我说，'我可以帮你忙。你去安排好，晚上带我到她窗外，在月光颤音的伴奏下，我滔滔不绝地谈起来，她就是你的了。'

　　"'把你的脸遮住，贾德森。'弗格斯说，'千万把你的脸遮严实。讲到感情，你我是生死之交，但是这件事非同小可。我自己能说话也不会请你去。如今看到我的面孔，听到你的说话，我想她非给弄到手不可了。'

　　"'到你的手？'我问道。

　　"'我的。'弗格斯说。"

　　"嗯，弗格斯和陪媪弗朗西斯卡安排好了细节。一天晚上，他们替我准备好一件高领子的黑色长披风，半夜把我领到那座房子那里。我站在院子里窗口下面，终于听到栅栏那边有一种天使般又柔和又甜蜜的声音。我依稀看到里面有一个穿白衣服的人影。我把披风领子翻了上来，一方面是忠于弗格斯，一方面是因为那时正当七月潮湿的季节，夜晚寒意袭人。我想到结结巴巴的弗格斯，几乎笑出声来，接着我开始说话了。

　　"嗯，先生，我对安娜贝拉小姐说了一小时话。我说'对她'，因为根本没有'同她'说话。她只是偶尔说一句'哦，先生'，或者'呀，你不是骗人吧？'或者'我知道你不是那个意思'，以及诸如此类的、女人被追求得恰到好处时所说的话。我们两人都懂得英语和西班牙语；于是我运用这两种语言替我的朋友弗格斯去赢得这位小姐的心。如果窗口没有栅栏，我用一种语言就行了。一小时之后，她打发我走，并且给了我一朵大大的红玫瑰花。我回来后把它转交给了弗格斯。

　　"每隔三四个晚上，我就代我的朋友到安娜贝拉小姐的窗子下面去一次，这样持续了三星期之久。最后，她承认她的心已经属于我了，还说每天下午驾车去广场的时候都看到了我。她见到的当然是弗格斯。但是赢得她心的是我的谈话。试想，如果弗格斯自己跑去待在黑暗里，他的俊美一点儿也看不见，他一句话也不说，那能有什么成就！

"最后一晚，她答应跟我结婚了——那是说，跟弗格斯。她把手从栅栏里伸出来让我亲吻。我给了她一吻，并且把这消息告诉了弗格斯。

"'那件事应该留给我来做。'他说。

"'那将是你以后的工作。'我说，'一天到晚别说话，光是吻她。以后等她认为已经爱上你时，她也许就辨不出真正的谈话和你发出的嗫嚅之间的区别了。'

"且说，我从来没有清楚地见过安娜贝拉小姐。第二天，弗格斯邀我一起去广场上，看看我不感兴趣的奥拉塔马交际界人物的行列。我去了；小孩儿和狗一看到我的脸都往香蕉林和红树沼地上逃。

"'她来啦，'弗格斯捻着胡子说——'穿白衣服，坐着黑马拉的敞篷车。'

"我一看，觉得脚底下的地皮都在晃动。因为对贾德森·塔特来说，安娜贝拉·萨莫拉小姐是世界上最美的女人，并且从那一刻起，是唯一最美的女人。我一眼就明白我必须永远属于她，而她也必须永远属于我。我想起自己的脸，几乎晕倒；紧接着我又想起我其他方面的才能，又站稳了脚跟。何况我曾经代替一个男人追求了她有三星期之久呢！

"安娜贝拉小姐缓缓驶过时，她用那乌黑的眼睛温柔地、久久地瞟了弗格斯一下，那个眼色足以使贾德森·塔特魂魄飞扬，仿佛坐着胶轮车似的直上天堂。但是她没有看我。而那个美男子只是在我身边拢拢他的鬈发，像浪子似的嬉笑着昂首阔步。

"'你看她怎么样，贾德森？'弗格斯得意扬扬地问道。

"'就是这样。'我说，'她将成为贾德森·塔特夫人。我一向不做对不起朋友的事。所以言明在先。'

"我觉得弗格斯简直要笑破肚皮。

"'呵，呵，呵，'他说，'你这个丑八怪！你也给迷住了，是吗？好极啦！不过你太迟啦。弗朗西斯卡告诉我，安娜贝拉日日夜夜不谈别的，光谈我。当然，你晚上同她谈话，我非常领你的情。不过你要明白，我觉得我自己去的话也会成功的。'

"'贾德森·塔特夫人。'我说，'别忘掉这个称呼。你利用我的舌头来配合你的漂亮，老弟。你不可能把你的漂亮借给我；但是今后我的舌头是我自己的了。记住"贾德森·塔特夫人"，这个称呼将印在两英寸阔、三英寸半长的名片上。就是这么一回事。'

"'好吧。'弗格斯说着又笑了，'我跟她的镇长爸爸讲过，他表示同意。明天晚上，他要在他的新仓库里举行招待舞会。如果你会跳舞，贾德森，我希望你也去见见未来的麦克马汉夫人。'

"第二天傍晚，在萨莫拉镇长举行的舞会上，当音乐奏得最响亮的时候，贾德森·塔特走了进去。他穿着一套新麻布衣服，神情像是全国最伟大的人物，事实上也是如此。

"有几个乐师见到我的脸，演奏的乐曲马上走了调。一两个最胆小的小姐禁不住尖叫起来。但是镇长忙不迭地跑过来，一躬到地，几乎用他的额头擦去了我鞋子上的灰尘。光靠面孔漂亮是不会引起这么惊人的注意的。

"'萨莫拉先生，'我说，'我久闻你女儿的美貌。我很希望有幸见见她。'

"约莫有六打粉红色布套的柳条椅靠墙放着。安娜贝拉小姐坐在一张摇椅上，她穿着白棉布衣服和红便鞋，头发上缀着珠子和萤火虫。弗格斯在屋子的另一头，正想摆脱两个咖啡色、一个巧克力色的女郎的纠缠。

"镇长把我领到安娜贝拉面前，做了介绍。她一眼看到我的脸，大吃一惊，手里的扇子掉了下来，摇椅几乎翻了身。我倒是习惯于这种情形的。

"我在她身边坐下，开始谈话。她听到我的声音不禁一怔，眼睛睁得像鳄梨一般大。她简直无法把我的声音和我的面相配合起来。不过我继续不断地用C调谈着话，那是对女人用的调子；没多久她便安安静静地坐在椅子上，眼睛里露出一种恍惚的样子。她慢慢地入彀了。她听说过有关贾德森·塔特的事情，听说过他是一个多么伟大的人物，干过许多伟大的事业；

那对我是有利的。但是，当她发觉伟大的贾德森并不是人家指点给她看的那个美男子时，自然不免有些震惊。接着，我改说西班牙语，在某种情况下，它比英语好，我把它当作一个有千万根弦的竖琴那样运用自如，从降 G 调一直到 F 高半音。我用我的声音来体现诗歌、艺术、传奇、花朵和月光。我还把我晚上在她窗前念给她的诗背了几句；她的眼睛突然闪出柔和的光亮，我知道她已经辨出了半夜里向她求爱的那个神秘人的声音。

"总之，我把弗格斯·麦克马汉挤垮了。啊，口才是货真价实的艺术——那是不容置疑的。言语漂亮，才是漂亮。这句谚语应当改成这样。

"我和安娜贝拉小姐在柠檬林子里散了一会儿步，弗格斯正愁眉苦脸地同那个巧克力色的姑娘跳华尔兹。我们回去之前，她同意我第二天半夜到院子里去，在她窗下再谈谈话。

"呃，经过非常顺利。不出两星期，安娜贝拉和我订了婚，弗格斯完了。作为一个漂亮的人，他处之泰然，并且对我说他不准备放弃。

"'口才本身很起作用，贾德森，'他对我说，'尽管我以前从没有想到要培养它。但是凭你的尊容，指望用一些话语来博得女人的欢心，那简直是画饼充饥了。'

"我还没有讲到故事的正文呢。

"一天，我在火热的阳光底下骑马骑了好久，没等到凉爽下来，就在镇边的礁湖里洗了一个冷水澡。

"天黑之后，我去镇长家看安娜贝拉。那时候，我每天傍晚都去看她，我们打算一个月后结婚。她仿佛一只夜莺，一头羚羊，一朵香水月季，她的眼睛又明亮又柔和，活像银河上撒下来的两夸脱奶油。她看到我那丑陋的相貌时，并没有害怕或厌恶的样子。老实说，我觉得我看到的是无限的柔情蜜意，正像她在广场上望着弗格斯时那样。

"我坐下来，开始讲一些安娜贝拉爱听的话——我说她是一个托拉斯，把全世界的美丽都垄断了。我张开嘴巴，发出来的不是往常那种打动心弦的爱慕和奉承的话语，却是像害喉炎的娃娃发出的微弱的嘶嘶声。我说不出一个字、一个音节、一声清晰的声音。我洗澡不小心，着凉倒了嗓子。

　　"我坐了两个小时，想给安娜贝拉提供一些消遣。她也说了一些话，不过显得虚与委蛇、淡而无味。我想竭力达到的算是话语的声音，只是退潮时分蛤蜊所唱的那种'海洋里的生活'。安娜贝拉的眼睛仿佛也不像平时那样频频地望着我了。我没有办法来诱惑她的耳朵。我们看了一些画，她偶尔弹弹吉他，弹得非常坏。我离去时，她的态度很冷漠——至少可以说是心不在焉。

　　"这种情况持续了五个晚上。

　　"第六天，她跟弗格斯·麦克马汉跑了。

　　"据说他们是乘游艇逃到贝利塞去的，他们离开了已有八小时。我乘了税务署的一条小汽艇赶去。

　　"我上船之前，先到老曼努埃尔·伊基托——一个印第安混血药剂师的药房里去。我说不出话，只好指指喉咙，发出一种管子漏气似的声音。他打起哈欠来。根据当地的习惯，他要过一小时才理会我。我隔着柜台探过身去，抓住他的喉咙，再指指我自己的喉咙。他又打了一哈欠，把一个盛着黑色药水的小瓶放在我手里。

　　"每隔两小时吃一小匙。他说。

　　"我扔下一块钱，赶到汽艇上。

　　"我在安娜贝拉和弗格斯的游艇后面赶到了贝利塞港口，只比他们迟了十三秒。我船上的舢板放下去时，他们的舢板刚向岸边划去。我想吩咐水手们划得快些，可声音还没有发出就在喉头消失了。我记起了老伊基托的药水，连忙掏出瓶子喝了一口。

　　"两条舢板同时到岸。我笔直地走到安娜贝拉和弗格斯面前。她的眼光在我身上停留了一会儿；接着便掉过头去，充满感情和自信地望着弗格斯。我知道自己说不出话，但是也顾不得了。我的全部希望都寄托在话语上面。在美貌方面，我是不能站在弗格斯身边同他相比的。我的喉咙和会厌软骨纯粹出于自动，要发出我心里想说的话。

　　"使我大吃一惊、喜出望外的是，我的话语滔滔不绝地说了出来，非常清晰、响亮、圆润，充满了力量和压抑已久的感情。

"'安娜贝拉小姐,'我说,'我可不可以单独同你谈一会儿?'

"你不见得想听那件事的细节了吧?多谢。我原有的口才又回来了。我带她到一株椰子树下,把以前的言语魅力又加在她身上。

"'贾德森,'她说,'你同我说话的时候,我别的都听不见了——都看不到了——世界上任何事情、任何人都不在我眼里了。'

"嗯,故事到这里差不多完了。安娜贝拉随我乘了汽艇回到奥拉塔马。我再没有听到弗格斯的消息,再也没有见到他。安娜贝拉成了现在的贾德森·塔特夫人。我的故事是不是使你厌烦?'"

"不。"我说,"我一向对心理研究很感兴趣。人的心——尤其是女人的心——真是值得研究的奇妙的东西。"

"不错。"贾德森·塔特说,"人的气管和支气管也是如此,还有喉咙。你有没有研究过气管?"

"从来没有,你的故事使我很感兴趣。我可不可以问候塔特夫人,她目前身体可好,在什么地方?"

"哦,当然。"贾德森·塔特说,"我们住在泽西城伯根路。奥拉塔马的天气对塔特太太并不合适。我想你从来没有解剖过会厌杓状软骨,是吗?"

"没有,"我说,"我不是外科医生。"

"对不起,"贾德森·塔特说,"但是每一个人都应该懂得足够的解剖学和治疗学,以便保护自己的健康。突然着凉可能会引起支气管炎或者肺泡炎症,从而严重地影响发音器官。"

"也许是这样,"我有点儿不耐烦地说,"不过这话跟我们刚才谈的毫不相干。说到女人感情的奇特,我——"

"是啊,是啊,"贾德森·塔特插嘴说,"她们的确特别。不过我要告诉你的是:我回到奥拉塔马以后,从老曼努埃尔·伊基托那里打听到了他替我医治失音的药水里有什么成分。我告诉过你,它的效力有多么快。他的药水是用楚楚拉植物做的。嘿,你瞧。"

贾德森·塔特从口袋里掏出一个椭圆形的白色纸盒。

"这是世界第一良药,"他说,"专治咳嗽、感冒、失音或者气管炎症。

盒子上印有成分单。每片内含甘草 2 分，妥鲁香胶 1/10 分，大茴香油 1/20 量滴，松馏油 1/60 量滴，荜澄茄油树脂 1/60 量滴，楚楚拉浸膏 1/10 量滴。"

"我来纽约，"贾德森·塔特接着说，"是想组织一家公司，经销这种空前伟大的喉症药品。目前我只是小规模地推销。我这里有一盒四打装的喉片，只卖五毛钱。假如你害——"

我站起身，一声不响地走开了。我慢慢逛到旅馆附近的小公园，让贾德森·塔特心安理得地独自待着。我心里很不痛快。他慢慢地向我灌输了一个我可能利用的故事。那里面有一丝生活的气息，还有一些结构，如果处理得当，是可以出笼的，结果它却证明是一颗包着糖衣的商业药丸。最糟的是我不能抛售它，广告部和会计室会看不起我的。并且它根本够不上文学作品的条件。因此，我同别的失意的人们一起坐在公园的椅子上，眼皮逐渐耷拉下来。

我回到自己的房间，照例看了一小时我喜欢的杂志上的故事。这是为了让我的心思重新回到艺术上去。

我看了一篇故事，就伤心地把杂志一本本地扔在地上。每一位作家毫无例外地都不能安慰我的心灵，只是轻快活泼地写着某种特殊牌子的汽车的故事，仿佛因而抑制了自己的天才的火花塞。

当我扔开最后一本杂志的时候，我打起精神来了。

"如果读者受得了这许多汽车，"我暗忖着，"当然也受得了塔特的奇效楚楚拉气管炎复方含片。"

假如你看到这篇故事发表的话，你明白生意总是生意，如果艺术远远地跑在商业前面，商业是会急起直追的。

为了善始善终起见，我不妨再加一句：楚楚拉这种草药在药房里是买不到的。

小利亚诺因为失手杀人而逃到布埃纳斯蒂埃拉斯。在那里，一个骗局正在等待着他的参与。故事在作者的笔下变得峰回路转。小利亚诺和撒克在骗得一大笔钱后却没有远走高飞，主人公小利亚诺的人性光辉由此显现，骗术的本质在人性的复苏下发生了变化。作家用多变的笔触展现了人性复杂的多个层面。一方面，小利亚诺希望借这个机会过上舒适安逸的生活；另一方面，由于自己误杀了乌里盖太太的亲生儿子，他打算用自己的实际行动来忏悔和赎罪。

事实上，作者所要控诉的也并非是社会骗子，他们皆是社会现状压迫下迷路的"精神穷人"，而真正的罪犯是那些上流社会戴着文明面具的"社会幸运儿"。

乱子出在拉雷多。这件事要怪小利亚诺，因为他应该把杀人的对象仅限于墨西哥人。但是小利亚诺已经二十出头了；在里奥格朗德河边境上，年过二十的人只有杀墨西哥人的纪录未免有点儿寒碜。

事情发生在老胡斯托·瓦尔多斯的赌场里。当时有一场扑克牌游戏，玩牌的人大多素昧平生。人们打老远的地方骑马来碰碰运气，互不相识也是常有的事。后来却为了一对皇后这样的小事吵了起来；硝烟消散之后，发现小利亚诺闯了祸，他的对手也犯了大错。那个不幸的家伙并不是墨西哥人，而是一个来自牧牛场的出身很好的青年，年纪同小利亚诺相仿，有一批支持他的朋友。他的过错在于开枪时，子弹擦过小利亚诺右耳十六分之一英寸的地方，没打中。这一失误并没有减少那个更高明的枪手的莽撞。

小利亚诺没有随从，也没有许多钦佩他和支持他的人——因为即使在边境上，他的脾气也算是出名的暴躁——他觉得采取那个"走为上策"的审慎行动，同他那无可争辩的倔强性格并不矛盾。

复仇的人迅速集结起来追踪。有三个人在火车站附近赶上了小利亚诺。

他转过身，露出他通常在采取横蛮和暴力手段前的不怀好意的狞笑。追他的人甚至没等他伸手拔枪，便退了回去。

当初，小利亚诺并不像平时那样好勇斗狠，存心找人拼命。那纯粹是一场偶然的口角，由于两人玩牌时某些使人按捺不住的粗话引起的。小利亚诺还相当喜欢那个被他枪杀的瘦长、傲慢、褐色脸膛、刚成年的小伙子。目前他不希望再发生什么流血事件。他想避开，找块牧豆草地，在太阳底下用手帕盖住脸，好好睡一大觉。他有这种情绪的时候，即使墨西哥人碰到他也是安全的。

小利亚诺大模大样地搭上北行的客车，五分钟后便出站了。可是列车行驶了不久，到了韦布，接到信号，临时停下来让一个旅客上车，小利亚诺便放弃了搭车逃跑的办法。前面还有不少电报局；小利亚诺看到电气和蒸汽之类的玩意儿就恼火。马鞍和踢马刺才是安全的保证。

小利亚诺并不认识那个被他枪杀的人，不过知道他是伊达尔戈的科拉里托斯牛队的。那个牧场里的人，如果有一个吃了亏，就比肯塔基的冤冤相报的人更残酷，更爱寻仇。因此，小利亚诺以大勇者的大智决定尽可能远离科拉里托斯那帮人的报复。

车站附近有一家店铺；店铺附近的牧豆树和榆树间有顾客的几匹没卸鞍的马。它们大多提起一条腿，耷拉着头，睡迷迷地等着。但是有一匹长腿弯颈的杂毛马在喷鼻子、踹草皮。小利亚诺跳上马背，两膝一夹，用马主人的鞭子轻轻打着它。

如果说，枪杀那个莽撞的赌牌人的行为，使小利亚诺正直善良的公民身份有所损害，那么盗马一事就足以使他名誉扫地。在里奥格朗德河边境，你夺去一个人的生命有时倒无所谓，可是你夺去他的坐骑，简直就叫他破产，而你自己也并没有什么好处——如果你被逮住的话。不过小利亚诺现在也顾不得这些了。

他骑着这匹活蹦乱跳的杂毛马，把忧虑和不安都抛到了脑后。他骑马跑了五英里后，就像平原人那样款款而行，驰向东北方的纽西斯河床。他很熟悉这个地方——熟悉它那粗犷的荆棘丛林之间最艰苦、最难走的小路，熟悉人们可以在那里得到款待的营地和孤寂的牧场。他一直向东走去；因为他生平还没有见过海洋，很想抚摸一下那匹淘气的小马——墨西哥湾——的鬃毛。

三天之后，他站在科珀斯克里斯蒂的岸上，眺望着宁静的海洋上的粼粼微波。

纵帆船"逃亡者号"的布恩船长站在小快艇旁边，一个水手守着小艇。帆船刚要启航的时候，他发觉一件生活必需品——口嚼烟草块——给忘了。他派一个水手去采办那遗忘的货物。与此同时，船长在沙滩上来回踱步，一面滥骂，一面嚼着口袋里的存货。

一个穿高跟马靴、瘦长结实的小伙子来到了海边。他脸上孩子气十足，不过夹杂着一种早熟的严厉神情，说明他阅历很深。他的皮肤本来就黑，加上户外生活的风吹日晒，竟成了深褐色。他的头发同印第安人一般又黑又直；他的脸还没有受过剃刀的翻掘；他那双蓝眼睛又冷酷，又坚定。他的左臂有点儿往外撇，因为警长们见到珍珠贝柄的四五口径手枪就头痛，他只得把手枪插在坎肩的左腋窝里，那未免大了些。他带着中国皇帝那种漠然、无动于衷的尊严，眺望着布恩船长身后的海湾。

"打算把海湾买下来吗，老弟？"船长问道。他差点儿要做一次没有烟草的航行，心里正没好气。

"呀，不，"小利亚诺和善地说，"我没有这个打算。我生平没有见过海，只是看看而已。你也不打算把它出卖吧？"

"这一次没有这个打算。"船长说，"等我回到布埃纳斯蒂埃拉斯之后，我把它给你运去，货到付款。那个傻瓜水手终于把烟草办来了，他跑得那么慢，不然我一小时前就可以启碇了。"

"那条大船是你的吗？"小利亚诺问道。

"嗯，是的，"船长回答说，"如果你要把一条帆船叫作大船的话，我也不妨吹吹牛。不过说得正确些，船主是米勒和冈萨雷斯，在下只不过是老塞缪尔·凯·布恩，一个没什么了不起的船长。"

"你们去哪儿？"逃亡者问道。

"布埃纳斯蒂埃拉斯，南美海岸——上次我去过那里，不过那个国家叫什么名字我可忘了。船上装的是木材、波纹铁皮和砍刀。"

"那个国家是什么样的？"小利亚诺问道——"是热还是冷？"

"不冷不热，老弟。"船长说，"风景优美，山水秀丽，十足是个失乐园。你一早醒来就听到七条紫尾巴的红鸟在歌唱，微风在奇花异葩中叹息。当地居民从来不干活儿，他们不用下床，只消伸出手就可以采到一大篮一大篮最好的温室水果。那里没有礼拜天，没有冰，没有要付的房租，没有烦恼，没有用处，什么都没有。对于那些只想躺在床上等运气找上门的人来说，那个国家是再好没有的了。你吃的香蕉、橘子、飓风和菠萝就是从那里来的。"

"那倒正合我心意！"小利亚诺终于很感兴趣地说道，"我搭你的船去那里要多少船费？"

"二十四块钱，"布恩船长说，"包括伙食和船费。二等舱。我船上没有头等舱。"

"我去。"小利亚诺一面说，一面掏出了一个鹿皮袋子。

他去拉雷多的时候，带着三百块钱，准备像以前那样大玩一场，在瓦尔多斯赌场里的决斗，中断了他的欢乐的季节，但是给他留下了将近两百元；如今由于决斗而不得不逃亡时，这笔钱倒帮了他的忙。

"好吧，老弟。"船长说，"你这次像小孩似的逃出来，我希望你妈不要怪我。"他招呼一个水手说："让桑切斯背你到小艇上去，免得你踩湿靴子。"

美利坚合众国驻布埃纳斯蒂埃拉斯的领事撒克还没有喝醉。当时只有十一点钟；到下午三四点之前，他不会达到飘飘然的境界——到了那种境界，他就会用哭音唱着小曲，用香蕉皮投掷他那尖叫怪嚷的八哥儿。因此，当他躺在吊床上听到一声轻咳而抬起头来，看到小利亚诺站在领事馆门口时，仍旧能够保持一个大国代表的风度，表示应有的礼貌和客气。"请便请便。"小利亚诺轻松地说，"我只是顺道路过。他们说，开始在镇上逛逛之前，按规矩应当到你的营地来一次，我刚乘了船从得克萨斯来。"

"见到你很高兴，请问贵姓？"领事说。

小利亚诺笑了。

"斯普拉格·多尔顿。"他说，"这个姓名我自己听了都觉得好笑，在里奥格朗德河一带，人家都管我叫小利亚诺。"

"我姓撒克。"领事说，"请坐在那张竹椅上。假如你来到这儿是想投资，就需要有人帮你出出主意。这些黑家伙，如果你不了解他们的作风，会把你的金牙齿都骗光。抽雪茄吗？"

"多谢，"小利亚诺说，"我不抽雪茄，不过如果我后裤袋里没有烟草和那个小包，我一分钟也活不下去。"他取出卷烟纸和烟草，卷了一支烟。

"这里的人说西班牙语，"领事说，"你需要一个译员。我有什么地方可以效劳，嗯，我一定很高兴。如果你打算买果树地或者想搞什么租借权，你一定需要一个熟悉内幕的人替你出主意。"

"我说西班牙语，"小利亚诺说，"大概比说英语要好九倍。我原先的那个牧场上人人都说西班牙语。我不打算买什么。"

"你会西班牙语？"撒克若有所思地说，他出神地瞅着小利亚诺。

"你的长相也像西班牙人。"他接着说，"你又是从得克萨斯来的。你的年纪不会超出二十或者二十一。我不知道你有没有胆量。"

"你在打什么主意？"小利亚诺问道，他的精明出人意料。

"你有意思插一手吗？"撒克问。

"我不妨对你讲实话。"小利亚诺说，"我在拉雷多玩了一场小小的枪斗，毙了一个白人。当时没有凑手的墨西哥人。我到你们这个八哥儿和猴子的牧场上来，只是想闻闻牵牛花和金盏草。现在你明白了吗？"

撒克站起来把门关上。

"让我看看你的手。"他说。

他抓着小利亚诺的左手，把手背端详了好一会儿。

"我办得了。"他兴奋地说，"你的皮肉像木头一般结实，像婴儿的一般健康。一星期内就能长好。"

"如果你打算叫我来一场拳头，"小利亚诺说，"那你可别对我存什么希望。换成枪斗，我一定奉陪。我才不喜欢像茶会上的太太们那样赤手空拳地打架。”

“没那么严重。”撒克说，“请过来，好吗？”

他指着窗外一幢两层楼的、有宽回廊的白墙房屋。那幢建筑矗立在海边一个树木葱茏的小山上，在深绿色的热带植物中间显得分外醒目。

“那幢房屋里，”撒克说，“有一位高尚的西班牙老绅士和他的夫人，他们迫不及待地想把你搂在怀里，把钱装满你的口袋。住在那里的是老桑托斯·乌里盖。这个国家里的金矿有一半是他的产业。”

“你没有吃错疯草吧？”小利亚诺说。

“再请坐下来，”撒克说，“我告诉你。十二年前，他们丧失了一个小孩儿。不，他并没有死——虽然这里有许多人因为喝了污水，害病死掉了。当时他只有八岁，可是顽皮得出格。大家都知道。有几个勘查金矿的美国人路过这里，同乌里盖先生打了交道，他们非常喜欢这个孩子。他们把许多有关美国的大话灌进了他的脑袋里；他们离开后一个月，这小家伙也失踪了。据人家揣测，他大概是躲在一条水果船的香蕉堆里，偷偷地到了新奥尔良。据说有人在得克萨斯见过他，此后就音信杳然。老乌里盖花了几千块钱找他。夫人尤其伤心。这小家伙是她的命根子。她目前还穿着丧服。但大家说她从不放弃希望，认为孩子总有一天会回来的。孩子的左手背上刺了一只抓枪的飞鹰。那是老乌里盖家族的纹章，或是他在西班牙继承下来的标记。”

小利亚诺慢慢抬起左手，好奇地瞅着它。

“正是，”撒克说着，伸手去拿藏在办公桌后面的一瓶走私运来的白兰地，“你脑筋不笨。我会刺花。我在山打根当了一任领事有什么好处？直到今天我才明白。一星期之内我能把那只抓着小尖刀的老鹰刺在你手上，仿佛从小就有刺花似的。我这里备有一套刺花针和墨水，正因为我料到你有一天会来的，多尔顿先生。”

“喔，妈的。”小利亚诺说，“我不是把我的名字早告诉了你嘛！”

“好吧，那么就叫你‘小利亚诺’。这个名字也不会长了。换成乌里盖少爷怎么样？”

"从我记事的时候起，我从没有扮演过儿子的角色，"小利亚诺说，"假如我有父母的话。我第一次哇哇大叫时，他们就进了鬼门关。你的计划是怎么样的呀？"

撒克往后靠着墙，把酒杯对着亮光瞧瞧。

"现在的问题是，"他说，"你打算在这件小事里干多久？"

"我已经把我来这里的原因告诉你了。"小利亚诺简单地说。

"回答得好。"领事说，"不过你用不着待这么久。我的计划是这样的：等我在你手上刺好商标之后，我就通知老乌里盖。刺花期间，我把我收集到的有关那个家族的情况讲给你听，那你谈吐就不会露出破绽了。你的长相像西班牙人，你能说西班牙语，你了解情况，你又能谈谈得克萨斯州的见闻，你有刺花。当我通知他们说，真正的继承人已经回来，想知道他能不能得到收容和宽恕时，那会发生什么事情？他们一准立刻赶到这里，抱住你的脖子，这场戏也就结束，可以到休息室去吃些茶点，舒散舒散了。"

"我准备好了。"小利亚诺说，"我在你营地里歇脚的时间还不长，老兄，以前也不认识你；但如果你的目的只限于父母的祝福，那我可看错人了。"

"多谢。"领事说，"我好久没有遇到像你这样条理分明的人了。以后的事情很简单。只要他们接纳，哪怕是很短一个时期，事情就妥了。别让他们有机会查看你左肩膀上有没有一块红记。老乌里盖家的一个小保险箱里经常藏着五万到十万块钱，那个保险箱，你用一根铜丝都可以捅开。把钱搞来。我的刺花技术值其中的半数。我们把钱平分，搭一条不定期的轮船到里约热内卢去。如果美国政府由于少了我的服务而混不下去的话，那就让它垮台吧。你觉得怎么样，先生？"

"很合我的口味！"小利亚诺说，"我干。"

"那好。"撒克说，"在我替你刺上老鹰之前，你得躲起来。你可以住这里的后房。我是自己做饭的，我一定在吝啬的政府给我的薪俸所许可的范围之内尽量款待你。"

撒克估计的时间是一星期，但是等他不厌其烦地在小利亚诺手上刺好那个花样，觉得满意时，已经过了两个星期。撒克找了一个小厮，把下面的便条送给他准备暗算的人：

白屋

堂桑托斯·乌里盖先生

亲爱的先生：

请允许我奉告，数日前有一位年轻人从美国来到布埃纳斯蒂埃拉斯，目前暂住舍间。我不想引起可能落空的希望，但是我认为这人可能是您失踪多年的儿子。您最好亲自来看看他。如果他确实是您的儿子，据我看，他很想回自己家，可是因不知道将会得到怎样的接待，不敢贸然前去。

汤普森·撒克谨致

半小时以后——这在布埃纳斯蒂埃拉斯还算是快的——乌里盖先生的古色古香的四轮马车，由一个赤脚的马夫鞭打和吆喝着那几匹肥胖笨拙的马，来到了领事住处的门口。

一个白胡须的高个子下了车，然后搀扶着一个穿黑衣服、蒙黑面纱的太太下来。

两人急煎煎地走进来，撒克以最彬彬有礼的外交式的鞠躬迎接了他们。他桌旁站着一个瘦长的年轻人，眉清目秀，皮肤黧黑，乌黑的头发梳得光光的。

乌里盖夫人飞快地把厚面纱一揭。她已过中年，头发开始花白，但她那丰满漂亮的身段和浅橄榄色的皮肤还保存着巴斯克女性所特有的艳丽。你一见到她的眼睛，发现它们的暗影和失望的表情中透露出极大的哀伤，你就知道这个女人只是依靠某种记忆才能生活。

她带着痛苦万分的询问神情，向那年轻人瞅了好久。她一双乌黑的大眼睛转到了他的左手。接着，她抽噎了一下，声音虽然不大，但仿佛震动了整幢房屋。她嚷道："我的儿子！"紧接着便把小利亚诺搂在怀里。

过了一个月，小利亚诺接到撒克捎给他的信，来到领事馆。

他完全成了一位年轻的西班牙绅士。他的衣服都是进口货，珠宝商的狡黠并没有在他身上白费力气。他卷纸烟的时候，一枚大得异乎寻常的钻石戒指在他手上闪闪发光。

"怎么样啦？"撒克问道。

"没怎么样。"小利亚诺平静地说，"今天我第一次吃了蜥蜴肉排，就是那种大四脚蛇。你知道吗？我却认为咸肉煮豆子也配我的胃口。你喜欢吃蜥蜴吗，撒克？"

"不，别的爬虫也不吃。"撒克说。

现在是下午三点钟，再过一小时，他就要达到那种飘飘然的境界了。

"你该履行诺言了，老弟，"他接着说，他那张猪肝色的脸上露出一副狰狞相，"你对我太不公平。你已经当了四星期的宝贝儿子，你喜欢的话，每顿饭都可以用金盘子来盛小牛肉。喂，小利亚诺先生，你说应不应该让我老是过粗茶淡饭的日子？毛病在哪里？难道你这双孝顺儿子的眼睛在白屋里面没有见到任何像是现款的东西？别对我说你没有见到。谁都知道老乌里盖藏钱的地方。并且还是美国货币；别的钱他不要。你究竟怎么啦？这次别说'没有'。"

"哎，当然，"小利亚诺欣赏着他的钻石戒指说，"那里的钱确实很多。至于证券之类的玩意儿我可不懂，但是我可以担保说，在我干爸爸叫作保险箱的铁皮盒子里，我一次就见到过五万元现款。有时候，他把保险箱的钥匙交给我，主要是让我知道他把我当作那个走失多年的真的小弗朗西斯科。"

"哎，那你还等什么呀？"撒克愤愤地问道，"别忘了只要我高兴，我随时随地都可以揭你的老底。如果老乌里盖知道你是骗子，你知道会出什么事？哦，得克萨斯的小利亚诺先生，你才不了解这个国家。这里的法律才叫辣呢。他们会把你绷得像一只被踩扁的蛤蟆，在广场的每一个角上揍你五十棍。棍子都要打断好几根。再把你身上剩下来的皮肉喂鳄鱼。"

"我现在不妨告诉你，伙计，"小利亚诺舒适地坐在帆布椅子里说，"事情就按照目前的样子维持下去。目前还不坏。"

"你这是什么意思?"撒克问道,把酒杯在桌子上碰得咯咯直响。

"计划吹啦。"小利亚诺说,"以后你同我说话,请称呼我堂弗朗西斯科·乌里盖。我保证答应。我们不去碰乌里盖上校的钱。就你我两人来说,他的小铁皮保险箱同拉雷多第一国民银行的定时保险库一样安全可靠。"

"那你是想出卖我了,是吗?"领事说。

"当然。"小利亚诺快活地说,"出卖你。说得对。现在我把原因告诉你。我到上校家的第一晚,他们领我到一间卧室里。不是在地板上铺一张床垫——而是一间真正的卧室,有床有家具。我入睡前,我那位假母亲走了进来,替我掖好被子。'小宝贝,'她说,'我的走失的小宝贝,天主把你送了回来。我永远赞美他的名。'她说了一些诸如此类的废话。接着落了几点雨,滴在我的鼻子上。这情形我永远忘不了,撒克先生。那以后一直是这样,将来也是这样。我说这番话,别以为我为自己的好处打算。你不要以小人之心度君子之腹。我生平没有跟女人多说过话,也没有母亲可谈,但是对于这位太太,我们却不得不继续瞒下去。她已经忍受了一次痛苦;第二次她可受不了。我像是一条卑贱的野狼,送我走上这条路的可能不是上帝,而是魔鬼,但是我要走到头。喂,你以后提起我的名字时,别忘了我是堂弗朗西斯科·乌里盖。"

"我今天就揭发你,你——你这个双料叛徒。"撒克结结巴巴地说。

小利亚诺站起来,并不粗暴地用他有力的手掐住撒克的脖子,慢慢地把他推到一个角落去。接着,他从左腋窝下抽出他那支珍珠贝柄的四五口径手枪,用冰冷的枪口戳着领事的嘴巴。

"我已经告诉过你,我怎么会来到这里的。"他露出以前那种叫人心寒的微笑说,"如果我再离开这里,那将是由于你的缘故。千万别忘记,伙计。喂,我叫什么名字呀?"

"呃——堂弗朗西斯科·乌里盖。"撒克喘着气说。

外面传来车轮声、人的吆喝声和木鞭柄打在肥马背上的响亮的啪啪声。

小利亚诺收起手枪,向门口走去。但他又扭过头,回到哆嗦着的撒克面前，向领事扬起了左手。

"这种情况为什么要维持下去，"他慢慢地说，"还有一个原因。我在拉雷多杀掉的那个人，左手背上也有一个同样的刺花。"

外面，堂桑托斯·乌里盖的古色古香的四轮马车咔嗒咔嗒地驶到门口。马车夫停止了吆喝。乌里盖太太穿着一套缀着许多花边和缎带的漂亮衣服，一双柔和的大眼睛里露出幸福的神情，她向前探着身子。

"你在里面吗，亲爱的儿子?"她用银铃般的西班牙语喊道。

"妈妈，我来啦。"年轻的堂弗朗西斯科·乌里盖回答说。

　　马莎小姐是一家小面包店的老板，四十岁了还没有结婚。有一位中年顾客每星期来这里两三次，只买廉价的陈面包。马莎小姐猜测这个顾客是一位清贫的画家，她想象着他在阁楼里面绘画，啃干面包的情形，她那颗柔软、多情的心被触动了。

　　为了不伤害艺术家高傲的自尊，她悄悄地在顾客买的两个陈面包里面塞上了新鲜的黄油。过了片刻，这位中年顾客却暴跳如雷地返回面包店，出现在马莎的面前。原来他正在绘制一份新市政厅的平面图，辛辛苦苦地干了三个月，准备参加有奖竞赛。昨天刚好上完墨，然后再用陈面包擦去原先的铅笔印，可是面包里的黄油却使图样成了废纸。

马莎·米查姆小姐是街角上那家小面包店的女老板（那种店铺门口有三级台阶，你推门进去时，门上的小铃就会丁零丁零响起来）。

　　马莎小姐今年四十岁了，她有两千元的银行存款、两枚假牙和一颗多情的心。结过婚的女人可不少，但同马莎小姐一比，她们的条件可差得远啦。

　　有一个顾客每星期来两三次，马莎小姐逐渐对他产生了好感。他是个中年人，戴眼镜，棕色的胡子修剪得整整齐齐的。

　　他说的英语带有很重的德语口音。他的衣服有的地方磨破了，经过织补，有的地方皱得不成样子。但他的外表仍旧很整饬，礼貌又十分周全。

　　这个顾客老是买两个陈面包。新鲜面包是五分钱一个，陈面包五分钱可以买两个。除了陈面包以外，他从来没有买

作者用非常简练和幽默的语言介绍了本文的女主人公，使读者对她的年龄、经济条件、婚姻状况、性格特征等情况一目了然。

透过顾客买面包的细节，让读者想象他的生活十分贫困。对比之下，马莎小姐的生活又是多么的富足。

过别的东西。

有一次，马莎小姐注意到他的手指上有一块红褐色的污迹。她立刻断定这位顾客是艺术家，并且十分穷困。毫无疑问，他准是住阁楼的人物，他在那里画画儿，啃啃陈面包，呆想着马莎小姐面包店里各式各样好吃的东西。

马莎小姐坐下来吃肉排、面包卷、果酱和红茶的时候，常常会好端端地叹起气来，希望那个斯文的艺术家能够分享她的美味的饭菜，不必待在阁楼里啃硬面包。马莎小姐的心，我早就告诉你们了，是多情的。

为了证实她对这个顾客的职业猜测得是否正确，她把以前拍卖来的一幅绘画从房间里搬到外面，搁在柜台后面的架子上。

那是一幅威尼斯风景。一座壮丽的大理石宫殿（画上这样标明）竖立在画面的前景——或者不如说，前面的水景上。此外，还有几条小平底船（船上有位太太把手伸到水面，带出一道痕迹），有云彩、苍穹和许多明暗烘托的笔触。艺术家是不可能不注意到的。

两天后，那个顾客来了。

"两个陈面包，劳驾。"

"夫人，你这幅画不坏。"她用纸把面包包起来的时候，顾客说道。

"是吗?"马莎小姐说，她看到自己的计谋得逞了，大为高兴，"我最爱好艺术和——"（不，这么早就说"艺术家"是不妥的）"和绘画，"她改口说，"你认为这幅画不坏吗?"

"宫殿，"顾客说，"画得不太好。透视法用得不真实。再见，夫人。"

他拿起面包欠了欠身，匆匆走了。

是啊，他准是一个艺术家。马莎小姐把画搬回房间。

用借代的方式说明他的经济状况，因为穷苦的人才会租住比正房便宜很多的阁楼。

苍穹（qióng）：天空。

他眼镜后面的目光是多么温柔和善啊！他的前额有多么宽阔！一眼就可以判断透视法——却靠陈面包过活！不过天才在成名之前，往往要经过一番奋斗。

假如天才有两千元银行存款、一家面包店和一颗多情的心作为后盾，艺术和透视法将能达到多么辉煌的成就啊——但这只是白日梦罢了，马莎小姐。

最近一个时期，他来了以后往往隔着货柜聊一会儿。他似乎也渴望同马莎小姐进行愉快的谈话。

他一直买陈面包。从没有买过蛋糕、馅饼，或者她店里的可口的甜茶点。

她觉得他仿佛瘦了一点儿，精神也有点儿颓唐。她很想在他买的寒酸东西里加上一些好吃的东西，只是鼓不起勇气。她不敢冒失。她了解艺术家高傲的心理。

马莎小姐在店堂里的时候，也穿起那件蓝点子的绸背心来了。她在后房里熬了一种神秘的榅桲和硼砂的混合物。有许多人用这种汁水美容。

一天，那个顾客又像平时那样来了，把五分镍币往柜台上一搁，买他的陈面包。马莎小姐去拿面包的当儿，外面响起一阵嘈杂的喇叭声和警钟声，一辆救火车隆隆驶过。

顾客跑到门口去张望，遇到这种情况，谁都会这样做的。马莎小姐突然灵机一动，抓住了这个机会。

柜台后面最低的一格架子里放着一磅新鲜黄油，送牛奶的人拿来还不到十分钟。马莎小姐用切面包的刀子把两个陈面包都拉了一道深深的口子，各塞进一大片黄油，再把面包按紧。

顾客再进来时，她已经把面包用纸包好了。

他们分外愉快地扯了几句。顾客走了，马莎小姐情不自禁地微笑起来，可是心头不免有点儿着慌。

此处作者以议论的手法一针见血地披露了马莎小姐深爱那位男顾客的心理活动，同时也指出这似乎是不大可能的。

作者用"蓝点子绸背心"和"美容汁水"从侧面刻画了马莎小姐开始追求美的恋爱心理。

她是不是太大胆了呢？他会不高兴吗？绝对不会的。食物并不代表语言。黄油并不象征有失闺秀身份的冒失行为。

那天，她的心思老是在这件事上打转。她揣摩着他发现这场小骗局时的情景。

他会放下画笔和调色板。画架上支着他正在创作的图画，那幅画的透视法肯定是无可指摘的。

他会拿起干面包和清水当午饭。他会切开一个面包——啊！

想到这里，马莎小姐的脸上泛起了红晕。他吃面包的时候，会不会想到那只把黄油塞在里面的手呢？他会不会——

前门上面的铃铛恼人地响了。有人闹闹嚷嚷地走进来。

马莎小姐赶到店堂里去。那儿有两个男人。一个是叼着烟斗的年轻人——她以前从没有见过，另一个就是她的艺术家。

他的脸涨得通红，帽子推到后脑勺上，头发揉得乱蓬蓬的。他攥紧拳头，狠狠地朝马莎小姐摇晃——竟然向马莎小姐摇晃！

"笨蛋！"他拉开嗓子嚷道；接着又喊了一声"千雷轰顶的！"或者类似的德国话。

年轻的那个竭力想把他拖开。

"我不走，"他怒气冲冲地说，"我非同她说个明白不可。"

他擂鼓似的敲着马莎小姐的柜台。

"你把我给毁啦，"他嚷道，他的蓝眼睛几乎要在镜片后面冒出火来，"我对你说吧。你是个惹人讨厌的老猫！"

马莎小姐虚弱无力地倚在货架上，一手按着那件蓝点子的绸背心。年轻人抓住同伴的衣领。

"走吧，"他说，"你骂也骂够啦。"他把那个暴跳如雷的人拖到门外，自己又回来。

"夫人，我认为应当把这场吵闹的原因告诉你，"他说，

"那个人姓布卢姆伯格，他是建筑图样设计师。我和他在一个事务所里工作。

"他在绘制一份新市政厅的平面图，辛辛苦苦地干了三个月，准备参加有奖竞赛。他昨天刚上完墨，你明白，制图员总是先用铅笔打底稿的。上好墨之后，就用陈面包擦去铅笔印。陈面包比擦字橡皮好得多。

"布卢姆伯格一向在你这里买面包。嗯，今天——嗯——你明白，夫人，里面的黄油可不——嗯，布卢姆伯格的图样成了废纸。只能裁开来包三明治啦。"

马莎小姐走进后房。她脱下蓝点子的绸背心，换上那件穿旧了的棕色哔叽衣服。接着，她把楦梓和硼砂煎汁倒在窗外的垃圾箱里。

> 对应前文，再次提到蓝点子的绸背心和楦梓硼砂煎汁。前文是穿上和熬制，这里是脱下和倒掉。说明了马莎小姐两种截然不同的心理状态。

情境赏析

这个小故事也可用四个字来概括——阴差阳错。马莎小姐的一片善意，一份尽量保全对方自尊的相助一举，没想到苦心却用错了地方。结果是令人啼笑皆非且心酸的。这个故事告诉我们，送给画家的"橡皮擦"千万不要夹"黄油"。

名家点评

欧·亨利的"幽默"其实就是在生活苦难的重压下的一种举重若轻，一种自嘲与调节，一种对人生压力的被迫释放。苦难已经降临在头上，又能指望谁来分担和拯救呢？

——鲁迅

吉米·海斯是一个骑着一匹枣红马的年轻游骑兵。他有一只心爱的角蟾，取名缪里尔，与他形影不离。

一场战争过后，人们发现少了吉米·海斯。大家以为在呼啸的子弹下他成了懦夫。在连队的历史上，以前从没有临阵脱逃的游骑兵。

几乎过了一年，连队通过一片茂密的树丛，来到草原上的一块洼地。在一副久经风吹日晒的人体骨骼上，一只角蟾不离不弃，无声无息地坐在主人的肩上。角蟾无言，但仿佛讲述了那个初出茅庐的年轻人的故事——那天他跑在同伙们前面追赶敌人，付出了年轻的生命。

一

吃过晚饭，营地上安静了下来，只有用玉米包皮卷烟草的窸窣声。黝黑土地上的水坑闪闪发亮，好像一小片谪降的天空。草原狼在嚎叫。沉重的蹄声说明上了脚绊的矮种马在换个新地点找草吃。得克萨斯边境营的半个骑兵连分散在篝火周围。

营地北面茂密的丛林里传来了熟悉的声音——小榆树枝碰到木马镫时的颤动和刮擦声。游骑兵们细心倾听。他们随即听到一个愉快的声音安抚地喊道：

"打起精神来，缪里尔，好姑娘，我们快到啦！这一趟路对你来说够长的，可不是嘛，你这把洪荒时代的、欢蹦乱跳的地毯钉？嘿，别再吻我啦！别把我的脖子搂得那么紧——我告诉你，这匹枣红马步子不很稳。我们一不小心很可能被它摔下来。"

两分钟后，一匹累得够呛的枣红马单步跑进营地。一个

海斯与之对话的缪里尔让读者误认为一位姑娘，造成悬念从而引起关注。此处应用拟人的手法，刻画了吉米·海斯的幽默风趣。

瘦长的、二十来岁的年轻人懒洋洋地跨在鞍上。他刚才与之谈话的"缪里尔"，连影子都没有。

"嘿，弟兄们!"骑马人快活地嚷道，"这儿有一封给曼宁中尉的信。"

他下马卸鞍，把拴马索扔到地上，从鞍头取下马脚绊。曼宁中尉看信时，新来的人细心地蹭掉脚绊套圈里的一些干泥巴疙瘩，这说明他对坐骑前蹄的关爱。

"弟兄们，"中尉朝游骑兵们挥挥手说，"这位是<u>詹姆斯·海斯</u>先生，我们连队的新成员。麦克莱恩上尉派他从艾尔帕索来的。海斯，你给马上好脚绊后，弟兄们会替你弄点儿吃的。"

游骑兵们热诚地接待了新伙伴。但是他们并不马上做出判断，而是冷眼观察。在边境地带选择伙伴，审慎的程度比选一个姑娘当情人还要高出十倍。决定你自己的生命的往往是"哥们儿"的勇气、忠诚、志向和冷静。

海斯饱餐一顿后，来到火堆边抽烟的人中间。他的外貌不能解决游骑兵兄弟们心中的所有问题。他们看到的只是一个瘦长懒散的青年人，亚麻色的头发，黧黑天真的脸上带着善意的微笑。

"弟兄们，"新来的游骑兵说，"我给你们介绍我的一个女友。从没有听谁说她长得漂亮，可是你们都会承认她有一些优点。出来吧，缪里尔!"

<u>他敞开蓝色法兰绒衬衫的前襟。一只角蟾爬了出来。细长的脖子上系着一个漂亮的、大红色的缎带结。它爬到主人的膝头，一动不动地坐着。</u>

"这个缪里尔，"海斯像演说家似的挥手说，"有不少优点。她从不回嘴，老是待在家里，有一件红衣服就心满意足了，星期日也不要求换装。"

詹姆斯·海斯又叫"吉米·海斯"，吉米是詹姆斯的简称，或叫昵称。

海斯所称心的"姑娘"和"女友"终于亮相了，原来是一只角蟾。角蟾脖子上系着大红色的缎带结，为以后情节的发展埋下伏笔。

"瞧那个该死的爬虫！"一个游骑兵咧嘴笑着说，"那种长角的青蛙我见得多了，可是从没见过有谁把它当伙伴的。那东西能认得你吗？"

"你拿过去试试。"海斯说。

那种叫作角蟾的小蜥蜴是无害的。它是史前怪兽退化了的后代，样貌像它的祖先那么丑恶可憎，但比鸽子更温柔。

一个游骑兵从海斯的膝头拿起缪里尔，回到他所坐的毛毯卷那儿。角蟾在他手里扭动抓爬，使劲儿挣扎。过了一会儿，那个游骑兵把它放回地上。角蟾笨拙地挪动四条腿，很快爬回到主人脚下。

"真见鬼！"游骑兵说，"那个丑陋的小东西居然认得你。没想到爬虫竟这么聪明！"

二

吉米·海斯成了游骑兵营地里受欢迎的人物。他脾气特别好，具有一种适合营地生活的经久不衰的幽默感。他和角蟾形影不离。那个丑陋的小爬虫也不离开他，他骑马时它蜷伏在他怀里，在营地时趴在他膝头或肩上，晚上睡在他毯子里。

海斯是南部和西部草原常见的那种幽默家。他没有独出心裁的娱人的办法，也没有诙谐的创意，他有了一个滑稽的念头后就坚持不懈。吉米认为他身边有个脖子上系着红缎带的驯服的角蟾可以让朋友高兴，是非常滑稽的事，既然如此，为什么不坚持下去呢？

海斯和角蟾之间的感情是无法明确界定的。角蟾忠贞不渝的感情是我们从未做过专题讨论的题目。揣度海斯的感觉比较容易。缪里尔是他的机智的杰作，他钟爱缪里尔的原因也在于此。他捉苍蝇喂她，替她挡住突如其来的寒风。然而，

独出心裁(cái)：原指诗文的构思有独到的地方，后来指想出来的办法与众不同。

此处描写了人与动物之间那种纯洁的感情，告诉读者吉米·海斯的善良和角蟾的忠诚。

他的关爱有一半出于私心，到了关键时刻，她会给他一千倍的回报。别的缪里尔们对别的海斯们的滴水之恩，也是这样涌泉相报的。

吉米·海斯并没有立刻获得同伴们的充分信任。他们爱他的质朴和滑稽，但是他头顶上仍旧悬着一把考验的巨剑。在营地里逗乐，并不是游骑兵的全部生活内容。他们还要追踪盗马贼，镇压杀人越货的罪犯，同亡命徒交火，把强盗从槲树丛中赶出来，凭六响手枪维持治安和平静。海斯说自己"基本上是个牛仔"；在巡逻作战方面没有什么经验。因此，游骑兵们对于他在战火面前的表现如何，心里不免有点儿嘀咕。众所周知，每一个游骑兵连队的荣誉和骄傲取决于它的个别成员的英勇。

杀人越货：越：抢夺。杀害人的性命，抢夺人的财物，指盗匪的行为。

两个月来，边境相当平静。游骑兵们没精打采地闲待在营地里。接着，使守卫边境的人高兴的是塞巴斯蒂亚诺·萨尔达，有名的墨西哥土匪和盗牛贼，带了他手下一帮人渡过格朗德河，骚扰得克萨斯一带。种种迹象表明，吉米·海斯很快就有机会显示他的勇气了。游骑兵们加紧巡逻，但是，塞巴斯蒂亚诺那帮人像洛钦法尔似的来去如风，很难追捕。

海斯并不是一个哗众取宠的人，他要凭着作战的勇敢来证明自己无愧于骑兵的称号。机会终于来了。

一天下午日落时分，游骑兵们长途奔驰后停下来吃晚饭。他们的马匹没有卸鞍，站着直喘气。骑兵们在煎咸肉、煮咖啡。塞巴斯蒂亚诺·萨尔达那帮人突然从灌木丛里出现，呼叫呐喊，开着六响手枪朝他们冲来。游骑兵们没有料到匪帮竟敢这么猖狂，骂骂咧咧地纷纷拿起他们的温彻斯特连发枪；但那次突击纯粹是墨西哥式的耀武扬威。来犯者随即后撤，呼啸着朝河下游跑去。游骑兵们上马追赶，没跑两英里，那些本已疲惫不堪的马匹难以坚持，曼宁上尉便下令放弃追逐，返回营地。

那时发现少了吉米·海斯。有人记得攻击开始时，见他奔向他的坐骑，此后谁也没有再见到他。第二天早晨仍不见海斯回营。<u>他们在附近一带搜索，以为他可能受伤或死亡，然而没有结果。</u>接着，他们继续追踪萨尔达匪帮，可是那帮人似乎也失踪了。曼宁判断，那个狡猾的墨西哥人临别示威后，又渡河回去了。此后确实没有关于他进行骚扰的消息。

这给了游骑兵们养复精神创伤的时间。前面说过，游骑兵连队的荣誉和骄傲取决于它的个别成员的英勇。他们现在相信吉米·海斯在呼啸的墨西哥子弹下成了懦夫。没有其他解释。巴克·戴维斯指出，见到海斯朝他的马匹跑去以后，萨尔达那帮人没有放过枪。他不可能被枪杀。他肯定是还没有投入第一次战斗就落荒而逃，之后再没脸回来，因为他知道伙伴们的蔑视比许多枪口更难面对。

边境营麦克莱恩连队的曼宁支队十分沮丧。这是它名誉上的第一个污点。连队的历史里，以前从没有临阵脱逃的游骑兵。<u>大家都喜欢吉米·海斯，因而更加伤心。</u>

日子一天天过去，营地上空仍挂着那一小片难以忘怀的怯懦的阴云。

三

几乎过了一年，换过许多营地、守卫过几百英里长边境线的曼宁上尉的支队，奉命去一处执行缉私任务，那个地点离他们河畔的老营地只有几英里远。一天下午，他们骑马通过茂密的牧豆树丛，来到草原上的一块洼地。他们见到了一幕没有记录的悲剧场景。

一个大坑里有三具墨西哥人的骷髅。根据服装就能识别他们是墨西哥人。最大的一具骨骼肯定是塞巴斯蒂亚诺·萨尔达。因为他的大宽檐帽上有许多金饰，价值不菲，在格朗德河一带赫赫有名，现在上面有三个子弹孔。坑边是几支墨西哥人的温彻斯特连发枪，金属部分已经生锈，指向同一个方向。

游骑兵们朝那个方向走了五十码。发现一个小凹洼里另有一具骨骼，他的来复枪仍对着三具骨骼的方向。那是一场殊死的战斗。没有什么东西可以识别那个孤独的防御者。有助于辨认死者身份的衣服像是一般牧场主或牛仔穿的。

"孤身遭遇匪帮的牛仔，"曼宁说，"好小伙子！他们要了他命之前，他打得真英勇。怪不得我们后来再也没有听到有关塞巴斯蒂亚诺的消息！"

那时候，死者久经风吹日晒的破衣服底下，扭动着爬出一只角蟾，脖子上系着一个褪色的红缎带结，它坐到早已无声无息的主人肩上。角蟾无言，但仿佛讲述了那个初出茅庐的年轻人和他的枣红快马的故事——那天他们跑在同伴们前面追赶墨西哥土匪，为了维护连队的荣誉，年轻人付出了生命。

游骑兵连队围上前来，一起发出一声狂野的呼喊。呼喊声同时又是悼歌、道歉、墓志铭和胜利的赞歌。也可以说是一支为牺牲的同伴谱唱的奇特的安魂曲；如果吉米·海斯听到的话，他能理解。

> 此处又提到了角蟾脖子上系的红缎带，并强调是褪了色的。一方面与前面所提上下呼应，说明是海斯的那只角蟾；同时以此证明了死者的身份，并为连队和死者恢复了荣誉。

▌情境赏析▐

若用四个字概括这个小故事，"峰回路转"差不多，但远远不确切，似乎"水落石出""真相大白"等也差不多。这个戏剧性的小悲剧不仅描述了人与动物之间的爱，团队与个体之间的爱，也给了人们一个启示，一切事情有时候可能并非"眼见就为实"，很多真相往往埋藏在事件很深的背后。

也告诉我们，对事情不要急于下结论，真相可能在重重迷雾中。

▌名家点评▌

　　欧·亨利的"幽默"实际是无奈、沉重的；他的"笑"实际是对命运无厘头的反抗；他的"泪"才是对下层小人物生存现实状态的真实写照。

——茅盾

兰西·比尔布罗和他的老婆再也无法忍受对方了，他们二人决定到治安官威特普那里离婚。第一次由于五元钱的问题，他们的离婚没有办成。第二次，离婚办成了，他们却谁也离不开对方了。

爱过知情重，醉过知酒浓，失去时才知道什么值得珍惜。兰西·比尔布罗夫妇几经波折终于重归于好，作家用细腻的笔触描绘出比尔布罗夫妇纯洁、质朴的夫妻之情，并对治安官的贪婪与怯懦进行了嘲讽。

治安官贝纳加·威德普坐在办公室门口，抽着接骨木烟斗。坎伯兰山脉高耸入云，在午后的雾霭中呈现一片灰蒙蒙的蓝色。一只花斑母鸡高视阔步地走在居留地的大街上，愣愣磕磕地叫个不停。

路那头传来了车轴的吱呀声，升腾起一蓬沙尘，接着出现了一辆牛车，车上坐着兰西·比尔布罗和他的老婆。牛车来到治安官的门前停住，两人爬下车来。兰西是个六英尺高的瘦长汉子，有着淡褐色的皮肤和黄色的头发。山区的冷峻气氛像一副甲胄似的罩住他全身。女的穿花布衣服，瘦削的身段，拢起来的头发，现出莫名的不如意的神情。这一切都透露出一丝对枉度青春的抗议。

治安官为了保持尊严，把双脚伸进鞋子，然后挪动一下地方，让他们进屋。

"我们俩，"女人说，声音仿佛寒风扫过松林，"要离婚。"她瞅了兰西一眼，看他是否认为她对他俩的事情所做的陈述有破绽、含糊、规避、不公或者偏袒自己的地方。

"离婚，"兰西严肃地点点头说，"我们俩怎么也不对劲儿。住在山里，即使夫妻和和美美，也已经够寂寞的了，何况她在家里不是像野猫似的气势汹汹，便是像号枭似的阴阴沉沉，男人凭什么要跟她一起过日子！"

"那是什么话，他自己是个没出息的害人虫，"女人并不十分激动地说，

"老是跟那些无赖和私酒贩子鬼混，喝了玉米烧酒就挺尸那样躺着，还养了一群饿狗害人家来喂！"

"说真的，她老是摔锅盖，"兰西反唇相讥说，"把滚开的水泼在坎伯兰最好的浣熊狗身上，不肯做饭给男人吃，深更半夜还骂骂咧咧地唠叨个没完，不让人睡觉。"

"再说，他老是抗缴税款，在山里得了个二流子的名声，晚上有谁还能好好睡觉？"

治安官从容不迫地着手执行任务。他把唯一的椅子和一条木凳让给了诉讼人，然后打开桌上的法令全书，细查索引。没多久，他擦擦眼镜，把墨水瓶挪动了一下。

"法律和法令，"他开口说，"就本庭的权限而言，并没有提到离婚的问题。但是，根据公平合理的原则，根据宪法和金箴，来而不往不是生意经。如果治安官有权替人证婚，那么很清楚，他也有权办理离婚事宜。本庭可以发给离婚证书，并由最高法院认可它的效力。"

兰西·比尔布罗从裤袋里掏出一只小小的烟草袋。他在桌上抖搂出一张五元的钞票。"这是卖了一张熊皮和两张狐皮换来的，"他声明说，"我们的钱全在这儿了。"

"本庭办理一件离婚案的费用，"治安官说，"是五元钱。"他装出满不在乎的样子，把那张钞票塞进粗呢坎肩的口袋里。他费了很大劲儿，花了不少心思，才把证书写在半张大页纸上，然后在另外半张上照抄一遍。兰西·比尔布罗和他的老婆静听他念那份将给他们带来自由的文件：

为周知事，兰西·比尔布罗及其妻子阿里艾拉·比尔布罗今日亲来本官面前议定，不论将来如何，双方此后不再敬爱服从。成立协议时，当事人神志清醒，身体健全。按照本州治安和法律的尊严，特发给此离婚书为凭。今后各不相涉，上帝鉴诸。

田纳西州，比德蒙特县

治安官贝纳加·威德普

治安官正要把一份证书递给兰西。阿里艾拉忽然出声阻止。两个男人都朝她看看。他们的男性的迟钝碰到了女人突如其来的、出乎意料的变卦。

"法官，你先别给他那张纸。事情并没有完全了结。我先得主张我的权利。我得要求赡养费。男人离掉老婆，老婆的生活费用分文不给可不行。我打算到猪背山我兄弟埃德家去。我需要一双鞋子、一些鼻烟和别的东西。兰西既然有钱离婚，就得给我赡养费。"

兰西·比尔布罗给弄得目瞪口呆。以前从没有提过赡养费。女人总是那样节外生枝，提出意想不到的问题来。

治安官贝纳加·威德普觉得这个问题需要司法裁决。法令全书上没有关于赡养费的明文规定。那女人却是打着赤脚，去猪背山的路径不但峻峭，而且满是石子。

"阿里艾拉·比尔布罗，"他打着官腔问道，"在本案中，你认为要多少赡养费合适？"

"我认为，"她回答说，"买鞋等，就说是五块钱吧。作为赡养费这不算多，但我合计可以维持我到埃德兄弟那儿去了。"

"数目不能说不合理，"治安官说，"兰西·比尔布罗，在发给离婚判决书之前，本庭责你付给原告五块钱。"

"我再没有钱了，"兰西沉郁地低声说，"我把所有的都付给你了。"

"你如果不付，"治安官从他眼镜上方严肃地望着说，"就犯了藐视法庭罪。"

"我想如果允许我延迟到明天，"丈夫请求说，"我或许能想办法拼凑起来。我从没有料到要什么赡养费。"

"本案暂时休庭，明天继续，"贝纳加·威德普说，"你们两人明天到庭听候宣判。那时再发给离婚判决书。"他在门口坐下来，开始解鞋带。

"我们还是去齐亚大叔那儿过夜，"兰西决定说。他爬上牛车，阿里艾拉从另一边爬了上去。缰绳一抖，那头小红牛慢吞吞转了一个向，牛车在轮底扬起的尘土中走了。

治安官贝纳加·威德普继续抽他的接骨木烟斗。将近傍晚时，他收到了订阅的周报，一直看到字迹在暮色中逐渐模糊的时候。于是，他点燃桌上的牛油蜡烛，又看到月亮升起来，算来该是吃晚饭的时候了。他住在山坡上一棵剥皮白杨附近的双开间的木屋里。回家吃晚饭要穿过一条有月桂树丛遮掩的小岔道。一个黑魆魆的人形从月桂树丛中跨出来，用来复枪对着治安官的胸膛。那个人帽子拉得很低，脸上也用什么东西遮住一大半。

"我要你的钱，"那个人说，"少废话。我神经紧张。我的手指在扳机上哆嗦着呢。"

"我只有五——五——五块钱。"治安官一面说，一面把钱从坎肩里掏出来。

"卷起来，"对方发出命令，"把钱塞进枪口。"

票子又新又脆。手指虽然有些颤抖不灵活，把它卷起来并不怎么困难，只是塞进枪口时不太顺当。

"你现在可以走啦。"强盗说。

治安官不敢逗留，赶快跑开。

第二天，那头小红牛拖着车子又来到办公室门口。治安官贝纳加·威德普知道有人要来，早已穿好了鞋子。兰西·比尔布罗当着治安官的面把一张五块钞票交给他的老婆。治安官虎视眈眈地盯着那张票子。它似乎曾经卷过、塞进过枪口，因为还有卷曲的痕迹。但是治安官忍住没有作声，别的钞票很可能也会卷曲的。他把离婚判决书分发给两人，两人都尴尬地默默站着，慢吞吞地折起那张自由的保证书。女人竭力抑制着感情，怯生生地瞥了兰西一眼。

"我想你要赶着牛车回家去了，"她说，"木架上的铁皮盒子里有面包。我把咸肉搁在锅里，免得狗偷吃。今晚别忘了给钟上弦。"

"你要去你的埃德兄弟那儿吗？"兰西装出漫不经心的样子问道。

"我打算在天黑前赶到那里。我不指望他们会忙着欢迎我。可是我没有别的地方可以投靠了。路很长，我想我还是趁早走吧。那么我就说再见了，兰西——要是你也愿意说的话。"

"如果谁连再见都不肯说，那简直成了畜生，"兰西带着十分委屈的声调说，"除非你急着上路，不愿意让我说。"

阿里艾拉默不作声。她把那张五块钞票和她的一份判决书小心折好放进怀里。贝纳加·威德普伤心的眼光从眼镜后面望着那五块钱到别人的怀里去了。

他想说的话（他的思潮翻腾）只有两种，一种使他的地位和一大群富于同情心的世人并列，另一种使他和一小群金融家并列。

"今晚老屋里一定很寂寞，兰西。"她说。

兰西·比尔布罗凝望着坎伯兰山岭，在阳光下，山岭现在成了一片蔚蓝。他没有看阿里艾拉。

"我也知道会寂寞的，"他说，"但是人家怒气冲冲，一定要离婚，你不可能留住人家呀。"

"要离婚的是别人，"阿里艾拉对着木凳子说，"何况人家又没有让我留着不走。"

"没有人说过不让啊。"

"可是也没有人说过让啊。我想我现在还是动身去埃德兄弟那儿吧。"

"没有人会给那只旧钟上弦。"

"要不要我搭车跟你一路回去，替你上弦，兰西？"

那个山民的面容绝不流露任何情感，可是他伸出一只大手抓住了阿里艾拉的褐色小手。她的灵魂在冷淡的脸庞上透露了一下，顿时使它闪出了光辉。

"那些狗再不会给你添麻烦了，"兰西说，"我想以往我确实太没有出息、太不上进啦。那只钟还是由你去上弦吧，阿里艾拉。"

"我的心老是在那座木屋里，兰西，"她悄声说，"老是跟你在一起。我再也不发火了。我们动身吧，兰西，太阳落山前，我们可以赶回家。"

治安官贝纳加·威德普看他们自顾自走向门口，竟忘了他在场，便插嘴发话了。

"以田纳西州的名义，"他说，"我不准你们两人藐视本州的法律和法令。本庭看到两个相亲相爱的人拨开了误会与不和谐的云雾，重归于好，不但非常满意，而且十分高兴。但是本庭有责任维护本州的道德和治安。本庭提醒你们，你们已经没有夫妇关系，你们经过正式判决离了婚，在这种情况下，你们不再享有婚姻状态下的一切权益了。"

阿里艾拉一把抓住兰西的胳膊。难道这些话是说，他们刚接受了生活的教训，她又要失去他吗？

"不过本庭，"治安官接着说，"可以解除离婚判决所造成的障碍。本庭可以立刻执行结婚的庄重仪式，把事情安排妥当，使双方如愿恢复那光明高尚的婚姻状态。执行这种仪式的手续费，就本案而论，一切包括在内，是五块钱。"

阿里艾拉从他的话里听到了一线希望。她的手飞快地伸进怀里。那张钞票像着陆的鸽子似的自在地飘到治安官的桌子上。当她和兰西手挽手站着，倾听那些使他们重新结合的词句时，她那疲黄的脸颊上有了血色。

兰西扶她上了车，自己也爬上去坐在她身旁。那头小红牛又转了一个向，他们紧握着手向山中进发了。

治安官贝纳加·威德普在门口坐下来，脱掉鞋子。他又一次伸手摸摸坎肩口袋里的钞票。他又一次抽起接骨木烟斗。那只花斑母鸡仍旧高视阔步地走在居留地上，愣愣磕磕地叫个不停。

约翰·汤姆是一名受过良好教育的印第安人。他和好朋友杰甫·彼得斯云游四方，闯荡世界。一天晚上，当他们在一个小镇外的河边支起帐篷，准备宿营时，在幽暗的灌木丛中却发现了一个白人小男孩儿。于是他们把小孩儿送回家，交到了他母亲的手中。同时约翰·汤姆也爱上了这个容貌姣好的白种女人。

后来，男孩儿的父亲，那个抛弃妻儿、无可救药的二流子却抢走了孩子，这让那位母亲犹如天塌一般。此时约翰·汤姆挺身而出，历尽艰辛抢回孩子。

作家用饱含激情的笔触为我们描写了这样一群人：他们追求着、体现着纯净天然的人性品格——爱情、友谊、尊严与荣誉。这些在约翰·汤姆的身上完全地体现出来。

我看见红门药房楼上杰甫·彼得斯的房间里亮着灯，便匆匆赶去，因为我不知道杰甫已经回到城里。他是个闯荡世界的人物，各行各业都干过，碰上他兴致好的时候，每一门行业都有故事可讲。

我发现杰甫在重新打点手提包，准备去佛罗里达看看他一个月前用育空河畔一块地皮的采矿权换来的橘树林。他把一张椅子踢过来让我坐，久经风霜的脸上仍带着以前那种幽默的微笑。我们八个月没有见面了，但他招呼我的神情像朝夕相见的人那样。时间是杰甫的仆人，美洲的空间是他根据各种工作需要而任意划分的一块大地皮。

我们不着边际地谈了一些废话，最后谈到菲律宾的动荡的形势。

"那些热带地区的民族，"杰甫说，"如果由他们自己的骑手驾驭，都会跑出好成绩。热带的人民了解他们的需要。他们需要的是看斗鸡的月票和西联电报公司敷线工人绑在鞋子上的攀爬钩，以便爬到树上去采摘面包果。盎格鲁—撒克逊人要他们学习动词变化，用背带系裤子。其实他们按照自己的方式生活才觉得最幸福。"

我感到震惊。

"老弟，教育是最重要的，"我说，"随着时间的推移，他们会达到我们的文明标准的。你看看教育对印第安人的帮助有多大。"

"哦嚖！"杰甫点燃了烟斗（那是个好征兆），"是啊，印第安人！我一直在看。我迫切希望看到红种人成为进步的旗手。事实上，他和别的有色人种一样。使他成为盎格鲁—撒克逊人是不可能的。我有没有把我的朋友小熊约翰·汤姆的事情讲给你听过？他一口咬掉了文化教育的右耳朵，把时间的陀螺转回到哥伦布还是孩提的年代。我有没有讲过？

"小熊约翰·汤姆是受过教育的柴罗基印第安人，也是我的老朋友。他毕业于东部有校足球队的大学之一，那些大学成功地教会了印第安人用烤架烧鱼烧肉，而不用火刑柱烧活人。作为盎格鲁—撒克逊人，约翰·汤姆有古铜色的雀斑。作为印第安人，他是我所认识的皮肤最白净的人之一。作为柴罗基人，他是一次投票就可当选的绅士。但是作为政府官员，他却很难通过初选。

"约翰·汤姆和我凑在一起，想搞搞制药——合法的、有品位的骗局，搞的时候不必大张旗鼓，免得招来警察的愚蠢行为和大制药公司的妒忌。我们一共有五百元资金，如同所有的资本家一样，我们渴望它增值。

"于是，我们想出一个主意，看上去像金矿计划书那么正派，又像教会的义卖那么有利可图。三十天后，我们赶着两匹漂亮的马和一辆欧洲式的红色大篷车直奔堪萨斯州。约翰·汤姆的身份是威什希普多酋长，著名的印第安巫医兼乐善好施的七部落酋长。彼德斯先生是业务经理兼合伙人。我们还需要一个人，到处看看，发现了 J. 科宁厄姆·宾克利靠在一张报纸的求职栏下。这个宾克利有扮演莎士比亚剧中人物的毛病，幻想在纽约舞台上连演二百个晚上。但他承认他从来没有争取到靠莎剧吃饭的机会，只得降格以求，满足于在卖药的大篷车上赶二百英里路。除了扮演理查三世以外，他会唱二十七首黑人歌曲和弹弹班卓琴，并且愿意做饭，照料马匹。

我们具备一整套敛财的妙法。其一是能除去衣服上的油迹和口袋里的二十五分银币的魔皂。其二是从野草提炼的印第安神药松瓦达，配方是天神托梦，告诉他宠爱的巫医和芝加哥的装瓶商麦克加里蒂和西伯斯坦大酋长的。还有一种是让堪萨斯人乖乖掏钱的雕虫小技，但百货公司没法同它相比。快来看哪快来瞧！一副丝织袜带、一本详梦大全、一打晾衣服的夹子、一枚金牙，外加一本《侠义传》，用日本仿丝手帕包在一起，由彼得斯先生交到漂亮的女士手里，只收半元钱，同时宾克利教授弹奏三分钟班卓琴为大家助兴。

　　"这个把戏玩得十分精彩。我们和平地掳掠了全州，决心消除人们对'流血的堪萨斯'这个名称出处的一切怀疑。小熊约翰·汤姆全副印第安酋长的打扮，把人们从玩升官图游戏的联欢会和讨论国有制的座谈会上吸引过来。他在东部大学求学期间，得到了修辞学以及形体和诡辩的锻炼。当他站在红色大篷车上口若悬河地向农民们解释冻疮和颅骨感觉过敏的时候，杰甫就利落地把印第安神药递给顾客。

　　"一晚，我们在萨莱纳西面的一个小镇外宿营。我们喜欢在河边支起一个帐篷。有时候，我们的神药销路好得出乎意料，威什希普多酋长就会梦见曼尼托指点他就近灌装几瓶松瓦达。当时是十点左右，我们刚从街头演出归来。我在帐篷里点了一盏提灯，盘点当天的收益。约翰·汤姆还没有卸掉印第安人的化装，坐在营火旁边照看煎锅里的牛腰肉排，等教授结束卸马的惊险动作。

　　"幽暗的灌木丛中突然发出一声鞭炮似的声响，约翰·汤姆哼了一声，挖出一颗嵌在他锁骨上的小枪弹。约翰·汤姆朝鞭炮声的方向冲去，抓着一个小孩儿的衣领回来，那孩子大约九或十岁，穿一套平绒衣服，手里握着一杆镀镍的来复枪，枪管像自来水笔杆那么粗细。

　　"'喂，小子，'约翰·汤姆说，'你干吗用那门榴弹炮轰我？杰甫，你出来看牛排。别让它煎焦了，我来审问这个开豆子枪的小鬼。'

　　"'怯懦的印第安人，'那小孩儿像是引用一位作家的话说，'你敢把我

绑在火刑柱上烧死，白人就会把你们从草原上赶尽杀绝。快放我走，不然我要告诉妈妈了。'

"约翰·汤姆把孩子放在折凳上，自己在他旁边坐好，'你干吗要朝你约翰大叔开枪？你不知道子弹上了膛？'

"'你是印第安人吗？'孩子抬头望着约翰·汤姆的鹿皮衣服和老鹰的羽毛，机灵地问道。'是的。'约翰·汤姆说。'那不结了。'孩子晃着腿说。那孩子胆量够大的，我看得出了神，几乎忘了翻动煎锅里的牛排。

"'哦嗬！'约翰·汤姆说，'我明白了。你是小复仇者。你发誓要把美洲的野蛮的印第安人消灭光。是不是这样，小子？'

"小孩不乐意地点点头。他枪下连一个战士都没有撂倒就说出心里的秘密，似乎不甘心。

"'你的棚屋在哪里，小子？'约翰·汤姆问道，'你住在哪里？这么晚了，还不回家，你妈妈要担心的。告诉我，我送你回去。'

"'恐怕不行，'孩子笑着说，'我住的地方离这儿有好几千里。'他朝地平线的方向做个手势。'我在这里下车，是因为乘务员说我的车票过了站。'他看看约翰·汤姆，突然起了疑。'我敢打赌，'他说，'你不是印第安人。你打扮得像是印第安人，但是说话不像，印第安人只会说"太好啦"和"白人该死"。我看你是那种在街上卖药的冒牌印第安人。有一次我在昆西见过那种人。'

"'我是雪茄烟铺门口的招牌，还是连环画里的泰曼尼，'约翰·汤姆说，'都不用你操心。酋长议事会该讨论的是拿你怎么办。你是从家里逃出来的。你看过豪厄尔斯小说。你企图枪杀一个温顺的印第安人的时候没有说："去死吧，印第安狗！你十九次亵渎了小复仇者。"你究竟是什么意思？'

"那孩子思索了片刻后说：'我想我错了。我应该更往西走。据说大峡谷那面才是蛮荒地带。'他向约翰·汤姆伸出手，那个小流氓。'我开枪打了你，先生，请你原谅。希望没有伤着你，'他说，'不过你应该多加小心。侦察员发现出征打扮的印第安人时，必须用来复枪说话。'小熊大笑起来，笑完后还发出一声呐喊，他抱起孩子，抛出十英尺高再接住，让那个离家出走的孩子骑在自己肩上，孩子抚弄着鹿皮衣服的流苏和鹰羽，高兴得像是在低级人种头上作威作福的白人。从那一刻开始，小熊和那孩子显然成了好朋友。那个小叛徒已经和野蛮人媾和，从他眼神里可以看到，他在琢磨怎么才能弄到一把战斧和一双小尺码的鹿皮鞋。

　　"我们在帐篷里吃了晚饭。在那小家伙的眼里，我和教授只不过是一般的战士，战争场面的背景人物。他坐在一个放松瓦达的箱子上，脖子只够到桌子边，嘴里塞满了牛腰肉，小熊问他叫什么名字。'罗伊。'他用带着牛腰肉的声音回答。再问到他的姓和地址时，他摇摇头。'我不告诉你们，'他说，'你们会送我回去的。我要和你们待在一起。我喜欢这种野营生活。在家时，我们一伙小孩儿也在我家的后院里野营。他们叫我红狼罗伊！这个名字不坏，就这么叫我吧。请再给我一块牛排。'

　　"我们不得不收留这个孩子。我们知道家里肯定为了他乱成一团，妈妈、哈利叔叔、简姑妈、警察局长都在千方百计地打听他的下落，但是从他嘴里再也问不出别的情况。不到两天工夫，他已经成了我们班子的吉祥物，我们暗暗希望他的原主不会出现。红色大篷车营业时，他也参与，把药瓶递给彼得斯先生，一副自豪得意的样子像是一个抛弃了价值二百元的王冠、去追求身价百万的暴发户姑娘的王子。有一次，约翰·汤姆问起他的父亲。'我没有父亲，'他说，'他抛下我们不管，自己走了。他害我妈妈伤心得直哭。露西姑妈说他是混混儿。''什么？'我们中间有人问道。'混混儿，'孩子说，'是什么混混儿来着——我想想看——哦，对啦，是没出息的混混儿。我也不懂什么意思。'约翰·汤姆想把我们的商标加在他身上，用贝壳和玻璃珠子把他装点成小酋长，但是我否决了。'我的看法是有人丢了那个小孩儿，或许还会要的。不妨让我用些新的策略试试，能不能看看他的名片。'

　　"那天晚上，我走到营火堆旁罗伊某某先生身边，鄙夷地瞅着他。'斯尼根维策尔！'我说，仿佛那个姓叫我听了就恶心，'斯尼根维策尔！呸！

我才不用这种难听的姓呢！'

"'你怎么啦，杰甫？'那孩子睁大眼睛问道。

"'斯尼根维策尔！'我重复了一遍，又呸了一声，'今天我遇到你们镇上的一个人，他把你的姓告诉了我。怪不得你觉得说出来丢人。斯尼根维策尔！真差劲儿！'

"'你听我说，'孩子气得浑身发抖说，'你怎么搞的？那又不是我的姓。我姓柯尼尔斯。你怎么搞的？'

"'那还不是最糟糕的。'我趁热打铁，不给他思考的时间，'我们原以为你是好人家出身。这里的小熊先生是柴罗基酋长，逢年过节有资格在毡斗篷上佩戴九条水獭尾巴；宾克利教授是演莎士比亚戏剧、弹班卓琴的；我有几百元钱，放在大篷车上那个黑铁皮箱子里，我们结交的人都是有根有蒂的。那个人说，你家住在那条又破又小的鸡窝巷，街上没有人行道，山羊和你们同桌吃饭。'

"那孩子几乎要哭了。'不是这样的，'他气急败坏地说，'那个人瞎说八道。我们住在白杨大道，我同山羊没有关系。你怎么搞的？'

"'白杨大道，'我讥刺地说，'那算是什么大道！只有两个街口长，突然就断了。你托起一桶一百磅的钉子，一举手就可以从街一头扔到另一头。别提什么白杨大道了。'

"'那条街有几里长呢，'孩子说。'我们家的门牌是862号，后面还有许多许多房子。你怎么啦，杰甫——哎，你真烦人。'

"'得啦，得啦。'我说，'那个人也许搞错了。也许他说的是另一个孩子。下次我碰到他，我一定教训他一顿，看他还敢胡说八道。'晚饭后，我去镇上发了一个电报，收报人是伊利诺伊州昆西市白杨大道862号柯尼尔斯太太，内容是孩子在我们这里，安全无恙，如何处理盼复。两小时后回电来了，说是请牢牢看住，她搭下一班火车赶来。

"下一班火车预定第二天下午六点到站，我和约翰·汤姆带着孩子在车站等候。任你怎么张望，也找不到威什希普多大酋长了，取而代之的是小熊先生，一身盎格鲁—撒克逊人的打扮，锃亮的漆皮皮鞋，名牌的领结。约翰·汤姆上大学时，除了形而上学和足球之外，还学会了这些习俗。若不是皮肤有点儿黄，头发又黑又直的话，你很可能认为他和电话簿上的普通人没有什么区别，那些人订阅杂志，傍晚只穿一件衬衫在院子里推刈草机。

"列车缓缓进站，一个穿灰色衣服的、头发光泽的小妇人下了车，急切地四下张望。小复仇者一看到她就大叫'妈妈'，她也喊了一声'啊！'两人便抱在一起，现在讨厌的印第安人可以从山里来到平原，不必担心红狼罗伊的来复枪了。柯尼尔斯太太上前向我和约翰·汤姆道谢，丝毫没有一般女人的激动失态。她言语不多，恰好让人感到她的真诚。我嗫嗫嚅嚅说了一些客套话，那位太太报之以友好的微笑，仿佛一星期前就认识我了。这时候，小熊先生也来凑热闹，说了一些应酬话。我发觉孩子的妈妈并不清楚约翰·汤姆是谁，但注意到了他的语言能力，便用以一顶三的词汇来应对。

"孩子把我们介绍给他妈妈，添上一些脚注和解释，比学了一星期修辞学的人说得更简单明了。他跳来跳去，捅我们的后背，试图爬上约翰·汤姆的大腿。'他叫约翰·汤姆，妈妈。'他说，'是印第安人。在一辆红色的大篷车上卖药。我开枪打了他，他没有发脾气。那一个叫杰甫，也是游方和尚。你来看看我们住的营地，好吗，妈妈？'

"显而易见，孩子是那女人的心肝宝贝。她一有机会就抱着孩子，那一点就足以说明问题了。只要是让孩子高兴的事，她无不去做。她迟疑了八分之一秒，朝几个男人又看了一眼。我觉得她心里是这样评价约翰·汤姆的：'即使他的头发不鬈曲，看来似乎也是个绅士。'她对彼得斯先生的看法是：'不是讨女人喜欢的男人，但了解女人。'

"我们像守灵后的街坊邻居们一样，逛到营地。她察看了大篷车，拍拍孩子睡觉的地方，用手帕擦擦眼角。教授用班卓琴的一根单弦为我们弹奏了威尔迪歌剧《游吟诗人》的旋律，正想转入哈姆莱特的独白时，一匹马被绳索缠住了，他说了一声'老是添乱'，不得不过去照看。

"天黑时，我和约翰·汤姆回到玉米交易旅馆，我们四个人一起在那里吃晚饭。我想麻烦就是从晚饭开始的，因为小熊先生那时乘上智力的气球飞升了。依我看，那个红种人相当博学广闻，他说起话来滔滔不绝，就像意大利人的通心粉似的。他锦心绣口的语言带有深湛的动词和前缀词。流利的音节同他要表达的思想配合得天衣无缝。我原以为听过他说话，其实以前听的根本不能同现在相比。差别不在语言的数量，而在表达的方式；而且不在于主题，因为他说的都是普普通通的事物，例如大教堂、足球、诗歌、感冒、灵魂、运费率、雕塑等。科尼尔斯太太懂得他的词句和在词句中间回荡的优美的声音。杰弗逊·D.彼得斯偶尔也插进少许陈旧的、没有意义的词句，例如'请递一下黄油'，或者'再来一条鸡腿'。

"是啊，那个科尼尔斯太太似乎使小熊约翰·汤姆有点儿怦然心动。她属于那种讨人欢喜的类型。除了容貌姣好以外，她还有别的引人之处，请听我解释。就拿大商店里展示服装的人体模型做个比方吧。它们给你的印象是没有个性的。它们只供观赏，作用是体现三围尺寸和皮色，并且造成幻想，让人觉得那件海豹皮大衣即使穿在脸上长疣子但钱包很鼓的女士身上也很漂亮。假如一具模型撤了下来，你把它搬回家，碰到它时它会开口说'查利'，并且在桌子旁边坐直，那情景就和科尼尔斯太太相似了。我看得出来，约翰·汤姆对那个白种女人不可能没有好感。

"那位太太和孩子在旅馆过夜。他们说准备第二天早晨回家。我和小熊八点钟离开旅馆，在县政府门口的广场上卖印第安神药，直到九点。小熊让我和教授赶着大篷车回营地，他自己要在镇上多待一会儿。我不喜欢这种安排，因为这说明约翰·汤姆情绪不对头，会去喝酒，可能引起麻烦和损失。威什希普多酋长喝酒的情况并不多，但是只要他一喝，那些穿蓝制服、拿警棍的白人的辖区就不得安宁了。

"九点半钟，宾克利教授已经裹着被子，用无韵诗在打鼾，我坐在火边听蛙鸣。小熊先生悄悄回到营地，靠着一棵树坐下。没有喝过酒的迹象。

"'杰甫，'他歇了好久以后说，'一个小男孩儿到西部来射取印第安人。'

"'然后呢？'我不知道他在想什么，随便应了一声。

"'他射中了一个，'约翰·汤姆说，'不是用枪射击的，他生平从没有穿过平绒衣服。'这时我开始明白他的意思了。

"'我知道了，'我说，'他的画像印在情人节的卡片上，他射中的，无论红种人白种人，都是傻瓜。'

"'这次的傻瓜是红种人，'约翰·汤姆平静地说，'杰甫，你认为我用多少匹马能买下科尼尔斯太太？'

"'胡说八道！'我说，'白人没有这种习俗。'约翰·汤姆大声笑了起来，咬着雪茄。'当然没有，'他说，'我指的是白人操办婚事要用多少美元。哎，我知道。种族之间有一道推不倒的墙。杰甫，如果我办得到的话，我要在红种人进过的每一所白人大学里竖起一个火炬。你们为什么要来干预，不让我们跳鬼神舞、吃狗肉宴，不让我们的婆娘替我们做蚱蜢汤、补鹿皮鞋？'

"'你不至于不尊重那朵叫作教育的永恒的鲜花吧？'我愤慨地说，'我把它佩在我智力的上衣胸前。我受过教育，'我说，'从没有因此受到损害。'

"'你用套索拴住我们，'小熊不理会我平庸的插话，自顾自往下说，'教我们认识文学和生活的美，教我们欣赏男人女人的优点。你在我身上做了些什么？你使我成了柴罗基的摩西。你教我憎恨印第安人的棚屋，喜爱白人的生活方式。我可以望望应许之地，看看科尼尔斯太太，但是我的位置在印第安人保留地。'

"酋长打扮的小熊站起来，又哈哈大笑。'但是白人杰甫啊，'他接着说，'白人提供了一种安慰品。虽然是暂时的，但能缓解一下，它的名字叫威士忌。'他又朝镇上走去。'但愿曼尼托保佑他今晚别闯大祸！'我暗忖道。因为我看出约翰·汤姆准备利用白人的安慰品。

"十点半左右，我坐着抽烟时，听到小路上有脚步声，只见科尼尔斯太太快步跑来，她头发凌乱，脸上的神情像是家里既遭了贼偷，又发现了耗子，再加上面粉全用光了似的。'哎，彼得斯先生，'她打老远就嚷了起来，'哎，哎！'我飞快地思索一下，说出了问题的要害，'我和那个印第安人情同手足，我两分钟内就能让他安静下来——'

"'不，不，'她不知所措地扭着手说，'我没有看见小熊先生。是——是我的丈夫。他抢走了我的儿子。啊呀，我刚找回来，却被他抢走了！那个没良心的恶棍！他让我吃尽了生活的苦头。我可怜的小羊羔，他躺在温暖的被窝里，被那个恶魔抢走了！'

"'怎么回事？'我问道，'你先说说事情经过。'

"'我替罗伊铺床的时候，'她解释说，'孩子在旅馆门廊上玩，他驾车来到台阶前。我听到罗伊的叫声，跑了出来。我的丈夫已经把他抱上马车。我求他把孩子还给我。他往我脸上抽了一鞭子。'她把脸转向亮处，面颊和嘴巴上有一道红印。'是他用鞭子抽的，'她说。

"'回旅馆去，'我说，'我们商量商量怎么办。'

"她在路上谈了经过情况。他用鞭子抽她时，说他发现她来接孩子，便搭同一班火车来了。科尼尔斯太太住在她哥哥家，他们一直看管着孩子，因为她丈夫以前也曾想把孩子拐走。我判断那男人是个无可救药的二流子。他挥霍她的钱，殴打她，弄死她养的金丝雀，到处宣扬说她的脚冰冷。

"我们回旅馆后，发现五个愤怒的公民聚在一起，嚼着烟叶，谴责这种暴行。晚上十点钟，镇上的人大多都睡了。我平静地对那位女士说，我准备乘一点钟的火车去东面四十英里外的下一个火车站，因为那位科尼尔斯先生很可能把马车赶到那里转乘火车。我对她说：'我不知道他有没有合法权利，不过找到他后，我要以扰乱治安的罪名给他眼睛上来一记非法的左直拳，让他一两天动弹不得。'

"科尼尔斯太太进屋去和旅馆老板娘一起哭，老板娘煮了猫薄荷茶，安抚那可怜的女人。老板用拇指抠着吊裤带到门廊上对我说：

"'自从贝德福德·斯蒂高尔的老婆误吞一条壁虎以来，镇上还没有这么骚动过。我在窗子里看见他用鞭子抽她。你身上这套衣服花多少钱买的？

看样子这两天会下雨，是吗？大夫，你的那个印第安人今晚好像喝多了，是吗？他比你早来一会儿，我把这里发生的事讲给他听，他像汽笛似的尖叫一声，急匆匆地跑了。我想我们的警察在天亮之前会把他关起来的。'

"我想我不如坐在门廊上等一点钟的火车。我觉得没有什么可高兴的。约翰·汤姆又一次喝得烂醉，绑架的事害我睡不着觉。不过，我一向为别人的烦恼而烦恼。每隔几分钟，科尼尔斯太太就到门廊上来望望马车驶去的那条路，似乎指望那孩子手里拿着一个红苹果，骑在一匹白马上回来。女人的脾气不就是那样吗？那让人想起了猫的故事。'我看见一只耗子钻进了这个洞，'猫太太说，'你高兴的话可以去那儿撬开一块地板；我要守住这个洞口。'

"十二点三刻左右，那位没有合过眼的太太又出来了，像自得其乐的女人那样慢悠悠地哭着，她又朝那条路张望、倾听。'夫人，'我说，'他们走了好久，看也没用。这时候他们大概已经在——'嘘——'她举起手说。我果真也听到黑暗中有些吧嗒吧嗒的响动；然后是一声呐喊，那声令人毛骨悚然的尖叫是麦迪逊广场花园野牛比尔的日场表演之外从未听到的。然后，那个不值得尊敬的印第安人跳上了台阶和门廊。在门厅的灯光下，我没有认出一八九一班的校友小熊约翰·汤姆先生。我看到的是一个出征归来的柴罗基战士。烈酒和别的东西激励了他。他的鹿皮衣服被荆棘刮得破破烂烂，羽毛像鸡毛似的纠结在一起，鹿皮鞋上沾着几千里路的尘土，眼睛闪着原居民的光芒。但是他怀里抱着那孩子，孩子一手紧搂着印第安人的脖子，睡迷迷的眼睛半开半闭，两只小脚无力地晃荡。

"'娃子！'约翰·汤姆说，我发现他的言语已经丧失了白人的辞藻。他成了同熊搏斗的、古铜色皮肤的土著。'我把娃子带来了，'他把孩子交到母亲手里说，'跑了十五英里！唔！抓到白人。带来娃子。'

"那个小妇人喜出望外。她抱紧那个惹是生非的小家伙，满口心肝宝贝地乱叫，把他弄醒了。我正想问小熊先生，但瞥见了他腰上挂的一件东西。'去睡吧，夫人，'我说，'这个爱游荡的小家伙也去睡吧，再也没有危险了，绑架事件已经彻底结束。'"

"我劝约翰·汤姆尽快去营地，他倒在床上就睡着了，我把他腰间的那件东西取下来，丢到文明人的眼睛看不到的地方。因为即使有校足球队的大学也不设剥头皮的课程。

"约翰·汤姆醒来，四下张望时已是第二天上午十点钟了。我很高兴地看到他眼神里重新有了十九世纪的气息。

"'怎么啦，杰甫？'他问道。

"'酒喝多了。'我说。

"约翰·汤姆皱起眉头，思考了一会儿。'再加上那种叫作返祖现象的小小的生理骚动，'他直截了当地说，'我现在记起来了。他们走了没有？'

"'乘七点三十分的火车走了，'我回说。

"'唔！'约翰·汤姆说，'这样更好。白人，给威什希普多酋长拿些溴塞尔泽来，他又可以担负红种人的责任了。'"

在一个寂静的夜晚，在一条漆黑的胡同的拐角，警察拦住了一个刚作完案的窃贼，结果怎样？一个顶着医生头衔实际上却杀人不眨眼的冷酷凶手，偏偏被病急乱投医的人请到了家中，又会发生怎样的故事？一个命运凄苦的年轻女人，在穷困饥饿又失去丈夫的窘况下，将会迎来怎样的命运？

身为医师兼窃贼的詹姆斯在得知钱德勒太太的不幸遭遇后，决定对其施以援手，留下上次作案的赃款。詹姆斯用自己的实际行动给了钱德勒太太生的希望，他本人也获得了一次心灵上的净化。一个善意的谎言，完成了一场从兽性到人性的蜕变。最后詹姆斯医师悄然离去，但故事留给人们的思考远没有结束。

警察站在第二十四街和一条黑得邪乎的胡同的拐角上，高架铁路正好在上面通过。当时是凌晨两点：黎明前的黑暗浓重潮湿，让人很不舒服。

一个穿长大衣、帽子压得很低、手里提着什么东西的男人轻手轻脚地从黑胡同里匆匆出来。警察迎上前去，态度和蔼，但带着恪尽职守的自信。时间、胡同的恶名、行人的匆忙、携带的重物——这一切自然而然地构成了"可疑情况"，要求警察干预查明。

"可疑者"立即站住，把帽子往后一推，摇曳的街灯照出的面孔镇定自若，鼻子相当长，深色的眼睛毫不躲闪。他没脱手套就把手伸进大衣口袋，摸出一张名片交给警察。警察凑着晃动的灯光看到名片上印的是"医学博士查尔斯·斯宾塞·詹姆斯"。街道和门牌号码在一个殷实正派的地段，不容产生好奇，更不用说怀疑了。警察的眼光朝下扫去，看到医

在这样的环境氛围下，可能发生怎样的情况？此处自然环境的描写为故事情节的展开做了必要的铺垫。

"可疑者"居然没有任何惊惶之色，表现得异常沉着冷静，难道是警察看走了眼？

生手里提的东西：一个漂亮的白银扣饰的黑皮医药包；名片得到了进一步的证实。

　　"请吧，大夫，"警察让开一步，口气和蔼得有点儿过分。"上面关照要格外小心。最近溜门撬锁、拦路抢劫的案子很多。在这样的夜晚出诊真够呛。不算冷，但是黏黏糊糊的。"

　　詹姆斯医师彬彬有礼地点点头，说了一两句附和警察对天气评价的话，继续匆匆走去。那晚有三个巡警都认为他的名片和神气的医药包足以证明他是正派人，干的是正派事。假如第二天这些警察中间有谁觉得应当去核实一下名片（只要别去得太早，因为詹姆斯医师没有早睡早起的习惯），他将发现一块漂亮的门牌上确有医师的姓名，摆设精致的诊所确有衣着整饬的医师本人，邻居们都乐意证明两年来医师奉公守法、照顾家庭、业务兴旺。

整饬(chì)：整齐；有条理。

　　因此，假如这些热心维护治安的人中有谁能看到那个表面清白的医药包里的东西，准会大吃一惊。包一打开，首先呈现在眼前的是一套最新发明的"保险箱专家"专用的精巧工具，所谓"保险箱专家"是如今撬保险箱的窃贼们自封的称号。那些工具都是专门设计、特别打造的——短而结实的撬棍，一套奇形怪状的钥匙，在冷铸钢上打孔就像耗子啃奶酪那般轻松的高强度的蓝钢钻头和冲头，能像水蛭那样附着在光滑的保险箱门上，像牙医拔牙那么利索地拔出号码锁的夹钳。"医药包"里的小贴袋里有一瓶四英两装的硝化甘油，还剩下一半。工具下面是一堆皱皱巴巴的钞票和几把金币，总数是八百三十元。

注意这些工具在下面情节中发挥了怎样的作用。巧妙设伏，构思严谨是欧·亨利小说的一大特色。

　　詹姆斯医师在他极有限的朋友圈子里被称为"了不起的希腊人"。这个奇特的称呼一半是赞扬他冷静的绅士作风，另一半在帮会黑话里是指头儿和出谋划策的人，凭他的地址、职业的影响和威望，他能搞到信息，供哥们儿制订计划，干非法勾当。

这个精干的小圈子的其他成员是斯基采·摩根、根姆·德克尔和利奥波德·普雷茨费尔德。德克尔是"保险箱专家"，普雷茨费尔德是城里的珠宝商，负责处理三人工作小组搞来的钻石和其他首饰。他们都是讲朋友义气的好人，守口如瓶，忠实不渝。

合伙人认为那晚的收获并不令人满意，只能勉强补偿他们花费的力气。一家资金雄厚的经营呢绒的老字号的双层侧栓的老式保险箱，星期六晚上的存款理应超过两千五百元。但是他们只找到这个数目，三人按照惯例，当场就把钱平分掉。他们本来指望有一万或一万两千元。然而商号股东老板之一办事有点儿过于老派。天黑后，他把大部分现金装在一个衬衫盒里带回家去了。

詹姆斯医师继续沿着杳无行人的第二十四街走去。经常聚集在这一地区的戏剧界票友们也早已上床睡觉了。牛毛细雨在铺路的石子间积成小水洼，被弧光灯一照，反射出千百片闪闪发亮的小光点。水汽凝重的寒风，从房屋之间的空档里劈头盖脸地一阵阵扑来。

医师刚走近一座高大的砖砌建筑的拐角，这座与众不同的住宅前面突然打开了，一个嘴里嘀嘀咕咕、脚下踢踢踏踏的黑种女人从台阶下到人行道。她说着什么，很可能是自言自语——她那个种族的人独自遇到危难时总是采取这种求助的办法。她像是旧时南方的奴仆——多嘴多舌、肆无忌惮、忠心耿耿、却又不服管教，她的外貌说明了这一点：肥胖、整洁、系着围裙、扎着头巾。

詹姆斯医师迎面走去时，这个从沉寂的房屋里突然出现

此处运用反话正说的方法，体现了作者语言幽默诙谐、善用嘲讽的叙事风格。

劈头盖脸：正对着头和脸盖下来，形容来势凶猛。

的形象刚走下台阶。她大脑的功能从发音转换到视觉，停止了嘀咕，一对金鱼眼睛死死盯住医师手里的医药包。

"谢天谢地！"她一见到医药包就脱口嚷道，"你是大夫吗，先生？"

"是的，我是大夫。"詹姆斯医师停住脚步说。

"那就请你看在老天的分儿上去瞧瞧钱德勒先生吧。不知他是犯病还是怎么搞的，像死了似的。艾米小姐派我去找大夫。先生，你不来的话，天知道老辛迪上哪儿才能找到大夫。假如老主人知道这里的情形，就有好戏看了，先生——他们准会打枪，在地上数好步子，用手枪决斗。那个羔羊般的、可怜的艾米小姐——"

"你要找大夫，就在前面带路，"詹姆斯医师踩上台阶说，"你要找个听你唠叨的人，我可不奉陪。"

黑女人引他进屋，走上一溜铺着厚地毯的楼梯。他们经过两个光线暗淡的门厅。在第二个门厅里，爬得上气不接下气的引路人拐了弯，在一扇门前站停，打开了门。

"我把大夫请来啦，艾米小姐。"

詹姆斯医师进了屋，朝站在床边的一位年轻太太微微欠身。他把医药包搁在椅子上，脱掉大衣，搭在医药包和椅子背上，镇定自若地向床边走去。

床上躺着一个男人，仍是先前倒下去时的姿势——衣着华丽时髦，鞋子已经脱去，全身松弛，死了似的一动不动。

詹姆斯医师像是散发着宁谧、镇定和力量的光环，对他主顾中的软弱失望的人来说，简直像久旱后的甘霖。他在病室里的举止风度有某些地方特别使女人们倾倒。那并不是时髦医师对病人的纵容讨好，而是沉着自信、压倒命运的气魄，对人尊重、保护和献身的态度。他那坚定、明亮的棕色眼睛里有一种清澈的吸引力，和蔼的面相非常适合担任知己和安慰者的角色，冷静而近似牧师的安宁带着潜在的威严。他有时出诊，那些和他初次见面的女人居然会告诉他，她们为了防止失窃，晚上把钻石藏在什么地方。

詹姆斯医师经验丰富，眼珠不怎么转动，就估出了房间家具摆设的等级和质量，同时也打量了那位年轻太太的外表。她身材娇小，年纪二十出头，容貌有一种迷人的美，但现在蒙上了阴霾。这与其说是意外不幸所引起，还不如说是由来已久的固定的哀怨。她额头一侧有一道青紫色的挫伤，医师根据经验判断，受伤的时间不会超出六小时。

对于一个惯偷来说，任何盗取钱财的机会都是不能错过的，这是他的职业习惯，也是经验丰富的表现。

詹姆斯医师伸手去试病人的脉搏。他那双几乎会说话的眼睛在询问年轻女人。

"我是钱德勒太太，"她回答说，带着南方人那种含糊的哭音和腔调。"你来到前十分钟左右，我丈夫突然病了。他以前也犯过心脏病——有几次相当凶险。"病人深更半夜这副打扮促使她做出进一步的解释，"他在外面很晚才回家，我想大概是赴晚宴。"

深更半夜：深夜。

詹姆斯医师现在把注意力转向病人。不论他从事哪一类"职业"活动时，他总是全神贯注地对待"病例"或者"买卖"。

病人年纪有三十左右。面相大胆放荡，但还算端正，一种乐观幽默的神情补救了缺点。他衣服上有一股泼翻了酒的气味。

医师解开他的上衣，用小刀把衬衫的假前胸从领子割破到腰部。清除了障碍之后，他把耳朵贴在病人心口，仔细听着。

"二尖瓣回流？"他站直时轻声说，句子结尾是没有把握的升调。他又俯身听了好久，这次才用确诊的音调说："二尖瓣闭锁不全。"

"夫人，"他说话的口气曾多次解除过人们的忧虑，"有可能——"当他缓缓朝那位太太转过头去时，只见她脸色惨白，晕了过去，倒在黑老太婆的怀里。

"可怜的小羊羔！可怜的小羊羔！辛迪大妈的宝贝孩子被他们害苦啦！但愿上帝发怒，惩罚那些把她引入迷途、伤了她那颗天使般的心、害她落到这个地步的人——"

"把她的脚抬高！"詹姆斯医师上前去扶持那个晕倒的人，"她的房间在哪里？必须把她抬到床上去。"

"在这儿，先生，"黑老太婆把扎着头巾的脑袋朝一扇门摆摆，"那是艾米小姐的房间。"

他们把她抬进房间，放在床上。她的脉搏很微弱，但还有规律。她神志没有清醒，从昏迷状态进入了沉睡。

"她体力衰竭。"医师说，"睡眠对她有好处。等她醒来时，给她一杯加热水的酒——再打个鸡蛋在里面，如果她能喝酒的话。她前额的挫伤是怎么搞的？"

衰竭(jié)：由于疾病严重而生理机能极度衰弱。

"磕了一下，先生。那个可怜的小羊羔摔了一跤——不，先生"——老太婆变化不定的种族性格使她突然发作起来——"老辛迪才不替那个魔鬼撒谎呢。是他干的，先生。但愿上帝让他的手烂掉——哎呀，真该死！辛迪答应过她可爱的小羊羔绝不讲出来。先生，艾米小姐头上是磕伤的。"

詹姆斯医师向一个精致的灯架走去，把灯光捻小一点儿。

"你在这儿守着太太，"他吩咐道，"别作声，让她睡觉。如果她醒来，就给她喝加热水的酒。如果她情况不好，就来告诉我。这事有点儿怪。"

歇斯底里：形容情绪异常激动，举止失常。英语音译词。

"这里的怪事还多着呢——"黑女人正要说下去，医师一反常态，像安抚歇斯底里病人似的专断地吩咐她别出声。他回到另一个房间，轻轻关上门。床上的人没有动弹，但是已睁开了眼睛。他的嘴唇抽动着，似乎想说什么。詹姆斯医师低下头，只听到微弱的声音："钱！钱！"

"你听得清我说的话吗？"医师压低嗓门儿，但十分清晰地说。

病人略微点点头。

"我是医师，是你太太请来的。她们告诉我，你是钱德勒先生。你病得不轻，千万别激动或是慌张。"

病人的眼神仿佛在召唤他，医师弯下腰去听那仍旧十分微弱的声音。

"钱——两万元钱。"

"钱在哪里——在银行里吗？"

眼神表示了否定。"告诉她"——声音越来越微弱了——"那两万元钱——她的钱"——他的眼光扫视着房间。

"你把钱藏在什么地方了吗？"詹姆斯医师的声音像塞壬女妖一般急切，想从那个神志逐渐不清的人嘴里掏出秘密——"在这个房间里吗？"

他觉得那对暗淡下去的眼睛里有表示同意的闪动。他指尖能触摸到的脉息细得像一根丝线。

詹姆斯医师的另一门职业的本能在他的头脑和心里出现。他做事敏捷，马上决定打听出这笔钱的下落，即使知道这一来肯定会出人命也在所不惜。

他从口袋里掏出一小本空白的处方笺，根据标准的常规做法，开了一张适合病人需要的处方。他到里屋门口，轻声叫那个黑女人出来，把处方交给她，让她去药房配药。

她嘀嘀咕咕地离开后，医师走到钱德勒太太躺着的床边。她仍在沉睡，脉象比先前好一些了，额头除了挫伤红肿的地方以外也不烫了，稍稍有些湿润。没人打扰的话，她可以睡

对金钱的疯狂占有欲令詹姆斯医师的绅士风度荡然无存，狐狸尾巴终于露出来了。

为了达到目的，这位医师已是不择手段，哪怕伤天害理、杀人越货。这就是打着治病救人旗号的詹姆斯医师的逻辑。

几小时。<u>他找到房门钥匙，出来时随手把门锁上。</u>

詹姆斯医师看看表。有半小时可以归他支配，因为那个老太婆去配药，半小时以内回不了家。他找来水罐和平底酒杯，打开医药包，取出一个盛着硝化甘油的小瓶——他的善于摆弄手摇曲柄钻的哥们儿把它简单地称作"油"。

他把淡黄色稠厚的液体倒了一滴在酒杯里，然后取出带银套筒的注射器，安好针头。他根据玻璃管上的刻度细心抽了几次水，把那滴硝化甘油稀释成将近半酒杯的溶液。

那晚两小时前，詹姆斯医师用同一个针筒把未经稀释的液体注射到他在一个保险箱锁上钻出的窟窿里，一声沉闷的爆炸毁坏了控制门闩的机械。现在他打算用同样的方法震撼一个人的主要机械——刺激他的心脏——目的都是为了钱。

同样的方法，但是形式不同。前者是鲁莽粗野、凭借原始动力的巨人；后者是奉承者，但用丝绒和花边掩饰了同样致命的手臂。因为医师用针筒细心从酒杯里抽取的液体已经成了硝酸甘油三酯，这是医学科学中已知的最厉害的强心剂。二英两能毁坏一扇厚实的保险箱铁门，他现在要用一量滴的五十分之一来使一个活人的复杂机理永远静止。

但不是立即静止，这不符合他的要求。首先要迅速增加身体的活力；强有力地促进每一个器官和功能。心脏会勇敢地对致命的鞭策做出反应，静脉里的血液会更快地回到心脏。

詹姆斯医师很清楚，这种心脏病遇到过于强烈的刺激，就像挨了一颗来复枪子弹似的，结果是立刻死亡。当血流量在窃贼"油"的作用下骤然增加，管腔本来不畅的动脉会迅速完全堵塞，生命之泉就停止流动了。

医师解开昏迷的钱德勒前胸的衣服，熟练地把针筒里的液体注射到心前区的肌肉里。他干两门行业都干净利落，注射完毕，仔细擦干针头，把保持针头通畅的细铜丝重新穿好。

三分钟后，钱德勒睁开了眼睛，开始说话了，声音虽然微弱，但还能辨清，他问抢救他的是谁。詹姆斯医师再一次解释他是怎么来这儿的。

"我妻子呢？"病人问道。

"她睡着了——由于过度疲劳和忧虑。"医师说，"我不愿叫醒她，除非——"

"没有——必要，"钱德勒呼吸短促，说话时常间断，"为了我——去打扰她——她不会——领你的情。"

詹姆斯医师把一张椅子拖到床前。时间不容浪费，要抓紧谈话。

"几分钟前，"他以另一门职业的低沉坦率的声音说，"你打算对我说些有关钱的事。我不指望你对我推心置腹，但是我有责任劝告你，焦虑对你的恢复是不利的。假如你心里有什么事——我记得你提到过两万元钱的事——最好说出来，可以减轻你的精神负担。"

钱德勒的脑袋动不了，但他的眼珠转向说话人的方向。

"我说过——这笔钱——在哪里吗？"

"没有，"医师回答说，"我只不过从你模糊不清的话里推测到你十分关心它的安全。如果钱在这个房间里——"

詹姆斯医师住口不说了。他是不是从病人揶揄的脸上看到一丝恍然大悟的神色？他是不是显得有点儿迫不及待，他是不是说漏了嘴？钱德勒随后说的话使他恢复了自信。

"除了——那个——保险箱以外，"他上气不接下气地说，

钱钟书先生说过："医生也是屠夫的一种。"詹姆斯医师的表现当是这句话最深刻的注解。

詹姆斯医师说话、办事从来都是打着对病人负责的幌子，他那动听的理由掩饰着真正的用意。

"还能——藏在哪里呢?"

他用眼光指点房间的一角,医师这才看到窗帘下端半遮着的一个铁制的小保险箱。

他站起身,抓住病人的手腕。病人的脉搏强劲,但有不祥的间歇。

"抬起胳臂。"詹姆斯医师命令说。

"你知道——我动不了,大夫。"

医师快步走到通向过道的门前,打开门,听听外面有什么动静。一片静寂。他不再旁敲侧击,径直走到保险箱前面,打量了一下。那个保险箱式样古老,设计简单,只能防防手脚不干净的仆人。拿他的技术来说,这只能算是一件玩具,等于稻草和硬纸板糊的东西。这笔钱可说是已经到手了。他能用夹钳拔出号码盘,钻透制栓,不到两分钟就打开保险箱的门。用另一种办法,也许只要一分钟。

> 旁敲侧击:比喻说话或写文章不从正面直接说明,而从侧面曲折表达。

他跪在地上,耳朵贴着保险箱门,慢慢转动号码盘。不出他所料,锁门时只用了一个组合暗码。号码盘转动时,他敏锐的耳朵听到轻轻的咔嗒一响,他利用暗码组合——门把手松动了。他打开了保险箱。

保险箱里一无所有——空空的铁格子里连一张废纸都看不见。

垂死的人额头汗津津的,但嘴角和眼睛露出嘲弄的冷笑。

"我这辈子——从没见过,"他吃力地说,"医药同——盗窃结合!你身兼二职——赚头不坏吧——亲爱的大夫?"

> 真是匪夷所思,给这位失手的"保险箱专家"来一个特写。詹姆斯医师本以为这是一笔已经到手的钱,这个结果完全出乎他的意料。

当时的情况十分尴尬,詹姆斯医师的精明强干从没有遇到过比这更严峻的考验。受害者的出了格的幽默感使他陷入既可笑又不安全的处境,但他仍然保持着尊严和清醒的头脑。他掏出表,等那人死去。

"你对——那笔钱——未免——过于猴急了。可是你——亲爱的大夫——根本奈何不了它。它很安全。十分安全。它全部——在赛马——赌注登记人手里。两万元——艾米的钱。我拿去——赛马——输得精光。我是个败家子，贼先生——对不起——大夫，不过我输得光明正大，我可从来没有见过——像你这样——不够格的坏蛋——大夫——对不起——贼先生。给受害者——对不起——给病人喝杯水——是不是违反——你们贼帮的——职业道德？"

原来病人早已识破了医师的本来面目。詹姆斯这位"老江湖"的确应该反思一下，他对这笔钱表现得真的是"过于猴急了"。

詹姆斯医师替钱德勒倒了一杯水。他几乎不能吞咽。药物的反应一阵阵袭来，越来越强烈。但他死到临头还想狠狠地刺痛一下别人。

"赌徒——酒鬼——败家子——我都沾边儿，可是——医师兼窃贼！"

医师对他刻薄的讽刺只做了一个回答。他俯下身子，盯着钱德勒急剧凝滞的眼光，举手指着那个沉睡的女人的房间，姿势如此严厉而意味深长，以致那个衰竭的人用尽残剩的力量，半抬起头，想看个究竟。他什么也没有看到，但听到了医师冰冷的言语——他临终时听到的最后的声音：

"到目前为止，我可从来没有揍过女人。"

企图研究这种人是徒劳的。没有哪一门学问能对他们进行探讨。人们提到某些人时会说"他这也行，那也行"，他们就是这些人的后裔。我们只知道有这种人存在，只知道我们可以观察他们，议论他们的浅显的表现，正如孩子们观看并议论提线木偶戏一样。

此处可以作为全书的议论点题，用"提线本偶"作为小说题目的用意一目了然。

然而，这两个人——一个是谋财害命的强盗和凶手，站在受害人面前；另一个虽然没有严重违法，但行为更加恶劣，令人厌恶，他躺在受他迫害、侮辱和毒打的妻子的房屋里；

一个是虎，另一个是狼，他们两人互相憎恨对方的卑劣；尽管大家罪恶昭彰，却互相炫耀，说自己的行为准则（即使不谈荣誉准则）是无可指责的。

詹姆斯医师的反驳肯定刺伤了对方残余的羞耻心和男子气概，成了致命的一击。钱德勒脸上泛起一阵潮红——垂死红斑，他停止了呼吸，几乎没有颤动就一命归天了。

他刚咽气，黑老太婆配好药回来了。詹姆斯医师一手轻轻按着死者合上的眼皮，把结果告诉了她。她并不伤心，<u>只带着遗传的、与抽象死亡友好相处的态度</u>，凄凉地抽抽搭搭地抱怨说：

> 这是调侃的语气，说明老太婆无所谓的态度。

"可不是嘛！上帝自有安排。他会惩罚有罪的人，帮助落难的人。他现在该帮助我们了。辛迪买这瓶药，把最后一枚硬币都花了，结果药也没用上。"

"难道钱德勒太太没有钱吗？"詹姆斯医师问道。

"钱？先生，你知道艾米小姐为什么晕倒，为什么这么虚弱？是饿成这样的，先生。家里除了一些破饼干外，三天没有什么吃的了。那个小天使几个月前就变卖了她的戒指和怀表。这座房子里的红地毯和漂亮家具全是租来的，催租的人凶极了。那个魔鬼——饶恕我，上帝——已经在你手里遭到了报应——他把家产全败光了。"

医师的沉默使她越说越来劲儿。他从辛迪杂乱无章的独白中理出了一个古老的故事，其中交织着幻想、任性、灾难、残酷和傲慢。她喋喋不休的言语组成的模糊概貌中，有几幅比较清晰的画面：遥远南方的一个舒适的家庭，草率的、随即后悔的婚事，充满侮辱和虐待的不幸生活，女方最近得到一笔遗产，带来了重振家业的希望，狼夺去了那笔钱，两个月不照面，在外面挥霍得精光，一天晚上，喝得醉醺醺的又回来了。从一团乱麻似的故事里可以看到一条纯白的线索：

> 喋（dié）喋不休：言语烦琐；说话没完没了。

黑老太婆的质朴、崇高和始终不渝的爱，不论遇到什么艰难险阻，她都坚定不移地追随着女主人。呼应上文，揭示老女仆诅咒主人的原因及女主人不幸的根源。

　　她终于住嘴时，医师问她家里有没有威士忌酒或者任何什么别的酒。老婆子说有，餐具柜里还有那条豺狼剩下的半瓶威士忌。

　　"照我刚才吩咐你的那样，倒些酒，兑些热水，打个鸡蛋在里面。把你的女主人叫醒，让她喝下去，然后告诉她家里出的事情。"

　　十来分钟后，钱德勒太太由老辛迪搀扶着进来了。她睡了一会儿，喝了热酒，看上去不那么虚弱了。詹姆斯医师已经用床单盖好床上的死人。

　　那位太太哀伤和半含惊恐的眼睛朝床上一瞥，向她的保护人身边挨得更近些。她的眼睛干而发亮，极度的痛苦使她的泪水已经干涸。

　　詹姆斯医师站在桌边，他已穿好大衣，手里拿着帽子和医药包。他的神情镇定安详——他的职业使他见惯了人类的痛苦。只有他那闪烁的棕色眼睛里流露出审慎的医师的同情。这种眼神以前可从来没有过。从他的眼神里我们看到，医师的灵魂正在复苏，他本来就应该是这个样子。

　　他体贴而简洁地说，由于时间太晚，请人帮忙肯定有困难，他可以亲自去找合适的人来料理后事。

　　"最后还有一件事，"医师指着打开的保险箱说，"钱德勒太太，你的丈夫最后知道自己不行了，他把保险箱的组合号码告诉了我，让我打开。如果你要使用，请记住号码是四十一。先朝右拧几圈，再朝左拧一圈，停在四十一这个数字上。他虽然知道自己即将去世，却不让我叫醒你。

　　"他说，他在保险箱里存了一笔数目不大的钱——也够你用来完成他最后的请求了。他请求你回你的老家去，以后日子好过一些的时候，请你原谅他对你犯下的种种罪愆。"

他指指桌子，桌上是一叠整整齐齐的钞票，钞票上面放着两摞金币。

"钱在那儿——如他所说——一共是八百三十元。请允许我留下我的名片，以后有我可以效劳之处，请尽管吩咐。"

他在最后时刻居然顾念到她——并且想得很周到！来得太迟了！但是这个谎话在她认为已经成为一片灰烬和尘埃的地方扇旺了一个柔情的火花。她脱口喊道："罗勃！罗勃！"然后转过身扑在忠诚的仆人怀里，用泪水冲淡她的悲哀。在往后的年月里，凶手的假话像一颗小星星，在爱情的坟墓上空闪烁，给她慰藉，争取她的原谅，这本身就是一件好事。

黑老太婆把她搂在胸口，像哄小孩似的低声安慰她，她终于抬起头——但是医师已经走了。

情境赏析

故事描述了两个恶棍的形象，他们都是那么可恶，都是那么罪恶昭彰。结局却大为不同，一个带着满身罪孽死去了，一个达成了一次灵魂上的自我救赎。虽然不见得故事中的医师从此就会弃恶向善，但毕竟他向善的一面靠近了一步。天堂和地狱仅有一步之遥，东方有句谚语"放下屠刀，立地成佛"，就是这位医师的写照。作者在这个故事中是在对善进行呼唤，对美进行昭示。

名家点评

不懂欧·亨利的黑色幽默，就不懂得纯洁、思想的升华和博爱悲悯的真谛。

——巴金

芦和南希是好朋友，她们来到这个大城市里找工作，两人都很年轻，都很漂亮。芦在一家洗衣坊里当熨衣工，南希在一家商店里当售货员。

芦拿计件工资，每周能挣十八九块，南希却甘愿挣她的每周八块钱。因为南希知道，在这个商店里每天都能接触到上层社会的有钱人，可以给她创造结识并嫁给百万富翁的机会。芦结识了电工丹恩，开始谈婚论嫁，三人经常在一起消遣。

有一天，丹恩再也找不到芦了，听说她随一个百万富翁走了。三个月后南希与芦再次相遇。这时的芦已经嫁给了百万富翁。而南希称自己也已经找到了世界上最好的猎物，就要和丹恩结婚了。

当然，这个问题有两方面。让我们看看问题的另一方面吧。我们时常听人们说起"商店女郎"。事实上这种人是没有的。只有在商店里售货的女郎。那是她们赖以糊口的职业。为什么要把她们的职业作为形容词呢？我们应当讲点儿公道。我们可没有把五马路的姑娘们说成是"结婚女郎"啊。

芦和南希是好朋友。她们来到这个大城市里找工作，是因为家乡不够吃。南希十九岁；芦二十岁。两人都是漂亮的、好动的农村姑娘，都没有登上舞台的野心。

高高在上的小天使指点她们找到了便宜而体面的寄宿舍。两人都找到了职业，成了雇用劳动者。她们仍旧是好朋友。一晃过了六个月，我才请你上前一步，给她们介绍介绍。爱管闲事的读者啊：这两位是我的女朋友，南希小姐和芦小姐。你跟她们握手的时候，请注意她们的装束——不过别露痕迹。是的，别露痕迹；因为她们同赛马场包厢里的贵妇人一样，碰到别人瞪着眼睛看她们的时候，也要不高兴的。

芦在一家手工洗衣坊里当熨衣工，拿的是计件工资。她穿着一件不合身的紫色衣服，帽子上的羽饰也比应有的长出了四英寸；可是她的貂皮手筒和围脖是花了二十五块钱买的，不过在季节过去之前，它的同类会在橱窗里标价为七元九角八分。她面颊红润，淡蓝色的眼睛晶莹明亮。她浑身散发着心满意足的气息。

至于南希呢，你会管她叫商店女郎的——因为你已经养成习惯了。商店女郎的典型是根本不存在的；但是一些顽固的人总是要寻找典型，那么就算南希是个典型吧。她把头发梳成蓬松高耸的庞巴杜式，脸上显出一副矫枉过正的严肃神情。她的裙子的质料相当差劲儿，式样却很合时。她没有皮大衣来抵御料峭的春寒，但她趾高气扬地穿着一件绒面呢的短大衣，仿佛那是波斯羔羊皮做的。无情的寻找典型的人啊，她脸上和眼睛里流露出来的，就是典型的商店女郎的神情。那种神情是对虚度芳华的沉默而高傲的反抗；抑郁地预言着即将到来的报复。即使在她开怀畅笑的时候，那种神情也依然存在。同样的神情可以在俄罗斯农民的眼睛里看到；等到加百列吹响最后审判的号角时，我们中间还活着的人在加百列的脸上也可以看到。那种神情原该使男人们自惭形秽；但他们老是嬉皮涎脸，别有用心地奉献鲜花。

现在你可以掀掀帽子，走你的路了。你已经接受了芦的愉快的"再见"，和南希的讥讽而又甜蜜的微笑。不知怎么搞的，那种微笑仿佛从你身边掠过，像白蛾似的扑翼飞过屋顶，直上云霄。

她们俩在街角上等丹恩。丹恩是芦的好朋友。你问他忠实吗？嗯，如果玛丽需要招用十来个传票送达员去寻找她的羔羊时，丹恩总是在场帮忙的。

"你冷吗，南希？"芦说，"你在那家老铺子里干活儿，每星期只有八块钱，真是个傻瓜！上星期我挣了十八块五。当然，熨衣服的活儿不如在柜台后面卖花边那么气派，但是能挣钱。我们熨衣工每星期至少挣得到十块钱。并且我认为那也不是不光彩的工作。"

"你干你的好啦。"南希翘起鼻子说，"我甘愿拿八块钱一星期，住过道房间。我喜欢待在有好东西和阔人来往的地方。何况我的机会有好多啊！我们手套部的一个姑娘嫁给了一个匹茨堡来的——炼钢的人，或者是铁匠，或者是别的什么——身价足足有一百万呢。总有一天，我自己也要找到一个阔佬。我倒不是在夸耀我的相貌或者别的长处；可是既然有大好机会，我总得碰碰运气。待在洗衣坊里有什么出息呢？"

"不见得吧，我就是在洗衣坊里碰到丹恩的。"芦得意扬扬地说，"他那次跑来取他星期日穿的衬衫和领子，看见我在第一张桌子上熨衣服。我们洗衣坊里的姑娘都想在第一张桌子上干活儿。那天埃拉·马金尼斯病了，我顶了她的位置。丹恩说他一眼就注意到我的胳膊是多么丰满，多么白皙。我是把袖管卷起来干活儿的。来洗衣坊的也有上流人。你从他们把衣服藏在手提箱里、突然溜进来的样子就可以认出他们。"

"你怎么能穿那样的坎肩呢，芦？"南希说，她眯缝着眼睛，关心而又责备地盯着那件惹厌的衣服，"它说明你的审美力太差啦。"

"这件坎肩吗？"芦睁大了眼睛，愤愤地说，"嘿，这件坎肩花了我十六块钱呢。事实上要值二十五块。一个女人送来洗熨，再也没有来取。老板把它卖给了我。上面的手工刺绣有好多码呢。你还是评评你自己身上那件又难看、又素淡的东西吧。"

"这件难看素淡的东西，"南希不动声色地说，"是按照范·阿尔斯丁·费希尔太太身上一套衣服的式样缝制的。店里的女同事们说，去年她在我们店里买了一万两千元的东西。我这件是自己做的，花了一块五毛钱。你在十步以外简直看不出我这件同她那件有什么区别。"

"哦，好吧，"芦温和地说，"假如你愿意饿着肚子摆阔，尽管请便。我还是干我的活儿，拿我的好工资；干完活儿之后，在我经济条件许可的情况下替自己添置一些花哨好看的衣服。"

这当儿，丹恩来了，他是个周薪三十元的电工，佩着活扣领带，显得少年老成的样子，丝毫没有城市的轻浮习气。他以罗密欧般的悲切眼色瞅着芦，并且认为她那绣花坎肩是一张任何苍蝇都愿意粘上去的蛛网。

"这位是我的朋友，欧文斯先生——跟丹福斯小姐握握手吧。"芦说。

"认识你十分高兴，丹福斯小姐。"丹恩伸出手说，"我时常听到芦提起你。"

"多谢，"南希冷冰冰地用指尖碰碰丹恩的手指，说道，"我也听到她提起你——有那么几次。"

芦哧哧地笑了。

"你那种握手的方式也是从范·阿尔斯丁·费希尔太太那儿学来的吗，南希？"她问道。

"假如我是学来的，你更可以放心大胆地照搬。"南希说。

"哟，我根本不配。那种方式对我来说就太花哨了。那种把手抬得高高的架势是为了炫耀钻石戒指。等我弄到几枚之后，我再开始学。"

"你不如先学着，"南希精明地说，"那你就更有希望弄到戒指。"

"为了解决你们的争论，"丹恩愉快地微笑着说，"我来提个建议吧。我既然不能陪你们两位到蒂芙尼那儿去尽我的本分，你们可愿意去游乐场逛逛？我有入场券。我们没有机会同真正戴钻石戒指的人握手，那就去看看舞台上的钻石怎么样？"

这位忠实的侍从走在人行道上靠马路的一边；芦挨着他，穿着鲜艳美丽的衣服，有点儿像孔雀；南希走在最里面，窈窕纤弱，打扮得像麻雀那般朴素，走路的姿态却是地道的范·阿尔斯丁·费希尔式——他们三人就这样出发去寻找他们花费不多的晚间消遣了。

我想，把一家大百货商店当作教育机构的人并不多。但是南希工作的那一家对她来说倒有点儿像教育机构。她周围尽是那些带有高雅精致气息的漂亮东西。假如你处在奢华的气氛中，不论是你还是别人花了钱，那种奢华就属于你了。

南希接待的主顾大多是女性，她们的衣着、风度和社交界的地位都被引为典范来议论。南希开始从她们身上取长补短——根据她自己的意见从每一个人那儿撷取最好的地方。

她从一个人身上模仿了某种手势，加以练习；从另一个人那儿学会了一种意味深长的眉毛一扬的样子；又从其余的人那儿吸收了走路、提钱包、微笑、招呼朋友和答理"身份低"的人的姿态。从她最钦佩的模特儿，范·阿尔斯丁·费希尔太太那儿，她征用了那个美妙的特点：一种轻柔低沉的嗓音，像银铃一样清晰，像鸫鸟的鸣啭那般圆润。她沉浸在这种雍容华贵的气氛中，不可能不受到深刻的影响。据说，好习惯能胜过好原则，那么好风度也许能胜过好习惯了。父母的教诲不一定能使你保持新英格兰的良知；但是，如果你坐在一把笔直的靠背椅上，把"棱柱和香客"这几个字念上四十遍，魔鬼就不敢侵犯你了。当南希用范·阿尔斯丁·费希尔的声调说话时，她连骨子里都感到"贵人不负众望"的舒坦。

大百货学校里还有一个学问的源泉。每当你看到三四个商店女郎交头接耳地聚在一起，在手镯叮当作响的伴奏下，仿佛谈着无关紧要的话题时，你可别以为她们在那儿批评埃瑟尔的头发式样。这种碰头会也许没有男人的审议会那么隆重；可是它的重要性并不低于夏娃同她大女儿的第一次会议。在那次会议上，她们使亚当明白了他在家庭中应有的地位。那是对抗世界和男人的共同防御及交流攻守战略的女性大会。世界是个舞台，男人则是一股劲儿往台上扔花束的看客。女人是所有小动物中最荏弱无助的——她们有小鹿的优雅，却没有它的敏捷；有小鸟的美丽，却没有它的飞遁能力；有蜜蜂的甘酿，却没有它的——哦，我们放弃那个譬喻吧——有人也许会给螫着呢。

在这种军事会议上，她们互相供应武器，交换她们在人生战术中创造和拟定的战略。

"我对他讲，"萨迪说，"你太放肆啦！你把我当成什么人，竟敢对我说这种话？你们猜猜看，他用什么话来回答我？"

各色头发的脑袋，褐色的、黑色的、亚麻色的、红色的、黄色的，凑在一起；找到了答复，决定了针锋相对的言语，准备以后大伙向共同的敌人——男人——展开论战时采用。

因此，南希学会了防御的艺术；对女人来说，成功的防御就意味着胜利。

百货商店里的课程是包罗万象的。恐怕再也没有别的大学堂能够更好地培养她，让她达到她生平的愿望：抽中婚姻的彩头了。

她在店里的位置是有利的。音乐部离她工作的部门不远，使她有机会熟悉第一流作曲家的作品——至少让她达到耳熟能详的程度，在她试图插足的社交界中假充具有音乐鉴赏能力。她还从艺术品、贵重精美的衣料以及几乎可以代替女人修养的装饰品中得到陶冶。

没多久，其余的女店员都发觉了南希的野心。"你的百万富翁来啦，南希。"只要有一个像是富翁的男人走近南希的柜台，她们就这样招呼南希。男人们陪女眷出来买东西的时候，在一旁等得无聊，总是逛到手帕柜台那儿，看看麻纱手帕。南希的模仿出身高贵的神态和真正的秀丽对他们很有吸引力。因此有很多男人到她面前来卖弄他们的气派。有几个也许是地道的百万富翁，其余的只不过是依样画葫芦的假货。南希学会了识别的窍门。手帕柜台的尽头有一扇窗；她从上面可以望见街上一排排等着主人在店里买东西的汽车。她看得多了，知道汽车同它们的主人一样，也是有区别的。

有一次，一位气度不凡的先生买了四打手帕，带着科斐图亚王的气派隔着柜台向她调情。他走了之后，一个女店员说：

"怎么啦，南希，刚才你对那个人一点儿也不亲热。依我看，他倒是个货真价实的阔佬呢。"

"他吗？"南希带着那种最冷漠、最妩媚、最超脱的范·阿尔斯丁·费希尔式的笑容说，"我可看不上眼呢。我看见他坐车来的。一辆十二匹马力的汽车，一个爱尔兰籍司机！你知道他买了什么样的手帕吗——绸的！并且他还有指炎的毛病。对不起，要就是地道的阔佬，否则宁愿不要。"

店里有两个最"上流"的女人——一个是领班，另一个是出纳——她们有几个"阔气的男朋友"，时常一起下馆子。有一次，他们邀了南希一起去。那顿晚饭是在一家富丽堂皇的餐馆里吃的，那里除夕晚餐的座位要提前一年预订。在座的有两个"男朋友"，一个是秃头（我们可以证明，奢华的生活害得他头发脱得精光），另一个是年轻人，他用两种有说服力的方式来使你领教他的身价和老练：一种是他佩用钻石袖扣；另一种是他老是咒骂任什么酒都有软木塞的气味。这个年轻人在南希身上发现了不同一般的优点。他的爱好本来就倾向于商店女郎；而他面前的这位，除了她本阶层的比较直率的妩媚之外，还具有他所属的上流社会的谈吐与风度。于是，第二天他就来到百货商店，一边买了一盒用土法漂白的爱尔兰麻纱抽丝手帕，一边郑重地向她求婚。南希一口回绝了。十步开外，一个褐色头发梳成庞巴杜式的同事一直在旁观倾听着。等那个碰了一鼻子灰的求婚者离去之后，她狠狠地、一五一十地把南希数落了一通。

"你真是个不可救药的小傻瓜！那家伙是个百万富翁——他是范·斯基特尔斯老头儿的侄子呀。并且他是一片真心。你疯了吗，南希？"

"我嘛！"南希说，"我没有答应他，是吗？其实他并不是什么百万富翁，这一点儿也不难看出来。他家里每年只给他两万元。那天吃晚饭的时候，那个秃头的家伙还拿这件事取笑他来着。"

那个褐色头发梳成庞巴杜式的女郎眯缝着眼睛，走近了一些。

"你到底要什么呀？"她问道，由于没嚼口香糖的缘故，声音也比较沙哑了，"那还不够你受用吗？莫非你想当摩门教徒，同时跟洛克菲勒、格拉德斯通·道威和西班牙国王一起结婚？一年两万块钱，还不够你满意？"

在那对浅薄的黑眼睛的凝视下，南希脸上泛起了红晕。

"并不完全是为了钱，卡丽。"她解释说，"那天吃晚饭的时候，他睁着眼睛说瞎话，被他的朋友戳穿了。他说他没有陪某个姑娘去看戏，其实不然。我就是看不惯说假话的人。种种因素加起来——我不喜欢他；因此就吹了。我待价而沽，决不挑一个大拍卖的日子。总而言之，我非得找一个坐在椅子上像是男子汉的人。不错，我是在找对象；但是这个对象总得有点儿出息，不能像小孩儿的扑满那样只会叮当发响。"

"精神病院就是为你这种人开设的！"那个褐色头发梳成庞巴杜式的姑娘说着就走开了。

南希继续靠每星期八块钱的工资来培养这些崇高的思想——如果不能算是理想的话。她日复一日地啃着干面包，束紧腰带，披星戴月地追踪那个不可知的大"猎物"。她脸上老是挂着那种注定要以男人为猎物的淡漠而又坚定、甜蜜而又冷酷的微笑。百货商店是她的猎场。有好几次，她发现了仿佛是珍奇的大猎物，就举起来复枪瞄准；但是某种深刻而正确的本能——那也许是猎户的本能，也许是女人的本能——总是阻止了她，使她重新追踪。

芦在洗衣坊里很得意。她从每周十八块五的工资中提出六块钱来支付房租伙食。其余的大多花在衣着上。同南希相比，她要提高鉴赏力和风度的机会可少得多。在蒸汽弥漫的洗衣坊里，只有工作、工作和对未来的晚间娱乐的遐想。各种各样值钱而漂亮的衣服在她的熨斗底下经过；她对衣着的有增无减的喜爱也许正是从那个导热金属里传到她身上去的。

一天工作结束后，丹恩在洗衣坊外面等她，不论她站在哪种亮光之下，丹恩总是她忠实的影子。

有时候，他老实而惶恐地朝芦的衣服瞥一眼，那些衣服与其说是式样上有了进步，不如说是越来越刺眼；不过这不能算是变心；他不赞成的只是这些衣服在街上给她招来的注意。

芦对她的好朋友仍旧像以前那样忠实。她同丹恩到什么地方去玩，总是邀了南希一起去，这已经成了惯例。丹恩高高兴兴、毫无怨言地挑起了额外的负担。可以这么说，在这个寻找消遣的三人小组中，芦提供了色彩，南希提供了情调，丹恩负担着重量。这个护卫，穿着整洁而显然是买现成的衣服，系着活扣领带，带着可靠、真诚而现成的机智，从来没有为了这种重担而大惊小怪或者垮下去过。有些善良的人，当他们在你跟前的时候，你往往不放在眼里，可是等他们离开之后，你却清晰地想起他们来，丹恩就是这种人。

对南希的高雅的兴趣来说，这些现成的娱乐有时带些苦味；但是她年轻，青春不能做挑肥拣瘦的美食家时，只能将就一点儿，做个随和的吃客了。

"丹恩老是要我马上跟他结婚。"芦有一次对南希说，"可是我干吗要这样呢？我不依赖别人。现在我自己挣钱，高兴怎么花就怎么花；结婚之后，他肯定不会让我继续干活儿。说起来，南希，你为什么还要待在那家商店，吃又吃不饱，穿又穿不好？假如你愿意，我马上可以在洗衣坊里替你找一个位置。我始终有这么一种想法，假如你能多挣一些钱，你也就不至于那么高傲了。"

"我并不认为自己高傲，芦，"南希说，"不过我情愿待在老地方，半饥半饱也无所谓。我想大概是养成习惯了。我要的是那儿的机会。我并不指望在柜台后面站一辈子。我每天可以学到一些新的东西。我从早到晚接触的都是高尚富有的人——即使我只是在伺候他们；我得风气之先，见多识广。"

"你的百万富翁到手了没有？"芦揶揄似的笑着问道。

"我还没有选中。"南希回答说，"我正在挑选呢。"

"哎呀！你居然还想抓一把来挑选吗！那种人还是别轻易放过，南希——即使他的身价只差几块钱而不够格。话得说回来，这不见得是真心话吧——百万富翁们才瞧不起我们这种职业女人呢。"

"他们还是瞧得起的好。"南希冷静而明智地说，"我们这种人能教他们怎样照料他们的钱财。"

"假如有一个百万富翁跟我说话，"芦笑着说，"我准会吓得手足无措。"

"那是因为你不认识他们。阔佬同一般人之间的区别只在于你对阔佬更要看管得严一些。芦，你那件外衣的红缎子衬里仿佛太鲜艳了一点儿，你说是吗？"

芦却朝她朋友的朴素的淡绿色短上衣瞥了一眼。

"唔，我倒没有这种看法——但是同你身上那件仿佛褪了色的东西比较起来，也许是鲜艳了一点儿。"

"这件短上衣，"南希得意地说，"跟上次范·阿尔斯丁·费希尔太太穿的式样一模一样。我这件的料子只花了三块九毛八。我猜想她那件比我要多花一百块钱。"

"好吧，"芦淡淡地说，"依我看，这种衣服不见得会让百万富翁上钩。说不定我会比你先找到一个呢。"

老实说，这两个朋友各有一套理论，恐怕要请哲学家来，才能评判它们的价值。有些姑娘由于爱面子，喜欢挑剔，甘心待在商店和写字间里工作，勉强糊口；芦却没有这种脾气，她在喧闹闷人的洗衣坊里高高兴兴地操弄她的熨斗。她的工资足够她维持舒适的生活而有余；因此她的衣服也沾了光，以致她有时候会不耐烦地瞟瞟那个穿得整整齐齐，然而不够讲究的丹恩——那个忠诚不渝、始终如一的丹恩。

至于南希呢，她的情况同千千万万的人一样。温文尔雅的上流社会所必需的绸缎、珠宝、花边、饰品、香水和音乐等——这些玩意儿都是为女人而设的；也是理应属于她的。如果她认为这些东西是生命的一部分，如果她心甘情愿的话，就让她同它们接近接近吧。她可不会像以扫那样出卖自己的利益；尽管她挣得的红豆汤往往十分有限，她却保持着她的继承权。

南希待在这种气氛里怡然自得。她坚定不移地吃她节俭的饭食，筹划她便宜的服饰。她对女人已经了解，现在正从习性和入选条件两方面来研究作为猎物的男人。总有一天，她会捕获她看中的猎物；但是她早就对自己许下诺言，不下手则已，一下手就非得打中她认为是最大最好的猎物不可，小一点儿的都在摒弃之列。

因此，她剪亮了灯盏，一直在等待那个到时候就会到来的新郎。

但是，她另外学到了一个教训，说不定是在不知不觉中学到的。她的价值标准开始转移改变。有时候，金元的符号在她心目中变得模糊，形成了"真理""荣誉"等字样，时不时干脆就成了"善良"两个字。我们拿一个在大森林里猎取麋鹿的人打比方吧。他看到了一个小幽壑，苔藓斑驳，绿阴掩映，还有一道细流慢咽的溪水，潺潺地向他诉说着休憩和舒适。遇到这种情况，就连宁禄的长矛也会变得迟钝的。

有时候，南希想知道，穿着波斯羔皮大衣的人，心里对于波斯羔皮的估价是不是始终像市价那么高。

一个星期四的傍晚，南希从店里出来，穿过六马路，往西到洗衣坊去。芦和丹恩上次就约了她一起去看音乐喜剧。

她走到的时候，丹恩正好从洗衣坊里出来。他脸上有一种古怪而紧张的神色。

"我想到这里来打听打听她的消息。"他说。

"打听谁?"南希问道,"芦不在洗衣坊吗?"

"我以为你早知道了呢。"丹恩说,"从星期一起,她就没有来过这里,也不在她的住处。她把所有的衣物都搬走了。她对洗衣坊里的一个同事说,她也许要到欧洲去。"

"有人见过她没有?"南希问道。

丹恩的坚定的灰眼睛里闪出钢铁般的光芒,阴沉地咬着牙,瞅着南希。

"洗衣坊里的人告诉我,"他嘶哑地说,"昨天他们见她经过这儿——坐在汽车里。我想大概是跟一个百万富翁一起吧,就是你和芦念念不忘的那种百万富翁。"

南希第一遭在男人面前畏缩起来。她把微微发抖的手按在丹恩的袖管上。

"你可不能对我说这种话,丹恩——我跟这件事毫无关系!"

"我并不是那个意思。"丹恩说,态度和缓了一些。他在坎肩口袋里摸索了一阵子。

"我有今晚的戏票。"他装作轻松的样子说,"假如你——"

南希见到男子气概总是钦佩的。

"我跟你一起去,丹恩。"她说。

过了三个月,南希才见到芦。

一天黄昏,这个商店女郎顺着一个幽静的小公园的边道匆匆赶回家去。她听见有人叫她的名字,一转身,正好抱住那个奔过来的芦。

她们拥抱了一下之后,像蛇那样,往后扬起头,仿佛准备进攻或者镇住对方,她们迅捷的舌头上颤动着千百句问话。接着,南希发现芦的境况大为好转,身上都是高贵的裘皮、闪烁的珠宝和裁缝艺术的成就。

"你这个小傻瓜!"芦亲热地大声嚷道,"我看你还是在那家店里干活儿,还是穿得那么寒酸。你打算猎取的对象怎么样啦——我猜想还没有眉目吧?"

接着,芦把南希打量了一下,发现有一种比好境况更好的东西降临到了南希身上——那种东西在她眼睛里闪烁得比宝石更明亮,在她脸颊上显现得比玫瑰更红润，并且像电子一般跳跃着，随时想从她舌头上释放出来。

"是啊，目前我还在店里干活儿，"南希说，"可是下星期我就要离开那儿了。我已经找到了我的猎物——世上最好的猎物。芦，你现在不会在意了，是吗——我要跟丹恩结婚了——跟丹恩结婚！现在丹恩是我的了——怎么啦，芦！"

公园的拐角那儿慢慢走来一个新参加工作、光脸盘的年轻警察，这些年轻警察装点着警察的队伍，使人觉得比较好受些——至少在观感上如此。他看见一个穿着华贵的皮大衣、戴着钻石戒指的女人伏在公园的铁栏杆上，伤心地哭泣着，而一个苗条朴素的职业女子挨近她身边，竭力在安慰她。这个新派的吉布森式的警察装作没看见，自顾自地踱了过去；他的智慧也足以使他明白，以他所代表的权力而言，他对于这类事情是无能为力的，尽管他把巡夜的警棍在人行道上敲得响彻云霄。

　　黄昏时分，一位美丽文静的姑娘坐在公园的长椅上看书，一位年轻人向她走来，于是他们开始了由相识到相知的交谈。

　　原来姑娘是一位拥有显赫身世的贵族公主，她已经厌倦了这种生活，向往着普通的、平民的生活。而年轻人地位卑微，只是一个餐馆的小出纳。他们分手时，姑娘说要去赴宴及上剧院，公园前停放的白色汽车和司机就等在那里。然而姑娘迅疾而端庄的身影在经过那辆车后进了一家餐馆，坐在了出纳员的座位上。那位年轻人跨进那辆等着的汽车，舒服地往坐垫上一靠，简单地对司机说："俱乐部，昂里"。

　　故事中，他们就像是两位戴着面具的演员，在社会的大舞台上粉墨登场。作家对下层社会那些爱慕虚荣的人给予了无情的鞭挞。

黄昏刚降临，穿灰色衣服的姑娘又来到那个安静的小公园的安静的角落里。她坐在长椅上看书，白天还有半小时的余晖，可以看清书本上的字。

　　再说一遍，她的衣服是灰色的，并且朴素得足以掩盖式样和剪裁的完美。一张大网眼的面纱罩住了她的头巾帽和散发着安详恬静的美的眼睛。昨天同一个时候，她也来到这里，前天也是这样；有个人了解这个情况。

　　了解这个情况的年轻人逡巡走近，把希望寄托在幸运之神身上。他的虔诚得到了回报，因为她翻书页的时候，书从她手里滑下来，在椅子上一磕，落到足足有一码远的地方。

　　年轻人迫不及待地扑到书上，带着公园里和公共场所司空见惯的神情把它还给它的主人，那种神情既殷勤又充满希望，还掺杂一些对附近那个值勤警察的忌惮。他用悦耳的声调冒险说了一句没头没脑的关于天气的话——那种造成世间

向读者介绍：时间、地点以及我们的主人公——一位穿灰色衣服的姑娘。

多少不幸的开场白——静静地站了一会儿，等待着他的运气。

姑娘从容不迫地打量了他一下，瞅着他那整洁而平凡的衣服和他那没有什么特殊表情的容貌。

"你高兴的话不妨坐下。"她不慌不忙地说，声调低沉爽朗，"说真的，我倒希望你坐下来。光线太坏了，看书不合适。我宁愿聊聊天。"

"你可知道，"他把公园里的主席们宣布开会时的老一套搬出来说，"我很久没有看到像你这样了不起的姑娘啦。昨天我就注意到了你。你可知道，有人被你那双美丽的眼睛迷住了，小妞儿？"

"不论你是谁，"姑娘冷冰冰地说，"你必须记住我是个上等女人。我可以原谅你刚才说的话，因为这类误会在你的圈子里，毫无疑问，是并不稀罕的。我请你坐下来，如果这一请却招来了你的'小妞儿'，那就算我没请过。"

"我衷心请你原谅。"年轻人央求说，他的得意神色马上让位于悔罪和卑屈，"是我不对，你明白——我是说，公园里有些姑娘，你明白——那是说，当然啦，你不明白，不过——"

"别谈这种事啦，对不起。我当然明白。现在谈谈在这条小路上来来往往、推推搡搡的人吧。他们去向何方？他们为什么这样匆忙？他们幸福吗？"

年轻人立刻抛开他刚才的调情的神情。现在他只有干等的分儿，他捉摸不透自己应该扮演什么角色。

"看看他们确实很有意思，"他顺着她的话说，"这是生活的美妙的戏剧。有的去吃晚饭，有的——呃——到别的地方去。真猜不透他们的身世是怎么样的。"

"我不去猜，"姑娘说，"我没有那样好奇。我坐在这儿，是因为只有在这儿我才能接近人类伟大的、共同的、搏动的

姑娘要向人们展示的正是她"上等女人"的身份，因此她必须时刻牢记这一点。在这里，与其说是告诉年轻人，不如说更是提醒自己。

心脏。我在生活中的地位使我永远感不到这种搏动。你猜得出我为什么跟你聊天吗——贵姓？"

"帕肯斯塔格。"年轻人回答说。接着，他急切而期待地盼望她自报姓氏。

"我不能告诉你，"姑娘举起一只纤细的手指，微微一笑说，"一说出来，你就知道我的身份了。不让自己的姓名在报刊上出现简直不可能，连照片也是这样。这张面纱和我女仆的帽子掩盖了我的真面目。你应该注意到，我的司机总是在他以为我不留神的时候朝我看。老实说，有五六个显赫的名门望族，我由于出生的关系就属于其中之一。我之所以要跟你说话，斯塔肯帕特先生——"

"帕肯斯塔格。"年轻人谦虚地更正说。

"——帕肯斯塔格先生，是因为我想跟一个普普通通的人谈话，即使一次也好，跟一个没有被可鄙的财富和虚伪的社会地位玷污的人谈话。哦！你不会知道我是多么厌倦——金钱、金钱、金钱！我还厌倦那些在我周围装模作样的男人，他们活像是一个模子里刻出来的傀儡。欢乐、珠宝、旅行、交际、各式各样的奢华都叫我腻味透顶。"

"我始终有一个想法，"年轻人吞吞吐吐地试探说，"金钱准是一样很好的东西。"

"金钱只要够你过充裕的生活就行啦。可是当你有了几百万、几百万的时候——"她做了一个表示无奈的手势，结束了这句话。"叫人生厌的是那种单调，"她接下去说，"乘车兜风、午宴、看戏、舞会、晚宴，以及这一切像镀金似的蒙在外面的过剩的财富。有时候，我的香槟酒杯里冰块的叮当声几乎要使我发疯。"

帕肯斯塔格先生坦率地显出很感兴趣的样子。

"我有这么一种脾气，"他说，"就是喜欢看书报上写的，或者听人家讲关于富有的时髦人物的生活方式。我想我有点儿虚荣。不过我喜欢了解得彻底一些。我一向有一个概念，认为香槟酒是连瓶冰镇，而不是把冰块放在酒杯里的。"

年轻人似乎看出了姑娘所述贵族生活细节的破绽。

姑娘发出一连串银铃般的、觉得有趣的笑声。

"你应当知道，"她带着原谅的口吻说，"我们这种饱食终日无所事事的人就靠标新立异来找消遣。目前流行的花样是把冰块放在香槟酒里。这个办法是一位鞑靼王子在沃尔多夫大饭店吃饭时发明的。过不了多久，就会让位给别的怪念头。正如本星期麦迪逊大街的一次宴会上，每位客人的盘子旁边放了一只绿色羊皮手套，以便吃橄榄的时候戴用。"

"我明白啦，"年轻人谦虚地承认说，"小圈子里的这些特殊的花样，普通人是不熟悉的。"

"有时候，"姑娘略微欠身，接受了他的认错，"我是这样想的，假如我有一天爱上一个人的话，那个人一定是地位很低的。一个劳动的人，而不是不干活儿的懒汉。不过，毫无疑问，对于阶级和财富的考虑可能压倒我原来的意图。目前就有两个人在追求我。一个是某个日耳曼公国的大公爵。我猜想他现在有，或者以前有过一个妻子，被他的放纵和残忍逼得发了疯。另一个是英国侯爵，他是那样的冷酷和唯利是图，相比之下，我宁愿选择那个魔鬼似的公爵了。我怎么会把这些都告诉你啊，派肯斯塔格先生？"

"是帕肯斯塔格！"年轻人倒抽了一口气说，"说真的，你想象不出你这般推心置腹使我感到有多么荣幸。"

通过姑娘漠然的眼色，体现两人地位的悬殊。

姑娘无动于衷地看看他，那种漠然的眼色正适合他们之间地位悬殊的情况。

"你是干哪一行的，帕肯斯塔格先生？"她问道。

"很低微，但是我希望在社会上混出一个模样来。你刚才说，你可能爱上一个地位卑贱的人，这话可当真？"

"自然当真。不过我刚才说的是'有可能'。还有大公爵和侯爵在呢，你明白。是啊，假如一个男人合我的心意，职业低微也不是太大的障碍。"

"我是，"帕肯斯塔格宣布说，"在饭馆里干活儿的。"

姑娘稍稍一震。

"不是侍者吧？"姑娘略微带着央求的口气说，"劳动是高尚的，不过——服侍别人，你明白——仆从和——"

央求:恳求。

"我不是侍者。我是出纳员，就在——"他们面前正对着公园的街上有一块耀眼的"饭店"灯光招牌——"你看到那家饭馆吗？我就在里面当出纳员。"

姑娘看看左腕一只镶在式样华丽的手镯上的小表，急忙站起来。她把书塞进一个吊在腰际的闪闪发亮的手提袋里，可是书比手提袋大多了。

"你怎么不上班呢？"她问道。

"我值夜班，"年轻人说，"再过一小时我才上班。我可不可以跟你再会面？"

"很难说。也许——不过我可能不再发这种奇想了。现在我得赶快走啦。还有一个宴会，之后上剧院——再之后，哦！总是老一套。你来的时候也许注意到公园前面的拐角上有一辆汽车。一辆白色车身的。"

本想结束这种虚伪的表演，可叹的是表演还在继续……

"红轮子的那辆吗？"年轻人皱着眉头沉思地说。

"是的。我总是乘那辆车子。皮埃尔在那里等我。他以为我在广场对面的百货公司里买东西。想想看，这种生活该有多么狭隘，甚至对自己的司机都要隐瞒。再见。"

"现在天黑啦，"帕肯斯塔格先生说，"公园里都是一些粗鲁的人。我可不可以陪你——"

"假如你尊重我的愿望，"姑娘坚决地说，"我希望你等我离开之后，在椅子上坐十分钟再走。我并不是说你有什么企图，不过你也许知道汽车上一般都有主人姓氏的字母装饰。再见吧。"

她在薄暮中迅疾而端庄地走开了。年轻人看着她那优美的身形走到公园边上的人行道，然后在人行道上朝汽车停着的拐角走去。接着，他不怀好意、毫不犹豫地借着公园里树木的掩护，沿着与她平行的路线，一直牢牢地盯着她。

她走到拐角处，扭过头来朝汽车瞥了一眼，然后经过汽车旁边，继续向对街走去。年轻人躲在一辆停着的马车背后，密切注意她的行动。她走上公园对面马路的人行道，进了那家有耀眼的灯光招牌的饭馆。那家饭馆全是由白漆和玻璃装修的，一览无遗，人们可以没遮没拦地在那里吃价钱便宜的饭菜。姑娘走进饭馆后部一个比较隐蔽的地方，再出来时，帽子和面纱已经取下来了。

出纳员的柜台在前面。凳子上一个红头发的姑娘爬了下来，露骨地瞅瞅挂钟。穿灰色衣服的姑娘登上了她的座位。

年轻人两手往口袋里一插，在人行道上慢慢往回走。在拐角上，他脚下碰到一本小小的、纸面的书，把它踢到了草皮边上。那张花花绿绿的封面使他认出就是那姑娘刚才看的书。他漫不经心地捡起来，看到书名是《新天方夜谭》，作者是斯蒂文森。他仍旧把它扔在草地上，迟疑地逗留了片刻。然后，他跨进那辆等着的汽车，舒服地往坐垫上一靠，简单地对司机说：

"俱乐部，昂里。"

▌情境赏析▐

　　本文最后一段提及《新天方夜谭》，这个故事不正是一曲新的"天方夜谭"嘛！爱慕虚荣的姑娘可悲又可怜，她手中的书被随手丢弃也是寓意深刻。首先说明，知识在她手中只不过是工具，而非实现理想的途径；其次，她丢弃的是她拥有的自尊、自信，留下的只有虚浮的外表和自轻自卑的灵魂、做作的语言和行为。

▌名家点评▐

　　养尊处优的读者们若不能深入发掘欧·亨利作品的黑色幽默，实在是枉费了作者的一番心机。

——沈从文

感恩节那天，皮特正要去赴一个坚持九年的约会，却在路过一个大门时被人请去饱餐一顿，因为这是这个城堡里的一个传统。当皮特来到约会的地点时，那位老先生正在等他。九年来，每逢感恩节，老先生都要来到这里，带他到一家饭馆，看他美食一顿，这已成为传统。他随老先生来到饭馆，起劲儿地往饱胀的胃里填充着各种美食。

他们分手后不久，皮特就和他肚子里的双份大餐被带到医院里去了。又过一会儿，另一辆救护车把老先生也送来了，原来那位老先生已经三天没有吃东西了，他几乎要饿死了。

有一天是属于我们的。到了那一天，只要不是从石头里蹦出来的美国人都回到自己的老家，吃苏打饼干，看着门口的旧抽水机，觉得它仿佛比以前更靠近门廊，不禁暗自纳闷儿。祝福那一天吧。罗斯福总统把它给了我们。我们听到过一些有关清教徒的传说，可是记不清他们是什么样的人了。不用说，假如他们再想登陆的话，我们准能把他们揍得屁滚尿流。普利茅斯岩石吗？唔，这个名称听来倒有些耳熟。自从火鸡托拉斯垄断了市场之后，我们有许多人不得不降格以求，改吃母鸡了。不过华盛顿方面又有人走漏消息，把感恩节公告预先通知了他们。

越橘沼泽地东面的那个大城市使感恩节成为法定节日。一年之中，唯有在十一月的最后一个星期四，那个大城市才承认渡口以外的美国。唯有这一天才纯粹是美国的。是的，它是独一无二的美国的庆祝日。

现在有一个故事可以向你们证明：在大洋彼岸的我们，也有一些日趋古老的传统，并且由于我们的奋发和进取精神，

此处指出感恩节是独一无二的美国的法定节日。这一天对美国人来说有着特殊的意义。

这些传统趋向古老的速度比在英国快得多。

　　斯塔夫·皮特坐在联邦广场喷水池对面人行道旁边东入口右面的第三条长凳上。九年来，每逢感恩节，他总是不早不迟，在一点钟的时候坐在老地方。他每次这样一坐，总有一些意外的遭遇——查尔斯·狄更斯式的遭遇，使他的坎肩胀过心口，后背也是如此。

　　但是，斯塔夫·皮特今天来到一年一度的约会地点，似乎是出于习惯，而不是出于一年一度的饥饿。据慈善家们的看法，穷苦人仿佛要隔那么长的时间才遭到饥饿的折磨。

　　当然啦，皮特一点儿也不饿。他来这儿之前刚刚大吃了一顿，如今只剩下呼吸和挪动的气力了。他的眼睛活像两颗淡色的醋栗，牢牢地嵌在一张浮肿的、油水淋漓的油灰面具上。他短促地、呼哧呼哧地喘着气；脖子上一圈参议员似的脂肪组织，使他翻上来的衣领失去了时髦的派头。一星期前，救世军修女的仁慈的手指替他缝在衣服上的纽扣，像玉米花似的爆开来，在他身边撒了一地。他的衣服固然褴褛，衬衫一直豁到心口，可是夹着雪花的十一月的微风只给他带来一些可喜的凉爽。因为那顿特别丰富的饭菜产生的热量，使得斯塔夫·皮特不胜负担。那顿饭以牡蛎开始，以葡萄干布丁结束，包括了他所认为的全世界的烤火鸡、煮土豆、鸡肉色拉、南瓜馅饼和冰淇淋。因此，他肚子塞得饱饱地坐着，带着撑得慌的神情看着周围的一切。

　　那顿饭完全出乎他意料。他路过五马路起点附近的一幢红砖住宅，那里面住有两位家系古老、尊重传统的老太太。她们甚至不承认纽约的存在，并且认为感恩节只是为了华盛顿广场才制定的。她们的传统习惯之一，是派一个用人等在侧门口，吩咐他在正午后把第一个饥饿的过路人请进来，让他大吃大喝，饱餐一顿。斯塔夫·皮特去公园时，碰巧路过

主人公之一斯塔夫·皮特来到一年一度的约会地点，目的是接受施舍与恩赐，但他不是出于饥饿，这一悬念吸引读者去了解下面的情节。

褴褛（lánlǚ）：（衣服）破烂。

那里，被管家们请了进去，成全了城堡里的传统。

斯塔夫·皮特朝前面直瞪瞪地望了十分钟之后，觉得很想换换眼界。他费了好大的劲儿，才把头慢慢扭向左面。这当儿，他的眼球惊恐地鼓了出来，他的呼吸停止了，他那穿着破皮鞋的短脚在沙砾地上簌簌地扭动着。

因为那位老先生正穿过四马路，朝他坐着的长凳方向走来。

九年来，每逢感恩节的时候，这位老先生总是来这儿寻找坐在长凳上的斯塔夫·皮特。老先生想把这件事搞成一个传统。九年来的每一个感恩节，他总是在这儿找到了斯塔夫，总是带他到一家饭馆去，看他美餐一顿。这类事在英国是做得很自然的。但美国是个年轻的国家，坚持九年已经算是不容易了。那位老先生是忠实的美国爱国者，并且自认为是创立美国传统的先驱之一。为了引起人们注意，我们必须长期坚持一件事情，一步也不放松。比如收集每周几毛钱的工人保险费啦，打扫街道啦，等等。

老先生庄严地朝着他所培植的制度笔直走去。不错，斯塔夫·皮特一年一度的感觉并不像英国的大宪章，或者早餐的果酱那样具有国家性。不过它至少是向前迈了一步。它几乎有点儿封建意味。它至少证明了要在纽——唔——在美国树立一种习俗不是不可能的。

老先生年过花甲，又高又瘦。他穿着一身黑衣服，鼻子上架着一副不稳当的老式眼镜。他的头发比去年白了一点儿、稀了一点儿，而且好像比去年更借重那只粗而多结的曲柄拐杖。

斯塔夫·皮特眼看他的老恩人走近，不禁呼吸短促，直打哆嗦，正如某位太太的过于肥胖的狮子狗看到一条野狗对它龇牙竖毛时那样。他很想跳起来逃跑，可是即使桑托斯—

此处形容斯塔夫·皮特因为刚刚饱餐过，见到专门来请他吃饭的老先生向自己走来时的惊恐、无奈与尴尬。

这里准确地刻画了老先生的爱国情结，突出了老先生的认真与严谨，让读者看到的是一位方正、刻板而又善良的老人形象。

杜蒙施展出全副本领，也无法使他同长凳分开。那两位老太太的忠心的家仆办事可着实彻底。

"你好，"老先生说，"我很高兴看到，又一年的变迁对你并没有什么影响，你仍旧很健康地在这个美好的世界上逍遥自在。仅仅为了这一点儿幸福，今天这个感恩节对我们两人都有很大的意义。假如你愿意跟我一起来，朋友，我准备请你吃顿饭，让你的身心取得协调。"

老先生每次都说这番同样的话。九年来的每一个感恩节都是这样。<u>这些话本身几乎成了一个制度。除了《独立宣言》以外，没有什么可以同它相比了。</u>以前在斯塔夫听来，它们像音乐一样美妙。今天他却愁眉苦脸，眼泪汪汪地抬头看着老先生的脸。细雪落到斯塔夫的汗水淋漓的额头上，几乎嗞嗞发响。老先生却在微微打战，他转过身去，背朝着风。

斯塔夫一向纳闷儿，老先生说这番话时的神情为什么相当悲哀。他不明白，因为老先生每次都在希望有一个儿子来继承他的事业。他希望自己去世后有一个儿子能来到这个地方——一个壮实自豪的儿子，站在以后的斯塔夫一类的人面前说："为了纪念家父。"那一来就成为一个制度了。

然而老先生没有亲属。他在公园东面一条冷僻街道的一座败落的褐式住宅里租了几间屋子。冬天，他在一个不比衣箱大多少的温室里种些倒挂金钟。春天，他参加复活节的游行。夏天，他在新泽西州山间农舍里寄宿，坐在柳条扶手椅上，谈着他希望总有一天能找到的某种扑翼蝴蝶。秋天，他请斯塔夫吃顿饭。老先生干的事就是这些。

斯塔夫抬着头，瞅了他一会儿，自怨自艾，很烦恼，可是又束手无策。老先生的眼睛里闪出为善最乐的光亮。他脸上的皱纹一年比一年深，但他那小小的黑领结依然非常神气，他的衬衫又白又漂亮，他那两撇灰胡须典雅地翘着。斯塔夫

再次强调老先生对制度的热衷与维护。他把制度看得无比神圣，这是生命中最重要的事情。

自怨自艾(yì)：艾：治理；惩治。本义是悔恨自己的错误，自己改正。现在只指悔恨。

发出一种像是锅里煮豌豆的声音。他原想说些什么，这种声音老先生已经听过九次了，他理所当然地把它当成斯塔夫表示接受的老一套话。

"谢谢你，先生。非常感谢，我跟你一起去。我饿极啦，先生。"

饱胀引起的昏昏沉沉的感觉，并没有动摇斯塔夫脑子里的信念：他是某种制度的基石。他的感恩节的胃口并不属于他自己，而是属于这位占有优先权的慈祥的老先生，因为即使不根据实际的起诉期限法，也得考虑到既定习俗的全部神圣权利，不错，美国是个自由的国家，可是为了建立传统，总得有人充当循环小数呀。英雄们不一定非得使用钢铁和黄金不可。瞧，这儿就有一位英雄，只是挥动着马马虎虎地镀了银的铁器和锡器。

老先生带着他的一年一度的受惠者，朝南去到那家饭馆和那张年年举行盛宴的桌子。他们给认出来了。

"老家伙来啦，"一个侍者说，"他每年感恩节都请那个穷汉吃上一顿。"

老先生坐在桌子对面，朝着他的将要成为古老传统的基石，脸上发出像熏黑的珠子的光芒，侍者在桌子上摆满了节日的食品——斯塔夫叹了一口气（别人还以为这是饥饿的表示呢）举起了刀叉，替自己刻了一顶不朽的桂冠。

在敌军人马中杀开一条血路的英雄都不及他这样勇敢。火鸡、肉排、汤、蔬菜、馅饼，一端到他面前就不见了。他跨进饭馆的时候，肚子里已经塞得实实足足，食物的气味几乎使他丧失绅士的荣誉，但他像一个真正的骑士，强打精神，坚持到底。他看到老先生脸上的行善的欣慰——倒挂金钟和扑翼蝴蝶带来的快乐都不能与之相比——他实在不忍心扫他老人家的兴。

此处的描述表明，斯塔夫·皮特也是制度的忠实维护者，他同样需要做出某种牺牲。

桂冠：欧洲习俗以其为光荣的称号。

一小时后，斯塔夫往后一靠，这一仗已经打赢了。

"多谢你，先生，"他像一根漏气的蒸汽管子那样呼哧呼哧地说，"多谢你赏了一顿称心的中饭。"

接着，他两眼发直，费劲儿地站起来，向厨房走去。一个侍者把他像陀螺似的打了一个转，推他走到门口。老先生仔细地数出一元三角钱的小银币，另外给了侍者三枚镍币作为小费。

他们像往年那样，在门口分了手，老先生往南，斯塔夫往北。

在第一个拐角上，斯塔夫转过身，站了一会儿。接着，他的破旧衣服像猫头鹰的羽毛似的鼓了起来，他自己则像一匹中暑的马那样，倒在人行道上。

救护车开到，年轻的随车医生和司机低声咒骂他的笨重。既然没有威士忌的气息，也就没有理由把他移交给警察局的巡逻车，于是，斯塔夫和他肚子里的双份大餐就给带到医院里去了。他们把他抬到医院的床上，开始检查他是不是得了某些怪病，希望有机会用尸体解剖来发现一些问题。

瞧哇！过了一小时，另一辆救护车把老先生送来了。他们把他放在另一张床上，谈论着阑尾炎，因为从外表看来，他是付得起钱的。

但是不多久，一个年轻的医师碰到一个眼睛讨他喜欢的年轻护士，便停住脚步，跟她谈谈病人的情况。

"那个体面的老先生，"他说，"你怎么都猜不到，他几乎要饿死了。从前大概是名门世家，如今落魄了。他告诉我说，他已经三天没有吃东西了。"

此处细节描写说明老先生捉襟见肘的经济状况，为下文的发展做了铺垫。

小说到此戛然而止。老先生在就要饿死之时居然为遵守制度而要请别人饱餐一顿，而那位受惠者因为双份大餐入胃而倒在医院的病床上。读者在辛酸的同时感慨颇多。

▌情境赏析▐

故事中的主人公在今天看来，尤其是在今天的中国人看来，真是傻透了！读完这个故事，不少人会讥笑他们。在我们看来，他们太死板、刻板、固执了，缺少灵活性、变通性。殊不知，正是这种太死板、太固执，成就了他们完善的甚至看来死板的法律体系，也因此保持了科学技术的领先地位。

▌名家点评▐

作为下层人、小人物，除了接受命运的摆弄、苦苦挣扎之外，能苦中作乐让生活多一点儿光明的希望，恐怕欧·亨利只有把它寄托在几句俏皮的语言和出人意料的结尾上了吧？

——（美）海伦·凯勒

琼珊是一个对生活充满信心的姑娘，尽管出身卑微，生活对她并不青睐，但她热爱自己从事的绘画事业，满怀信心地渴望有一天能去那不勒斯海湾写生。即使在身染重病、危在旦夕的时刻，她也没有完全丧失生的希望，希望借助常春藤叶延续自己的青春。

琼珊最终奇迹般地活了下来，除了有希望在支撑她以外，老画家那真挚的爱也功不可没。作者在结尾处点明墙上的最后一片绿叶竟是老画家生命的绝笔，让读者对老画家在苍凉人生中的那种崇高的艺术家品格肃然起敬。

华盛顿广场西面的一个小区，街道仿佛发了狂似的，分成了许多叫作"巷子"的小胡同。这些"巷子"形成许多奇特的角度和曲线。一条街本身往往交叉一两回。有一次，一个画家发现这条街有它可贵之处。如果商人去收颜料、纸张和画布的账款，在这条街上转弯抹角、大兜圈子的时候，突然碰上一文钱也没收到、空手而回的他自己，那才有意思呢！

因此，搞艺术的人不久都到这个古色古香的格林威治村来了。他们逛来逛去，寻找朝北的窗户、十八世纪的三角墙、荷兰式的阁楼以及低廉的房租。接着，他们又从六马路买来一些锡镴杯子和一两只烘锅，组成了一个"艺术区"。

苏艾和琼珊在一座矮墩墩的三层砖砌房屋的顶楼设立了她们的画室。"琼珊"是琼娜的昵称。两人一个是从缅因州来的，另一个的家乡是加利福尼亚州。她们是在八马路上一家名叫德尔蒙尼戈饭馆里吃客饭时碰到的，彼此一谈，发现她们对于艺术、饮食、衣着的口味十分相投，结果便联合租下了那个画室。

那是五月间的事。到了十一月,一个冷酷无情、肉眼看不见、医生管他叫作"肺炎"的不速之客,在艺术区里蹑手蹑脚,用他的冰冷的手指这儿碰碰那儿摸摸。在广场的东面,这个坏家伙明目张胆地走动,每闯一次祸,受害的人总有几十个。但是,在这些错综复杂、苔藓遍地、狭窄的"巷子"里,他的脚步却放慢了。

"肺炎先生"并不是你们所谓的扶弱济困的老绅士。一个弱小的女人,已经被加利福尼亚的西风吹得没有什么血色了,当然经不起那个有着红拳头、气吁吁的老家伙的赏识。但他竟然打击了琼珊;她躺在一张油漆过的旧铁床上,一动不动,望着荷兰式小窗外对面砖屋的墙壁。

一天早晨,那位忙忙碌碌的医生扬扬他蓬松的灰色眉毛,招呼苏艾到过道上去。

"依我看,她的病只有一成希望,"他说,一面把体温表里的水银柱甩下去,"那一成希望在于她自己要不要活下去。人们不想活,情愿照顾殡仪馆的买卖,这种精神状态使医药一筹莫展。你的这位小姐满肚子以为自己不会好了。她有什么心事吗?"

"她——她希望有一天能去画那不勒斯海湾。"苏艾说。

"画画儿——别扯淡了!她心里有没有值得想两次的事情——比如说,男人?"

"男人?"苏艾像吹小口琴似的哼了一声说,"难道男人值得——别说啦,不,大夫,根本没有那种事。"

"那么,一定是身体虚弱的关系。"医生说,"我一定尽我所知,用科学所能达到的一切方法来治疗她。可是每逢我的病人开始盘算有多少辆马车送他出殡的时候,我就得把医药的治疗力量减去百分之五十。要是你能使她对冬季大衣的袖子式样发生兴趣,提出一个问题,我就可以保证,她恢复的机会准能从十分之一提高到五分之一。"

医生走后,苏艾到工作室里哭了一场,把一张日本纸餐巾擦得一团糟。然后,她拿起画板,吹着拉格泰姆曲调,昂首阔步走进琼珊的房间。

琼珊躺在被窝里，脸朝窗口，一点儿动静都没有。苏艾以为她睡着了，赶紧不吹口哨。

她架好画板，开始替杂志社画一幅短篇小说的钢笔画插图。青年画家不得不以杂志小说的插图来铺平通向艺术的道路，而这些小说则是青年作家为了铺平文学道路而创作的。

苏艾正为小说里的主人公——一个爱达荷州的牛仔——画上一条在马匹展览会上穿的、漂亮的马裤和一片单眼镜，忽然听到一个微弱的声音重复了好几遍。她赶快走到床前。

琼珊的眼睛睁得大大的，她望着窗外，在计数——倒数上来。

"十二，"她说，过了一会儿又说"十一"，接着是"十""九"，再接着是几乎连在一起的"八"和"七"。

苏艾关切地向窗外望去。有什么可数的呢？外面可以看到的只是一个空荡荡、阴沉沉的院子，和二十英尺外的一幢砖砌房屋的墙壁。一株极老极老的常春藤上的叶子差不多全吹落了，只剩下几根几乎是光秃秃的藤枝，依附在那堵松动残缺的砖墙上。

"怎么回事，亲爱的？"苏艾问道。

"六，"琼珊说，声音低得像是耳语，"它们现在掉得快些了。三天前差不多有一百片。数得我头昏眼花。现在可容易了。喏，又掉了一片。只剩下五片了。"

"五片什么，亲爱的？告诉你的苏艾。"

"叶子。常春藤上的叶子。等最后一片掉落下来，我也得去了。三天前我就知道了。难道大夫没有告诉你吗？"

"哟，我从没听到过这么荒唐的话。"苏艾装出满不在乎的样子数落她说。"老藤叶同你的病有什么相干？你一向很喜欢那株常春藤，得啦，你这淘气的姑娘。别发傻啦。我倒忘了，大夫今天早晨告诉我，你很快康复的机会是——让我想想，他是怎么说的——他说你好的希望是十比一！哟，那几乎同我们在纽约搭电车或者走过一幢新房子的工地一样，遇到意外的时候很少。现在喝一点儿汤吧。让苏艾继续画画儿，好卖给编辑先生，换了钱给她的病孩子买点儿红葡萄酒，也买些猪排填填她自己的馋嘴。"

"你用不着买什么酒啦。"琼珊说，仍然凝视着窗外，"又掉了一片。不，我不要喝汤。只剩四片了。我希望在天黑之前看到最后的藤叶飘落下来。那时候我也该走了。"

"琼珊，亲爱的，"苏艾弯下腰对她说，"你能不能答应我，在我画完之前别睁开眼睛，别瞧窗外？我明天要交那些图画。我需要光线，不然我早就把窗帘拉下来了。"

"你不能到另一间屋子里去画吗？"琼珊冷冷地问道。

"我要待在这儿，和你在一起。"苏艾说，"而且我不喜欢你老盯着那些莫名其妙的藤叶。"

"你一画完就告诉我，"琼珊闭上眼睛说，她面色惨白，静静的躺着，活像一尊倒下来的塑像，"因为我要看那最后的藤叶掉下来。我等得不耐烦了。也想得不耐烦了。我想摆脱一切，像一片可怜的、厌倦的藤叶，悠悠地往下飘，往下飘。"

"你争取睡一会儿。"苏艾说，"我要去叫贝尔曼上来，替我做那个隐居的老矿工的模特儿。我去不了一分钟。在我回来之前，千万别动。"

老贝尔曼是住在楼下底层的一个画家，年纪六十开外，有一把像是米开朗琪罗的摩西雕像的胡子，从萨蒂尔似的脑袋上顺着小鬼般的身体卷垂下来。贝尔曼在艺术界是个失意的人。他耍了四十年画笔，仍同艺术女神隔有相当距离，连她的长袍的边缘都没有摸到。他老是说要画一幅杰作，可是始终没有动手。除了偶尔涂抹一些商业画或广告画以外，几年来没有什么创作。他替"艺术区"一些雇不起职业模特儿的青年艺术家充当模特儿，挣几个小钱。他喝杜松子酒总是过量，老是唠唠叨叨地谈着他未来的杰作。此外，他还是个暴躁的小老头儿，极端瞧不起别人的温情，却认为自己是保护楼上两个青年艺术家的看家恶狗。

苏艾在楼下那间灯光暗淡的小屋子里找到了酒气扑人的贝尔曼。角落里的画架上绷着一幅空白的画布，它在那儿静候杰作的落笔，已经有了二十五年。她把琼珊的想法告诉了他，又说她多么担心，唯恐那个虚弱得像是枯叶一般的琼珊抓不住她同世界的微弱联系，真会撒手去世。

老贝尔曼的充血的眼睛老是迎风流泪，他对这种白痴般的想法大不以为然，讽刺地咆哮了一阵子。

"什么话！"他嚷道，"难道世界上竟有这种傻子，因为可恶的藤叶落掉而想死？我活了一辈子也没有听到过这种怪事。不，我没有心思替你当那无聊的隐士模特儿。你怎么能让她脑袋里有这种傻念头呢？唉，可怜的琼珊小姐。"

"她病得很重，很虚弱，"苏艾说，"高烧烧得她疑神疑鬼，满脑袋都是稀奇古怪的念头。好吧，贝尔曼先生，既然你不愿意替我当模特儿，我也不勉强了。我认得你这个可恶的老——老贫嘴。"

"你真女人气！"贝尔曼嚷道，"谁说我不愿意来着？走吧。我跟你一起去。我已经说了半天，愿意为你效劳。天哪！像琼珊小姐那样的好人实在不应该在这种地方害病。总有一天，我要画一幅杰作，那么我们都可以离开这里啦。天哪！是啊。"

他们上楼时，琼珊已经睡着了。苏艾把窗帘拉到窗槛上，打手势让贝尔曼到另一间屋子里去。他们在那儿担心地瞥着窗外的常春藤。接着，他们默默无言地对瞅了一会儿。寒雨夹着雪花下个不停。贝尔曼穿着一件蓝色的旧衬衫，坐在一口翻转过来权充岩石的铁锅上，扮作隐居的矿工。

第二天早晨，苏艾睡了一个小时醒来的时候，看见琼珊睁着无神的眼睛，凝视着放下来的绿窗帘。

"把窗帘拉上去，我要看。"她用微弱的声音命令说。

苏艾困倦地照办了。

可是，看哪！经过了漫漫长夜的风吹雨打，仍旧有一片常春藤的叶子贴在墙上。它是藤上最后的一片叶子。靠近叶柄的颜色还是深绿的，但是锯齿形的边缘已染上了枯败的黄色，它傲然挂在离地面二十来英尺的一根藤枝上面。

"那是最后的一片叶子,"琼珊说,"我以为昨夜它一定会掉落的。我听到刮风的声音。它今天会脱落的,同时我也要死了。"

"哎呀,哎呀!"苏艾把她困倦的脸凑到枕边说,"即使你不为自己着想,也得替我想想啊。我可怎么办呢?"

但是琼珊没有回答。一个准备走上神秘遥远的死亡道路的心灵,是全世界最寂寞、最悲凉的了。当她与尘世和友情之间的联系一片片地脱离时,那个玄想似乎更有力地掌握了她。

那一天总算熬了过去。黄昏时,她们看到墙上那片孤零零的藤叶仍旧依附在茎上。随着夜晚同来的是北风的怒号,雨点不住地打在窗上,从荷兰式的屋檐上倾泻下来。

天色刚明的时候,狠心的琼珊又吩咐把窗帘拉上去。

那片常春藤叶仍在墙上。

琼珊躺着对它看了很久。然后她喊苏艾,苏艾正在煤气炉上搅动给琼珊喝的鸡汤。

"我真是个坏姑娘,苏艾,"琼珊说,"冥冥中似乎有什么使那片叶子不掉下来,启示了我过去是多么邪恶。不想活下去是个罪恶。现在请你拿些汤来,再弄一点儿掺葡萄酒的牛奶,再——等一下,先拿一面小镜子给我,用枕头替我垫垫高,我要坐起来看你煮东西。"

一小时后,她说:

"苏艾,我希望有朝一日能去那不勒斯海湾写生。"

下午,医生来了,他离去时,苏艾找了一个借口,跑到过道上。

"好的希望有了五成,"医生抓住苏艾瘦小的、颤抖的手说,"只要好好护理,你会胜利的。现在我得去楼下看看另一个病人。他姓贝尔曼——据我所知,也是搞艺术的。也是肺炎。他上了年纪,身体虚弱,病势来得凶猛。他可没有希望了,不过今天还是要把他送进医院,好让他舒服一些。"

第二天,医生对苏艾说:"她现在脱离危险了。你赢啦。现在只要营养和调理就行啦。"

那天下午，苏艾跑到床边，琼珊靠在那儿，心满意足地在织一条毫无用处的深蓝色肩巾，苏艾连枕头把她一把抱住。

"我有些话要告诉你，小东西。"她说，"贝尔曼先生今天在医院去世了。他得肺炎，只病了两天。头天早上，看门人在楼下的房间里发现他痛苦得要命。他的鞋子和衣服都湿透了，冰凉冰凉的。他们想不出，在那种凄风苦雨的夜里，他究竟是到什么地方去的。后来，他们找到了一个还燃着的灯笼，一把从原来的地方挪动过的梯子，还有几支散落的画笔，一块调色板，上面剩有绿色和黄色的颜料，末了——看看窗外，亲爱的，看看墙上最后的一片叶子。你不是觉得纳闷儿，它为什么在风中不飘不动吗？啊，亲爱的，那是贝尔曼的杰作——那晚最后的一片叶子掉落时，他画在墙上的。"

　　纽约是个繁华的大都市，那里鱼龙混杂。比利和西尔弗是两个老相识，一次偶然的机会，他们在纽约遇上了，二人一拍即合，打算靠诈骗获得成功。

　　比利和西尔弗偷鸡不成反倒蚀把米，不但钱没有骗到，自己身上仅有的钱也花了个精光。作家通过这个故事，对由骗子所组成的社会进行了鞭辟入里的剖析。

　　蒙塔古·西尔弗是西部一流的街头推销员和贩卖赝品的骗子，有一次在小石城时，他对我说："比利，如果你上了年纪，脑子不灵活，不能在成人中间做规矩的骗局，那就去纽约吧。西部每分钟产生一个冤大头；但是纽约的冤大头像鱼卵一般多——数都数不清！"

　　两年后，我发觉自己记不清那些俄罗斯海军上将的姓名了，又觉左耳上方长了几根白发，我认为应该是采纳西尔弗的劝告的时候了。

　　某天中午，我到了纽约，便去百老汇路逛逛，竟然遇到了西尔弗。他衣着华丽，靠在一家旅馆门口，用绸手帕在擦指甲上的半月痕。

　　"是得了麻痹性痴呆症，还是告老退休了？"我问他说。

　　"喂，比利，"西尔弗说，"见到你真高兴。是啊，我觉得西部的人逐渐聪明起来，聪明得有点儿过分了。我一直留在纽约，把它当作最后的一道点心。我认为在纽约人身上捞油水有点儿缺德。他们熙来攘往，懵懵懂懂，更是少用脑筋。我真不愿意让我老妈知道，我在剥这些低能儿的皮。她万万料不到我这么没出息。"

　　"那么说，做植皮手术的老医生的候诊室里已经挤满了人吗？"我问道。

　　"哎，也不尽然。"西尔弗说，"剥皮的勾当暂且不考虑。我来这里才一个月。不过我随时都可以开始。纽约主日学校的学员们，每人自愿捐助了一块皮，帮我置办了我身上的这套行头，他们很可以把照片寄到《每日晚报》上去扬扬名。

"我正在研究这个城市，"西尔弗说，"我每天读报。我了解这个城市，正像市政厅里的猫了解爱尔兰籍的值班警察一样。你从这里的人身上刮钱刮得稍微慢一点儿，他们就烧得发慌，赖在地上乱叫乱嚷。到我的房间里去坐坐，我详细告诉你。为了旧日的交情，我们一起来整治这个城市吧。"

西尔弗领我进了一家旅馆。他房间里四下放着许多不相干的东西。

"从大城市的这些乡巴佬身上搞钱的方法，"西尔弗说，"比南卡罗来纳州查尔斯顿煮玉米的花样还要多。不论下什么饵，他们都会上钩。大部分人的智商没有什么差别。他们的智商越高，理解力就越低。哎，不久前，不是有人把小洛克菲勒的油画像当作安德烈亚·德尔·萨尔托画的著名的圣约翰像卖给约·皮·摩根吗？

"你看到墙角里那捆印刷品吗，比利？那是金矿股票。有一天我上街去推销，不出两小时就不得不住手了。为什么呢？因为妨碍交通，被警察抓了去。大家争先恐后抢着买，挤得水泄不通。在去警察局的路上，我卖了一些股票给警察，后来我就停止出售了。我不愿意人家轻易给我钱。为了保持自尊心，我做买卖时总要给一点儿回报。在他们给我一分钱之前，我要他们猜猜芝一哥这个地名中间缺了哪个字；在用纸牌赌博时，我让他们手里先拿到一对九。

"还有一个小计谋，由于太容易得手，我不得不放弃。你看到桌上那瓶蓝墨水吗？我在手背上画一个船锚，权充刺青，然后去银行，说我是杜威上将的侄子。我开了一千元的支票，支取他账里的钱，银行愿意兑付。可是我只知道我叔叔的姓，不知道他的名字叫什么。这件事虽然没有成功，但说明纽约是个多么容易搞钱的城市。至于窃贼，如今他们也不去人们家里了，除非先替他们预备好热的晚餐，再有几个大学生伺候他们。强盗在住宅区里杀了人，可是走遍全市只算是人身攻击罪。"

"蒙塔，"等西尔弗停下时，我开口说，"你的高论准确地贬低了纽约，可我还有些怀疑。我来这里不过两小时，但我认为它不会这么轻易地落到我们手里。这里没有合我口味的乡村气氛。如果居民头发上沾着稻草，穿着假天鹅绒坎肩，佩着七叶树果做的表坠，我就放心啦。依我看，他们并不容易上钩。"

"你说得不错，比利。"西尔弗说，"初来乍到的人都有这种感觉。纽约比小石城或者欧洲大得多，它让外来的人看了害怕。你不久就会宽心的。老实告诉你，这里的人没有把钱喷了消毒剂，放在洗衣篮里，痛痛快快地送来给我，我真想揍他们。我讨厌去外面搞钱。这里戴钻石首饰的是谁？哟，是骗子的老婆温妮，恶棍的新娘贝拉。要纽约人的钱实在太容易啦。我担心的只有一件事：等我身上装满了面额二十元的钞票的时候，恐怕会压断我坎肩口袋里的雪茄烟。"

"我希望你说得对，蒙塔，"我说，"不过我还是后悔没有安心在小石城做些小买卖。那里永远不会缺少农场主。你总可以找几个，让他们在要求增设邮局的申请书上签个名，然后拿到银行里去贷款两百元。这里的人似乎生来就明哲保身，吝啬得很。我怕凭我们这些本领在这里是吃不开的。"

"别担心！"西尔弗说，"我已经把这个冥顽不灵的城市估计得非常准确，就好像北河是哈得逊河，而东江根本不是一条江一样。住在百老汇四个街口以内的人，一辈子除了摩天大楼以外没有见过别的房屋。一个出色能干的西部人在这里待上三个月，不论软哄硬骗，好歹要露几手。"

"吹牛归吹牛，"我说，"你现在老实说，除了向救世军求助，或者在海伦·古尔德小姐门前装病告救之外，你有没有具体的计划，可以立刻弄一两块钱来花花呢？"

"计划多的是，"西尔弗说，"你有多少资本，比利？"

"一千元。"我告诉他。

"我有一千二百元。"他说，"我们合伙大干一场。要挣大钱的办法实在太多啦，简直不知道该从哪儿着手。"

第二天早晨，西尔弗到我下榻的旅馆里来看我，他容光焕发，看上去有什么大喜事。

"我们今天下午去见见约·皮·摩根，"他说，"我在旅馆里认识的一个人要替我们介绍介绍。他是摩根的朋友。他说摩根喜欢见见西部的人。"

"这倒不坏，"我说，"我很愿意认识摩根先生。"

"结识几个金融大王，"西尔弗说，"对我们有益无害。我开始有点儿喜欢纽约对待外地人的社交方式了。"

西尔弗认识的人姓克莱因。三点钟光景，克莱因带了他那位华尔街的朋友到西尔弗的房间来拜访我们。"摩根先生"同他照片上的模样差不多，左脚裹了一条土耳其毛巾，走路时拄着一根手杖。

"这两位是西尔弗先生和佩斯克德先生。"克莱因介绍说，"我似乎不必提这位金融界最伟大的人物的名字——"

"废话少说，克莱因，"摩根先生说，"同两位先生见面，我很高兴；我对西部很感兴趣。克莱因告诉我，你们是从小石城来的。我想我在那边什么地方有一两条铁路。如果你们两位喜欢玩玩沙哈，我——"

"唉，皮尔庞特，"克莱因赶紧插嘴说，"你忘啦？"

"对不起，哥们儿！"摩根说，"自从我得了痛风病以来，在家无聊，偶尔玩玩纸牌。你们在小石城时，认不认识独眼彼得斯？他住在新墨西哥城的西雅图。"

我们还来不及回答，摩根先生已经用手杖拄着地板，来回走动，嘴里不干不净地高声咒骂。

"难道华尔街今天有人抛售你的股票吗，皮尔庞特？"克莱因赔笑问道。

"股票？不是的！"摩根先生吼了起来，"是我派人去欧洲收购的那幅画。我刚想起来。他今天打电报来说，找遍意大利也没有弄到。明天我愿意出五万元买那幅画——七万五千元也成。我授权委派的人可以相机办理。我真不明白，为什么所有的陈列馆会让一幅达·芬奇——"

"哎，摩根先生，"克莱因说，"我以为你已经把达·芬奇的全部作品都买下来了。"

"那幅画是什么样子的，摩根先生？"西尔弗问道，"它一定大得像是熨斗大楼的门面吧。"

"我怕你的艺术素质太差啦，西尔弗先生。"摩根说，"那幅画只有二十七英寸高，四十二英寸宽；名称是《爱的闲暇》。有许多穿衣服的模特儿在紫色的河岸上跳舞。电报说那幅画可能已经运到美国来了。缺了那幅画，我的收藏就不齐全。好吧，哥们儿，再见吧，我们当金融家的晚上非早睡不可。"

摩根先生和克莱因一起坐车走了。我和西尔弗谈起大人物的头脑真简单，对别人一点儿都不怀疑；西尔弗说，在摩根那样的人身上找钱，真叫人惭愧；我说我也认为确实说不过去。晚饭后，克莱因建议出去散散步，我们三人便去七马路观光。克莱因在一家当铺橱窗里看到一对衬衫袖扣很中意，他进去买，我们也跟了进去。

我们回到旅馆，克莱因走后，西尔弗挥舞着手向我蹦跳过来。

"你看到了吗？"他问道。"你看到了吗，比利？"

"看到了什么？"我问。

"哎，摩根要的那幅画。挂在当铺里，写字台后面。我没有声张，因为克莱因在场。千真万确，就是那幅画。上面的那些女孩子画得再自然没有啦，身材窈窕，如果穿衣服的话，一定都合乎胸围三十六、腰围二十五、臀围四十二英寸的标准，她们在河边跳慢四步。摩根先生说他愿意出多少钱来着？噢，不用我告诉你啦。当铺里的人决不会知道那幅画是值大价钱的。"

第二天早晨，当铺还没有开门，我和西尔弗早就等在门口，仿佛急于典当我们的衣服去换酒喝似的。我们进去，先看看表链。

"上面挂的那幅彩色石印画太粗糙了。"西尔弗装出随便的样子对当铺老板说，"可是我很中意那个祖肩膀、红头发的姑娘。我给你两元二角五分，我想你立刻就会脱手了吧。"

当铺老板笑笑，继续拿出表链给我们看。

"那幅画，"他说，"是去年一个意大利人质押给我们的。我借给他五百元。画名叫《爱的闲暇》，是莱奥纳多·达·芬奇画的。两天前过了法定的质押期限，不能再赎取了。这儿有一种表链现在很时兴。"

过了半小时，我和西尔弗付了当铺老板两千元，捧着那幅画出来。西尔弗雇了一辆车去摩根的办公室。我回旅馆去等他的好消息。两小时后，西尔弗回来了。

"你见到了摩根先生吗?"我问道，"他付了你多少钱?"

西尔弗颓然坐下来，抚弄着台布的流苏。

"我根本没有见到摩根先生，"他说，"因为摩根先生一个月之前就去欧洲了。但是有一件事叫我弄不明白，比利：百货公司里都有同样的画出售，配好镜框，每幅只卖三元四角八分，单买镜框却要三元五角——真把我搞糊涂啦。"